我不是潘金蓮

劉震雲

俗話說得好，一個人撒米，一千個人在後邊拾，還是拾不乾淨。

——劉震雲

我不是潘金蓮

目錄

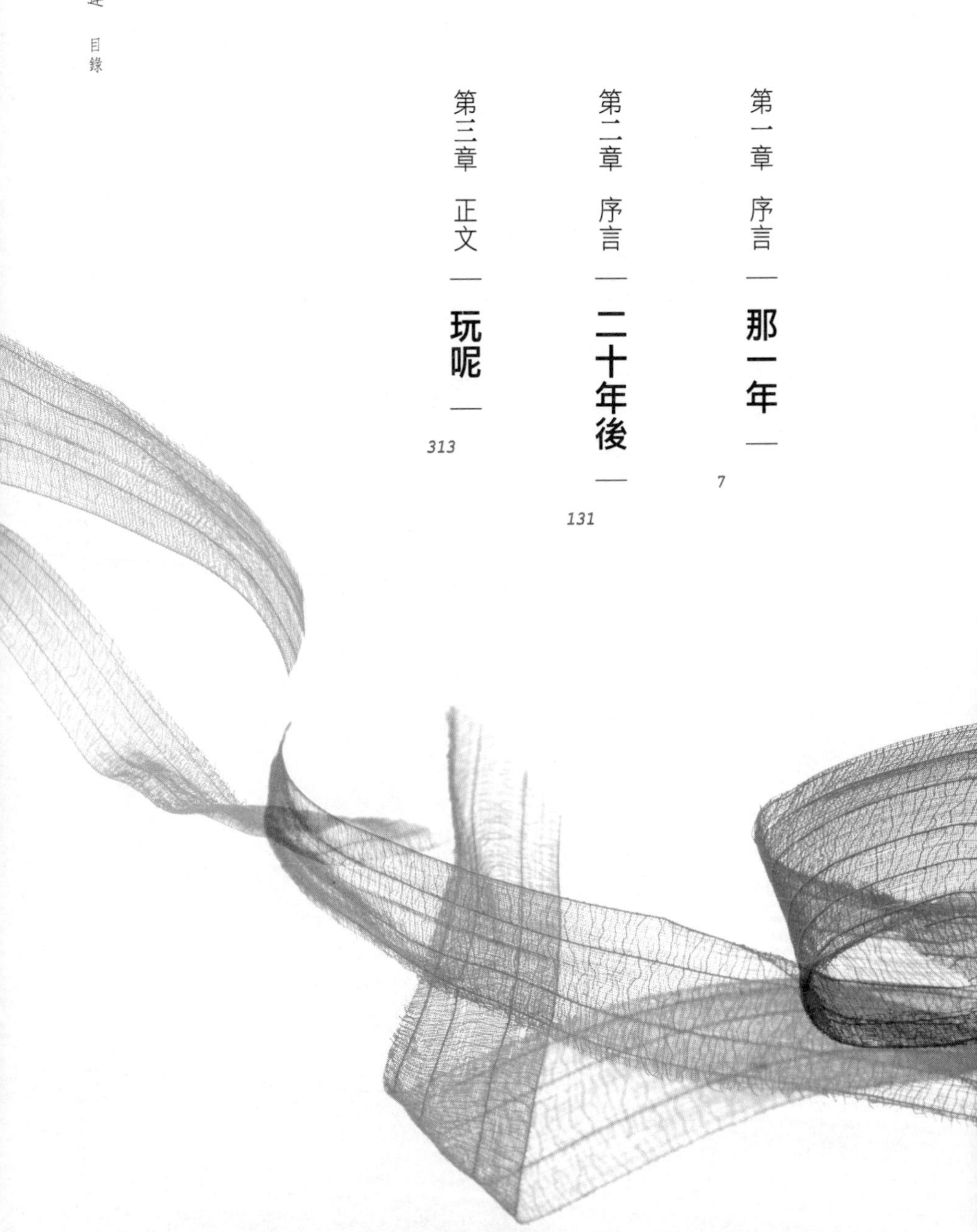

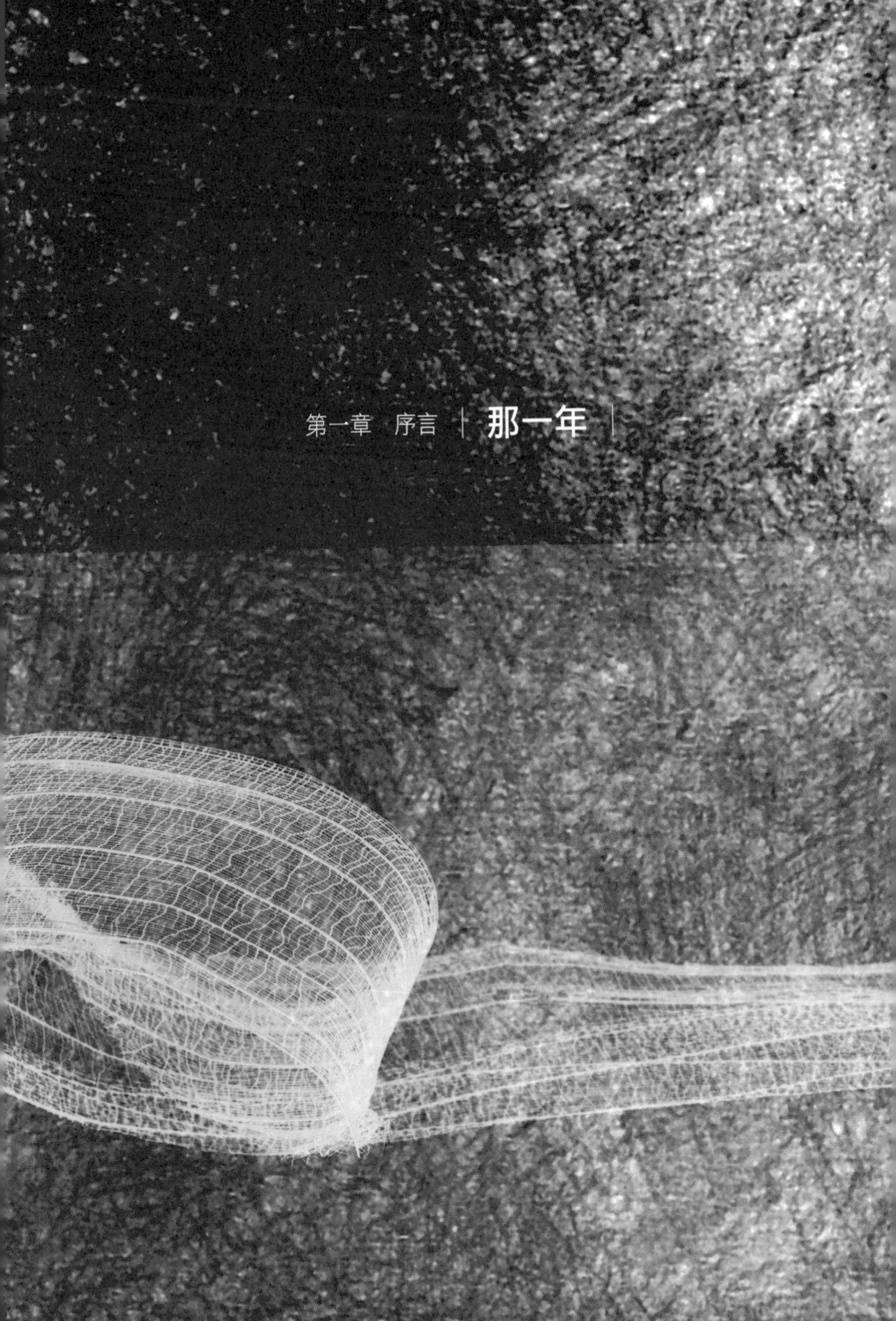

第一章 序言｜那一年

1

李雪蓮頭一回見王公道，王公道才二十六歲。王公道那時瘦，臉白，身上的肉也白，是個小白孩。小白孩長一對大眼。大眼的人容易濃眉，王公道卻是淡眉，淡到沒幾根眉毛，等於是光的；李雪蓮一見他就想笑。但求人辦事，不是笑的時候。何況能見到王公道，不是件容易的事，鄰居說王公道在家，李雪蓮拍王公道家的門，手都拍疼了，屋裡不見動靜。李雪蓮來時背了半布袋芝麻，拎著一隻老母雞。李雪蓮手拍疼了，老母雞被拎得翅膀也疼了，在尖聲嘶叫，最終是雞把門叫開的。王公道上身披一件法官的制服，下身只穿了一褲衩。李雪蓮除了看到他一身白，也瞅見屋裡牆上貼一「囍」字，已經是晚上十點半了，明白王公道不開門的原因。但夜裡找他，就圖在家裡堵住他；自個兒跑了三十多里，這路也不能白跑。王公道打聲哈欠：

「找誰呀？」

李雪蓮：

「王公道。」

王公道：

「妳誰呀？」

李雪蓮：

「馬家莊馬大臉是你表舅吧？」

王公道搔著頭想了想，點點頭。

李雪蓮：

「馬大臉他老婆娘家是崔家店的你知道吧？」

王公道點點頭。

李雪蓮：

「馬大臉他老婆的妹妹嫁到了胡家灣你知道吧？」

王公道搔著頭想了想，搖搖頭。

李雪蓮：

「我姨家一個表妹，嫁給了馬大臉他老婆她妹妹婆家的叔伯侄子，論起來咱們是親戚。」

王公道皺皺眉：

「妳到底啥事吧？」

李雪蓮：

「我想離婚。」

為了安置半布袋芝麻，主要是為了安置還在尖叫的老母雞；也不是為了安置芝麻和老母雞，是為了早點打發走李雪蓮，李雪蓮坐到了王公道新婚房子的客廳裡。一個女人從裡間露了一下頭，又縮了回去。王公道：

「為啥離婚呀？感情不合？」

李雪蓮：

「比這嚴重。」

王公道：

「有了第三者？」

李雪蓮：

「比這嚴重。」

王公道：

「不會到殺人的地步吧？」

李雪蓮：

「你要不管，我回去就殺了他。」

王公道倒吃了一驚，忙站起給李雪蓮倒茶：

「人還是不能殺。殺了，就離不成婚了。」

茶壺懸在半空：

「對了，妳叫個啥？」

李雪蓮：

「我叫李雪蓮。」

王公道：

「妳丈夫呢？」

李雪蓮：

「秦玉河。」

王公道：

「他是幹啥的？」

李雪蓮：

「在縣化肥廠開貨車。」

王公道：

「結婚幾年了？」

李雪蓮：

「八年。」

王公道：

「帶著結婚證嗎？」

李雪蓮：

「帶著離婚證呢。」

說著，解開外衣的扣子，從內衣口袋裡，掏出一離婚證。

王公道愣在那裡：

「妳不已經離婚了嗎，還離個啥？」

李雪蓮：

「這離婚是假的。」

王公道接過那離婚證。離婚證已經被揉搓得有些皺巴。王公道從裡到外查看一番：

「看著不假呀，名字一個是妳，一個也是秦玉河。」

李雪蓮：

「離婚證不假，但當時離婚是假的。」

王公道用手指彈了一下離婚證：

「不管當時假不假，從法律講，有這證，離婚就是真的。」

李雪蓮：

「難就難在這裡。」

王公道搔著頭想了想：

「妳到底要咋樣？」

李雪蓮：

「先打官司，證明這離婚是假的，再跟秦玉河個龜孫結回婚，然後再離婚。」

王公道聽不明白了，又搔頭：

「反正妳要跟姓秦的離婚，這折騰一圈又是離婚，妳這不是瞎折騰嗎？」

李雪蓮：

「大家都這麼說，但我覺得不是。」

2

李雪蓮最初的想法，並不想瞎折騰；已經離婚了，折騰一圈還是離婚；李雪蓮最初的想法，是快刀斬亂麻，一刀殺了秦玉河了事。但秦玉河一米八五，膀大腰圓，真到殺起來，李雪蓮未必殺得過他。當初結婚找秦玉河，圖他個膀大腰圓，一膀子好力氣，如今殺起人來，好事就變成了壞事。為了殺人，李雪蓮得尋一個幫手。她首先想到的，是自個兒娘家弟弟。李雪蓮的弟弟叫李英勇。李英勇也一米八五，膀大腰圓，整日開個四輪拖拉機，五里八鄉，收糧食賣糧食，也倒騰棉花和農藥。李雪蓮回了一趟娘家。李英勇一家正在吃中飯。飯桌前，趴著李英勇、他老婆和他們兩歲的兒子，正「呼嚕」「呼嚕」吃炸醬麵。李雪蓮扒著門框說：

「英勇，出來一趟，姊跟你說句話。」

李英勇從碗上抬起頭，看門口：

「姊，有啥話，就在這兒說吧。」

李雪蓮搖頭：

「這話，只能對你一個人說。」

李英勇看老婆孩子一眼，放下麵碗，起身，跟李雪蓮來到村後土崗上。已經立春了，土崗下一河水，破了冰往前流。李雪蓮：

「英勇，姊對你咋樣？」

李英勇搔著頭：

「不錯呀。當初我結婚時，妳借給我兩萬塊錢。」

李雪蓮：

「那姊求你一件事。」

李英勇：

「姊，妳說。」

李雪蓮：

「幫我去把秦玉河殺了。」

李英勇愣在那裡。李英勇知道李雪蓮跟秦玉河鬧「離婚」這件事，沒承想到了殺人的地步。李英勇搔著頭：

「姊，妳要讓我殺豬，我肯定幫妳，這人，咱沒殺過呀。」

李雪蓮：

「誰也不是整天殺人，就看到沒到那地步。」

李英勇又說：

「殺人容易，殺了人，自個兒也得挨槍子兒呀。」

李雪蓮：

「人不讓你殺，你幫我摁住他，由我捅死他，挨槍子兒的是我，跟你無關。」

李英勇還有些猶豫：

「摁住人讓妳殺，我也得蹲大獄。」

李雪蓮急了：

「我是不是你姊？你姊這麼讓人欺負，你就睜眼不管了？你要不管我，我也不殺人了，我回去上吊。」

李英勇倒被李雪蓮嚇住了，忙說：

「姊，我幫妳殺還不行啊，啥時候動手呀？」

李雪蓮：

「這事兒就別等了，明天吧。」

李英勇倒點頭：

「明天就明天。反正是要殺，趕早不趕晚。」

但第二天李雪蓮去娘家找李英勇殺人，李英勇他老婆告訴李雪蓮，李英勇昨天夜裡，開拖拉機去山東收棉花了。說好是去殺人，怎麼又去收棉花？過去收棉花不出省，

這回怎麼跑到了山東？明顯是溜了。李雪蓮歎了一口氣，除了知道李英勇並不英勇，還知道「打虎還靠親兄弟，上陣還靠父子兵」這句話是錯的。

為了找人幫自個兒殺人，李雪蓮想到了在鎮上殺豬的老胡。鎮的名字叫拐彎鎮。老胡是個紅臉漢子，每天五更殺豬，天濛濛亮，把肉推到集市上賣。肉案子上扔的是肉，肉鉤子上掛的也是肉。肉案子下邊筐裡，堆著豬頭和豬下水。過去李雪蓮去集上老胡的攤子買肉，買過，老胡又一刀下去，從案子豬身上片下一片肉，扔到李雪蓮籃子裡；或從筐裡拎根豬大腸扔過來。但這肉這腸不是白扔，老胡嘴裡喊著「寶貝兒」，眼裡色迷迷的。有時還繞過肉案，對李雪蓮動手動腳。都被李雪蓮罵了回去。李雪蓮來到集上老胡的肉攤前，對老胡說：

「老胡，找個沒人的地方，我跟你說句話。」

老胡有些疑惑。想了想，放下手中的刀，跟李雪蓮來到集後僻靜處。僻靜處有一座廢棄的磨坊，兩人又進了磨坊。李雪蓮：

「老胡，咱倆關係咋樣？」

老胡眼中閃了光：

「不錯呀寶貝兒，妳買肉哪回吃過虧？」

李雪蓮：

「那我求你一件事。」

老胡：

「啥事？」

李雪蓮接受了弟弟李英勇的教訓，沒跟老胡說殺人，只說：

「我把秦玉河叫過來，你幫我摁住他，讓我抽他兩耳光。」

李雪蓮與秦玉河的事，老胡也聽說了；摁住一個人，對老胡不算難事，老胡滿口就答應了：

「你們的事我聽說了，秦玉河不是個東西。」

又說：

「別說讓我摁人，就是幫妳打人，也不算啥。我想知道的是，我幫了妳，我能得到啥好處？」

李雪蓮：

「你幫我打人，我就跟你辦那事。」

老胡大喜，上前就摟李雪蓮，手上下摸索著：

「寶貝兒，只要能辦事，別說打人，殺人都成。」

李雪蓮推開老胡：

「不殺人。」

老胡又往前湊：

「打人也行。那咱先辦事，後打人。」

李雪蓮又一把推開他：

「先打人，後辦事。」

開始往磨坊外走：

「要不就算了。」

老胡趕緊攆李雪蓮：

「寶貝兒別急，那就按妳說的，先打人，後辦事。」

又叮囑：

「妳可不能說話不算話。」

李雪蓮站定：

「我的話句句當真。」

老胡高興地拍打著自己的胸脯：

「啥時動手呀，這事兒，趕早不趕晚。」

李雪蓮：

「那就明天吧。我今天先去找秦玉河，把他約出來。」

當天下午，李雪蓮去了縣城，去了縣城西關化肥廠，去約秦玉河。去時抱著兩個月大的女兒，想藉著約秦玉河明天去鎮上民政所談女兒撫養費的事，把秦玉河騙回鎮上。

化肥廠有十來根大煙囪，「突突」往天上冒著白煙。李雪蓮在化肥廠尋了個遍，遇到的人都說，秦玉河開著大貨車，去黑龍江送化肥了，十天半月回不來。秦玉河像李雪蓮的弟弟一樣，明顯也是躲了。去黑龍江尋人，中間隔著四五個省；秦玉河又是個活物，整天開著汽車在奔跑；看來殺一個人易，尋一個人難；只能讓秦玉河多活十天半個月了。李雪蓮憋了一肚子氣。出了化肥廠，又感到憋了一肚子尿。化肥廠門口有一個收費廁所，撒泡屎尿兩毛錢。看廁所的是個中年婦女，頭髮燙得像雞窩。李雪蓮交了兩毛錢，把女兒交給看廁所的婦女，進廁所撒了一泡尿。肚子騰空了，氣在肚子裡漲得更滿了。出來，看到孩子在看廁所的婦女懷裡哭，李雪蓮兜頭搧了孩子一巴掌：

「都是因為你個龜孫，害得我沒法活。」

李雪蓮和秦玉河的糾葛，都是因為這個孩子。李雪蓮與秦玉河結婚八年了。結婚第二年生了一個兒子，如今兒子七歲了。去年春天，李雪蓮發現自個兒又懷孕了。也不知是哪一回，算錯了日子，該讓秦玉河戴套，遷就他沒讓戴，秦玉河一下舒坦了，李雪蓮懷孕了。二胎是非法的。如秦玉河是個農民，罰幾千塊錢，也能把孩子生下來，但秦玉河是化肥廠的職工，如生下二胎，除了罰款，還會開除公職，十幾年的工作就白幹了。二人便去縣醫院打胎。李雪蓮懷孕兩個月沒感覺，待脫了褲子，上了手術臺，張開大腿，突然覺得肚子裡一動；李雪蓮又合上大腿，跳下手術臺穿褲子。醫生以為她要去廁所撒尿，誰知她出了手術室，開始往醫院外走。秦玉河攆她：

「哪兒去？一打麻藥，不疼。」

李雪蓮：

「這裡人多，有事回家再說。」

一路無話。兩人坐了四十里鄉村公共汽車，回到村裡，回到家，李雪蓮又去牛舍。牛欄裡一頭母牛，前兩天剛生下一個牛犢。牛犢在拱著母牛的襠吃奶。老牛餓了，見李雪蓮「哞」了一聲。李雪蓮忙給母牛添草。秦玉河攆到牛舍：

「妳到底要幹啥？」

李雪蓮：

「孩子在肚子裡踹我呢，我得把他生下來。」

秦玉河：

「不能生。生下他，我就被化肥廠開除了。」

李雪蓮：

「想一個既能生下來，又不開除你的主意。」

秦玉河：

「世上沒有這樣的主意。」

李雪蓮站定：

「咱們離婚。」

秦玉河愣在那裡：

「啥意思？」

李雪蓮：

「鎮上趙火車這麼幹過。咱倆一離婚，咱倆就沒關係了。我生下孩子，孩子就成了我一個人的，跟你也沒關係了。大兒子歸你，生下的孩子歸我，一人一個，不就不超生了嗎？」

秦玉河一下沒轉過彎來。待轉過彎來，搔頭：

「這主意好是好，但也不能因為孩子，咱倆就離婚呀。」

李雪蓮：

「咱也跟趙火車一樣，等孩子上了戶口，咱倆再重婚。孩子是在離婚時生的，重婚等於一人帶一個孩子。哪條政策也沒規定，雙方有孩子不能結婚。結婚後不再生就是了。」

秦玉河又搔著頭想了想，不由佩服趙火車：

「這個趙火車，曲曲彎彎，都讓他想到了。這個趙火車是幹啥的？」

李雪蓮：

「在鎮上當獸醫。」

秦玉河：

「他不該當獸醫，他該去北京管全國的計畫生育，那樣，所有漏洞都讓他堵上

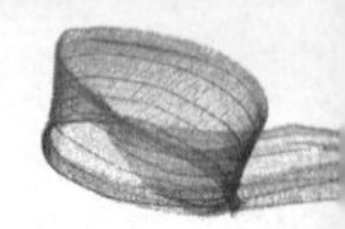

了。」

又端詳李雪蓮：

「妳肚子裡不但藏著一個孩子，還藏著這麼些花花腸子，我過去小看妳了。」

於是兩人去鎮上離了婚。離婚之後，為了避嫌，兩人也不再來往。但大半年過去，等李雪蓮把孩子生下來，卻發現秦玉河已與在縣城開髮廊的小米結了婚。不但結了婚，小米也懷孕了。當初離婚是假的，沒想到變成了真的。當初李雪蓮走的是趙火車的路，沒想到一路走下來，終點站是這麼不同。李雪蓮去找秦玉河鬧，李雪蓮說當初離婚是假的，秦玉河一口咬定，當初離婚是真的。有離婚證在，李雪蓮倒輸著理。李雪蓮這才知道，是自己小看了秦玉河。不是咽不下這件事，是咽不下這口氣。比這更氣人的是，當初離婚的主意，還是李雪蓮出的。被別人矇了不叫冤，自個兒把自個兒繞了進去，這事兒可就窩囊死了。一口氣忍不下，李雪蓮便想殺了秦玉河。秦玉河去了黑龍江，一時殺不著秦玉河，李雪蓮便把氣撒到了兩個月大的女兒身上。女兒正在哭，一巴掌下去，把她搧得憋了氣，倒不哭了。倒是看廁所的婦女見她打孩子，跳著腳急了：

「啥意思？我跟妳可沒仇。」

李雪蓮倒一愣：

「啥意思？」

看廁所的婦女：

「妳要打孩子，別處打去。孩子這麼小，哪裡經得住妳這麼打？妳把孩子打死了沒事，大家知道這裡死過人，誰還來這裡上廁所呀？」

李雪蓮聽明白了，接過孩子，一屁股蹾到廁所臺階上，大聲哭道：

「秦玉河，我操你媽，你害得我沒法活。」

孩子喘過氣來，也跟著李雪蓮哭；看廁所的婦女見李雪蓮罵秦玉河，便知道她是秦玉河的前妻了。秦玉河與李雪蓮的「離婚」故事，已經在化肥廠傳開了，接著傳到了化肥廠門口的廁所。看廁所的婦女見李雪蓮罵秦玉河，也跟著罵道：

「這個秦玉河，真他媽不是東西。」

李雪蓮見有人幫自個兒罵人，不由與她親近一些，對看廁所的婦女說：

「當初離婚，明明是假的呀，咋就變成了真的呢？」

沒想到看廁所的婦女說：

「我說的不是你們離婚的事。」

李雪蓮倒愣在那裡：

「妳要說個啥？」

看廁所的婦女：

「秦玉河不通人性。今年一月，他喝醉了，來上廁所。上廁所是要交錢的呀，我從這裡頭有提成啊。俺一家老小，就值著這個廁所呢。秦玉河仗著是化肥廠的，兩毛錢，

就是不交。我攆著他要，他一拳打來，打掉我半個門牙。」

接著張開嘴讓李雪蓮看。這婦女果然少半粒門牙。過去李雪蓮跟秦玉河在一起的時候，覺得他還講理，沒想到離婚之後，他的性子變了。自己還真小看了他。李雪蓮：

「我今兒沒找到他，找到他，就把他殺了。」

聽說李雪蓮要殺人，看廁所的婦女倒沒吃驚，只是說：

「這挨千刀的，只是殺了他，太便宜他了。」

李雪蓮倒愣在那裡：

「啥意思？」

看廁所的婦女：

「殺人不過頭點地，一時三刻事兒就完了。叫我說，對這樣的龜孫，不該殺他，該跟他鬧呀。他不是跟別人結婚了嗎？也鬧他個天翻地覆，也鬧他個妻離子散，讓他死也死不了，活也活不成，才叫人解氣呢。」

一句話提醒了李雪蓮。原來懲罰一個人，有比殺了他更好的辦法。把人殺了，事情還是稀里糊塗；鬧他個天翻地覆，鬧他個妻離子散，卻能把顛倒的事情再顛倒過來。不是為了顛倒這件事，是為了顛倒事裡被顛倒的理。李雪蓮抱孩子來化肥廠時是為了殺秦玉河，離開化肥廠時，卻想到了告狀。大家都沒想到的路，被一個管屎尿的人想到了。這人本來與秦玉河有仇，被秦玉河打碎半粒牙，現在無意之中，又救了秦玉河一命。

3

李雪蓮第二次見到王公道，是在法院的法庭上。王公道身穿法官制服，剛審完一樁財產糾紛案。縣城東街老晁家哥倆兒，自幼父母雙亡；長大後，在縣城十字街頭，合開了一個胡辣湯鋪子。哥倆兒每天五更開張，鋪子又地處鬧市，生意漸漸紅火起來。但前年老大結婚，哥倆兒間多了一個人，矛盾也多了起來，一直鬧到分家的地步。家裡的財產倒好分割，二一添作五，到了胡辣湯鋪子，兩人都想爭到手，互不相讓，便鬧到了法庭。王公道跟晁家老大是小學同學，相互打過招呼，便與哥倆兒調解，誰要胡辣湯鋪子，給對方出多少錢等等。晁家老大倒聽王公道的調解，晁家老二節外生枝，說老大自結婚之後，每天清晨不起床，兩年來，十字街頭的胡辣湯鋪子，都是他五更開張，這不成長工了嗎？又要在調解胡辣湯鋪子之前，讓老大先賠償他兩年來的損失。老大也急了，說去年老二胃出血，開腸剖腹的，白花了家裡八千多塊錢，這帳如何算？哥倆兒越說越多，離開座位，戧到一起，有在法庭動手的架勢。王公道看調解不成，只好宣布閉庭，此案改日判決。誰知老二又不讓閉庭：

「不說開腸剖腹的事沒事，說到開腸剖腹，胡辣湯鋪子就不算事兒了；今兒不說胡辣湯鋪子了，單說開腸剖腹——今天不說出個小雞來叨米，誰也別想走出這屋子一步！」

又跳著腳在那裡蹦：

「我為啥開腸剖腹，還不是被他們兩口子氣的？」

王公道忙說，「開腸剖腹」屬節外生枝，與本案無關；誰知老二犯了混，戧到王公道跟前，指著王公道說。

「姓王的，知道你們是同學，你要今天敢徇私枉法，我也豁出去了。」

又捋胳膊捲袖：

「明說吧，來的時候，我喝了兩口酒。」

王公道：

「啥意思，還想打我呀？」

老二急扯白臉：

「就看到沒到那地步。」

王公道氣得渾身哆嗦：

「你們哥倆兒爭財產，鹽裡沒我，醋裡沒我，我好意勸你們，咋就該打我了？」

用法槌敲著桌子：

「刁民，全是刁民。」

大聲喊來法警，把他們哥倆兒推搡出去。這時李雪蓮上前：

「大兄弟，說說我的事兒吧。」

王公道的情緒還在晁家哥倆兒身上，一時沒有認出李雪蓮：

「你的事兒，啥事兒？」

李雪蓮：

「就是離婚的事兒，我頭天晚上去過你家，我叫李雪蓮，你讓我等三天，今天就是第三天。」

王公道這才想起眼前的人是誰，這才將思路從晁家哥倆兒身上，轉到了李雪蓮身上。他重新坐到法桌後，開始想李雪蓮的案子。想了半天，歎了一口氣：

「麻煩。」

李雪蓮：

「誰麻煩？」

王公道：

「都麻煩。妳這案子我簡單摸了一下，它很不簡單。先說妳，已經離了婚，還要再離婚；為了再離婚，先得證明前一個離婚是假的，接著再結婚，然後再離婚，這不麻煩嗎？」

李雪蓮：

「我不怕麻煩。」

王公道：

「再說妳前夫，他叫什麼來著？」

李雪蓮：

「秦玉河。」

王公道：

「如果他仍是單身，這事兒還好說，事到如今，他已經與別人又結了婚。如果證明你們離婚是假的，妳想與他再結婚，他還得與現在的老婆先離婚，不然就構成重婚罪；與妳結了婚，還要再離婚，這不麻煩嗎？」

李雪蓮：

「要的就是這個麻煩。」

王公道：

「還有法院，從來沒有審過這種案子。它看似是一樁案子，其實是好幾樁案子。好幾樁案子審來審去，從離婚又到離婚，案子轉了一圈，又回到原來的地方，這不麻煩嗎？」

李雪蓮：

「大兄弟，你們開的就是官司鋪，不能怕麻煩。」

王公道：

「但我說的還不是這些。」

李雪蓮：

「你到底要說啥？」

王公道：

「就算妳與秦玉河去年離婚是假的，恰恰是這個假的，麻煩就大了。」

李雪蓮：

「哪裡又大了？」

王公道：

「如果你們當初離婚是假的，明眼人一眼就能看出，你們當初離婚的目的，是為了多要一個娃。如果為了多要娃離婚，你們就有逃避計畫生育的嫌疑。知道計畫生育是啥嗎？」

李雪蓮：

「不讓人多生娃。」

王公道：

「不這麼簡單，它是國策。一到國策，事情又大了。如果斷定你們當初離婚是假

的，在說妳和秦玉河的事之前，先得說道說道你們家的娃。妳看似在告別人，其實在告妳自個兒；也不是在告妳自個兒，是在告你們家的娃。」

李雪蓮倒愣在那裡。想了半天說：

「這樣審下來，能判我娃死刑嗎？」

王公道倒笑了：

「那倒不能。」

李雪蓮：

「能判我死刑嗎？」

王公道：

「也不會，就是行政會介入，會罰款，會開除公職，這不是雞飛蛋打嗎？」

李雪蓮：

「我要的就是雞飛蛋打，我不怕罰款，我不怕開除公職，我也沒有公職，我在鎮上賣過醬油，大不了不讓我賣醬油，秦玉河個龜孫倒有公職，我就是要開除他的公職。」

王公道搔著頭：

「妳非要這樣，我也沒辦法呀，妳帶訴狀了嗎？」

李雪蓮從懷裡掏出一款訴狀，遞給王公道。訴狀是請縣城北街「老錢律師事務所」的老錢寫的，花了三百塊錢。一共三頁紙，一頁紙一百塊。李雪蓮嫌老錢要貴了，老錢當時瞪著眼珠子：

「案情重大呀，案情重大呀。」

又說：

「一紙訴狀，寫了好幾樁案子。好幾樁案子，收的是一樁案子的錢，可不能說貴。要細掰扯這事兒，我還吃著虧呢。」

王公道接過訴狀，又問：

「帶訴訟費了嗎？」

李雪蓮：

「多少？」

王公道：

「二百。」

李雪蓮：

「比老錢要的少。」

又說：

「二百解決這麼多麻煩，不貴。」

王公道看了李雪蓮一眼，開始往法庭外走：

「把訴訟費交到銀行，就回去等信兒吧。」

李雪蓮在後邊撵著：

「要等多長時間？」

王公道想了想：

「進入訴訟程式，等有眉目，至少得十天。」

李雪蓮：

「大兄弟，十天之後，我再找你。」

4

十天之中，李雪蓮做了七件事。

一，洗澡。自生下孩子，只顧惦著殺秦玉河，李雪蓮有兩月沒洗澡了，自個兒都聞見自個兒身上溲了；如今大事已定，李雪蓮便到鎮上澡堂子洗了個澡。在熱水池裡足足泡了兩鐘頭，泡得滿頭大汗，身上也泡泛了，便躺到木床上，讓人搓澡。鎮上澡堂子洗澡五塊，搓澡五塊；過去洗澡，李雪蓮都是自個兒搓，這回花了五塊錢，讓搓澡的搓了。搓澡的大嫂是個矮胖娘們，四川人，個頭低矮，手掌卻大，一掌下去，吃了一驚：

「這大泥卷子，好幾年沒見過了。」

李雪蓮：

「大嫂，搓仔細點吧，我要辦一件大事。」

搓澡的大嫂：

「啥大事，結婚呀？」

李雪蓮：

「對，結婚。」

搓澡的大嫂端詳李雪蓮的肚子：

「看妳這歲數，是二婚吧？」

李雪蓮點頭：

「對，是二婚。」

李雪蓮細想，並沒對搓澡的大嫂說假話，與秦玉河打官司，就是為了與他重新結婚，再離婚。從澡堂子出來，李雪蓮覺得自個兒輕了幾斤，步子也輕快了。從鎮上穿過，被賣肉的老胡看到了。老胡看到李雪蓮，像蒼蠅見了血，正在用刀割肉，忙放下肉，連刀都忘了放，掂著刀追了上來：

「寶貝兒，別走哇，前幾天妳說要打秦玉河，咋就沒音兒了呢？」

李雪蓮：

「別著急呀，還沒逮著他呢，他去了黑龍江。」

老胡盯住李雪蓮看。李雪蓮剛洗過澡，臉蛋紅撲撲的，一頭濃密的頭髮，綰起來頂在頭頂，正往下滴水；生完孩子不久，奶是漲的；渾身上下，散著體香和奶香。老胡往前湊：

「親人，要不咱還是先辦事，再打人吧。」

李雪蓮：

「還是按說好的，先打人，後辦事。」

其實這時連人也不用打了。前幾天要打人；還不是打人，是殺人；幾天之後，李雪蓮不打人了，也不殺人了，她要折騰人。但李雪蓮不敢把實情告訴老胡，怕老胡急了。老胡急的卻是另一方面：

「人老打不著，可把人憋死了。要不咱還是先辦事，辦了事，我敢去黑龍江把人殺了。」

打人都不用，更別說殺人了。李雪蓮盯著老胡手中帶血的刀：

「不能殺人。讓你殺人是害你，殺了人，你不也得挨槍子嗎？」

又抹了一下老胡的胸脯：

「老胡，咱不急啊，性急吃不了熱豆腐。」

老胡捂著胸口在那裡跳：

「妳說得輕巧，再這麼拖下去，我就被憋死了。」

指指自己的眼睛：

「妳看，夜夜睡不著，眼裡都是血絲。」

又說：

「再拖下去，我不殺秦玉河，也該殺別人了。」

李雪蓮拍著老胡粗壯的肩膀，安慰老胡：

「咱不急老胡，仇不是不報，是時候不到，時候一到，一定要報。」

二，改髮型。打發走老胡，李雪蓮進了一間美髮廳。李雪蓮過去是馬尾松，如今想把它剪掉，改成短髮。折騰秦玉河，免不了與他再見面，李雪蓮擔心兩人一說說戧了，再打起來。過去在一起時，兩人就打過。長髮易被人抓住，短髮易於擺脫；擺脫後，轉身一腳，踢住他的下襠。馬尾松改成短髮，李雪蓮不認識鏡中的自己了。不認識就對了，李雪蓮不是過去的李雪蓮了。

三，從美髮廳出來，進了商店，花了九十五塊錢，買了一身新衣裳。王公道說得對，這樁案子不簡單，看似是一樁案子，其實是好幾樁案子；拉開架勢打官司，不知得花多長時間；與人打官司，就要常常見人，不能顯得太邋遢；太邋遢，人不成個樣子，更像被人甩了，去年的假離婚更說不清了。

四，花了四十五塊錢，又買了一雙運動鞋。高幫，雙排十六個氣眼；鞋帶一拉緊，將腳裹得嚴嚴實實。左右端詳，李雪蓮很滿意。折騰別人，也是折騰自己；與秦玉河折騰起來，免不了多走路。

五，賣豬。家裡餵了一頭老母豬，兩口豬娃。李雪蓮把牠們全賣了。除了打官司需要錢，還因為打起官司，沒人照看牠們。人的事還沒拎清楚，就先不說豬了。不過李雪蓮沒有把豬賣給鎮上殺豬的老胡；賣給老胡，又怕節外生枝；把豬趕到另一鎮上，賣給了在那裡殺豬的老鄧。

六，託付孩子。李雪蓮坐鄉村公共汽車，跑了五十里路，把兩個月大的女兒，託付給中學同學孟蘭芝。李雪蓮本想把孩子託付給娘家弟弟李英勇，但上回讓李英勇幫著殺人，李英勇逃到了山東，李雪蓮看出這弟弟靠不住。李英勇遇事靠姊姊行，姊姊遇事靠李英勇不行。以後就誰也不靠誰了。上中學時，李雪蓮和孟蘭芝並不是好朋友。不但不是好朋友，是仇敵。因為兩人同時喜歡上了班上一個男同學。後來這個男同學既沒跟孟蘭芝好，也沒跟李雪蓮好，跟比她們高兩級的一個大姊好上了。李雪蓮和孟蘭芝相互哭訴起來，成了生死之交。李雪蓮抱著孩子來到孟蘭芝家。孟蘭芝也剛生下一個孩子，胸中有奶，孩子託給她也方便。兩人見面，付託孩子的前因後果就不用說了，因為李雪蓮的事傳得熟人都知道了。李雪蓮只是說：

「我把孩子放你這兒，就無後顧之憂了。」

又說：

「我準備騰出兩月工夫，啥也不幹，折騰他個魚死網破。」

又問孟蘭芝：

「孟蘭芝，要是妳，妳會像我一樣折騰嗎？」

孟蘭芝搖搖頭。

李雪蓮：

「那妳會像別人一樣，認為我是瞎折騰嗎？」

孟蘭芝搖搖頭。

李雪蓮：

「為啥？」

孟蘭芝：

「這就是咱倆的區別，我遇事能忍，妳遇事不能忍。」

捋開自己的袖子：

「看，這是讓老臧打的。」

老臧是孟蘭芝的丈夫。孟蘭芝：

「忍也是一輩子，不忍也是一輩子，我雖然怕事，但我佩服遇事不怕事的人。」

又說：

「李雪蓮，妳比我強多了。」

李雪蓮抱住孟蘭芝，哭了：

「孟蘭芝，有妳這句話，我死了都值得。」

七，拜菩薩。一開始沒想到拜菩薩。將孩子付託給孟蘭芝後，李雪蓮坐鄉村公共汽車往回走，路過戒臺山。戒臺山有座廟，廟裡有尊菩薩。先聽到廟裡高音喇叭傳出的念經聲，後看到許多男女老少往山上爬，去廟裡燒香。李雪蓮本來以為事情已經準備妥當，這時想到拉了一項：只顧準備人和人之間的事，忘了世上還有神這一宗。李雪蓮趕緊讓公共汽車停車，跳下車，跑到山上。廟裡廟外都是人。進廟要買門票。李雪蓮花十塊錢買了門票，又花五塊錢買了把土香。進廟，將土香點著，舉到頭頂，跪在眾多善男信女之中，跪到了菩薩面前。別人來燒香皆為求人好，唯有李雪蓮是求人壞。李雪蓮閉著眼念叨：

「菩薩，祢大慈大悲，這場官司下來，讓秦玉河個龜孫家破人亡吧。」

想想又說：

「家破人亡也不解恨，就讓他個龜孫不得好死吧。」

5

李雪蓮準備把官司打上兩個月，待到法院開庭，僅用了二十分鐘。該案是王公道審的，面前放著「審判長」的牌子，左邊坐著一個審判員，右邊坐著一個書記員。與秦玉河打官司，秦玉河根本沒有到場，委託一個律師老孫出庭。李雪蓮當初寫訴狀找的是律師老錢，老孫的律師事務所，就在「老錢律師事務所」的旁邊。庭上先說案由，後出示證據、念證言，又傳了證人。證據就是一式兩份的離婚證；經法院鑒定，離婚證是真的。又念證言，李雪蓮的訴狀中，說去年離婚是假的；秦玉河的律師老孫念了秦玉河的陳述，卻說去年的離婚是真的。接著傳證人，就是去年給李雪蓮和秦玉河辦離婚手續的拐彎鎮政府的民政助理老古。老古一直在法庭門柱上倚著，張著耳朵，聽審案的過程；現一步上前，張口就說，去年離婚是真的；結婚離婚的事，他辦了三十多年，從來沒出過差錯。李雪蓮當時就急了：

「老古，你那麼大歲數了，咋就看不出這事是假的呢？」

老古馬上也跟李雪蓮急了：

「如果是假的，不成你們聯手騙我了嗎？」

又拍著巴掌說：

「騙我還是小事，不等於在騙政府嗎？妳說離婚是假的，」

指律師老孫：

「他剛才也念了秦玉河的話，秦玉河就說是真的。」

李雪蓮：

「秦玉河是個王八蛋，他的話如何能信？」

老古：

「他的話不能信，我就信妳的。去年離婚時，秦玉河倒沒說啥，就妳的話多。我問你們為啥離婚，妳口口聲聲說，你們感情破裂。當初破裂，現在又不破裂了？這一年你們面都沒見，這感情是咋修復的？今天秦玉河連場都不到，還不說明破裂？」

說得李雪蓮張口結舌。老古又氣鼓鼓地：

「我活了五十多年，還沒這麼被人玩過呢！」

又說：

「這案子要翻過來，我在拐彎鎮還混不混了？」

好像李雪蓮不是與秦玉河打官司，而是與老古打官司。人證物證，一目了然，王公道法槌一落，李雪蓮就敗訴了。大家起身往外走，李雪蓮攔住王公道：

「大兄弟，官司咋能這麼審呢？」

王公道：

「按法律程式，官司就該這麼審呀。」

李雪蓮：

「秦玉河到都沒到，事兒就完了？」

王公道：

「按法律規定，他可以委託律師到庭。」

李雪蓮目瞪口呆：

「我就不明白，明明是假的，咋就變不成假的呢？」

王公道將去年的離婚證交給她：

「從法律講，這就是真的。早給妳說，妳不聽。」

又悄聲說：

「我沒說娃的事，就算便宜妳了。」

李雪蓮：

「這麼說，官司輸了，你還照顧我了？」

王公道一愣，馬上說：

「那可不。」

6

李雪蓮頭一回見到董憲法，是在縣法院門口。

董憲法是法院審判委員會專職委員。董憲法今年五十二歲，矮，胖，腆著肚子。董憲法在法院工作二十年了。二十年前，董憲法從部隊轉業，回到縣裡工作。當時縣上有三個單位缺人：畜牧局，衛生局，還有縣法院。縣委組織部長翻看董憲法的檔案材料：

「從材料上，看不出他有啥特長，但看他的名字，不該去畜牧局，也不該去衛生局，應該去法院，『懂』憲法，就是懂法律嘛。」

於是董憲法就來到了法院。董憲法在部隊當營長，按級別論，到法院給安排了個庭長。十年後，不當庭長了，升任法院審判委員會專職委員。說是升任，法院系統的人都知道，是明升暗降。這個專職委員，只是一個業務職位，並無實權。名義上享受副院長待遇，但不是副院長；審案、判案、出門用車、簽字報銷，權力還不如一個庭長。換句話，董憲法的庭長，是給擠下去的；或者，是給擠上去的。這個專職委員，董憲法一當又是十年，離退休已經不遠了。二十年前，他上邊的院長、副院長都比他年齡大；如今的院長、副院長都比他年輕；從年齡講，董憲法也算是老資格了。正因為是老資格，二十年只混到一個「專委」，不見進步；或者說，從庭長到「專委」，等於是退步；就被同事們看不起。比同事們看不起董憲法的，是董憲法自己。同事們看不起他是在平時，董憲法看不起自己是在關鍵時候；好幾次該當副院長時，他沒把握好機會；按說專委離副院長比庭長近，但好幾個庭長越過他當了副院長，他仍原地未動。關鍵時候，不是比平時更重要？平時的點滴積累，不都是為了關鍵時候？比這更關鍵的是，同事們覺得他二十年沒上去是因為窩囊，董憲法覺得自己沒上去是因為正直。覺得自己不會巴結人，不會送禮，不會貪贓枉法，才錯過了關鍵時候。董憲法有些悲壯，也有些灰心。當正義變為灰心時，董憲法便有些得過且過。比這些更重要的是，董憲法壓根不喜歡法院的工作。不喜歡不是覺得法律不重要，而是他打小喜歡做的，是把事往一塊攏，而不是往兩邊拆；而法院的工作，整天幹的全是拆的事。好事大家不來打官司。就像醫生，整天接觸的都不是正常人，而是病人一樣。醫院盼的是人生病，法院盼的是麻煩和官司；沒有生病和官司，醫院和法院都得關門。董憲法覺得自己入錯了行，這才是最關鍵的。董憲法覺得，牲口市上的牲口牙子，與人在袖子裡捏手，撮合雙方買賣，都比法院的工作強。但一個法院的專委，也不能撂下專委不幹，去集上賣牲口。如去賣牲口，董憲法自個兒沒啥，世上所有的人會瘋了：他們會覺得董憲法瘋了。所以董憲法整日當著專委，心裡卻悶悶不樂。別人見董憲法悶悶不樂，以為他為了二十年沒進步和專委的事，喝酒的時候，還替他打抱不平；董憲法悶悶不樂也為二十年沒進步和專委的事，但比這些更重要的，他乾脆不想當這個專委，想去集市上當牲口牙子。更悶悶不樂的是，這個悶悶不樂還不能說。於是董憲法對自個兒的工作，除了得過且過，還對周邊的環境和人有些厭煩。正因為得過且過和厭煩，董憲法便有些破碗破摔，工作之餘，最大的愛好是喝酒。按說他當著審判委員會的專委，審判委員會也研究案子，或者說，董憲法也摻乎案子，原告被告都會請他喝酒；但久而久之，大家見他只能研究和摻乎，不能拍板，說起話來，還不如一個庭長或法官，便無人找他囉嗦。外面無人請他喝酒，董憲法可以與法院的同事喝。但法院的同事見他二十年不進步，想著以後也不會進步了，只能等著退休了；一個毫無希望的人，也無人浪費工夫與他喝酒。法院是個每天有人請酒的地方，但董憲法身在法院，卻無人請他喝酒。長時間無處喝酒，也把人憋死了。久而久之，董憲法已經淪落到蹭人酒喝的地步。每天一到中午十一點，董憲法便到法院門口踱步。原告或被告請別的法官喝酒，大家從法院出來，碰見董憲法在門口踱步，同事只好隨口說：

「老董，一塊吃飯去吧。」

董憲法一開始還猶豫：

「還有事。」

不等對方接話，馬上又說：

「有啥事，不能下午辦呀。」

又說：

「有多少鴨子，不能下午趕下河呀。」

便隨人吃飯喝酒去了。

久而久之，同事出門再見到董憲法，便把話說到前頭：

「老董，知你忙，今兒吃飯就不讓你了。」

董憲法倒急了：

「我沒說忙，你咋知道我忙？啥意思？想吃獨食呀？」

又說：

「別拿我不當回事，明告訴你們，我老董在法院工作二十年了，忙也許幫不上你們，要想壞你們的事，還是容易的。」

倒讓同事不好意思：

「你看，說著說著急了，不就開個玩笑嗎？」

大家一起去喝酒。再久而久之，同事出去吃飯，不敢走法院前門，都從後門溜，知道前門有個董憲法在候著。李雪蓮見到董憲法，就是董憲法在法院門口踟躕的時候。狀告秦玉河之前，李雪蓮沒打過官司，不知道董憲法是誰。上回王公道開庭，判李雪蓮敗訴；李雪蓮不服；不但不服王公道的判決，連王公道也不信了；她想重打官司。如果重打官司，就不單是狀告秦玉河的事了；在把她和秦玉河去年離婚的事推翻之前，先得把王公道的判決給推翻了；只有推翻這個判決，事情才可以重新說起。不打官司只是一件事兒，打起官司，事情變得越來越複雜了。但李雪蓮只知道重打官司得把王公道的判決推翻，並不知道怎樣才能把這個判決推翻；想著能推翻王公道判決的，必定是在法院能管住王公道的人。王公道在縣法院民事一庭工作，李雪蓮便去找民事一庭的庭長。一庭的庭長姓賈。老賈知道這是樁難纏的案子；比案子更難纏的，是告狀的人；比人更難纏的是，一眼就能看出，這婦女不懂法律程式；而把一整套法律程式講清楚，比斷一件案子還難；老賈也是害怕事情越說越多，說來說去，反倒把自己纏在裡面了；李雪蓮找老賈是下午六點，老賈晚上還有飯局，也是急著出去喝酒，便靈機一動，化繁就簡，把這麻煩推給了法院的專委董憲法。推給董憲法並不是他跟董憲法過不去，而是他不敢推給別的上級，如幾個副院長；更不敢推給院長；何況他平日就愛跟董憲法鬥嘴；兩人見面，不罵嘴不打招呼；昨天晚上，老賈又在酒桌上和董憲法鬥過酒；便想將這氣繼續鬥下去。老賈故意嘬著牙花子：

「這案子很難纏呀。」

李雪蓮：

「本來不難纏，是你們給弄難纏了。」

老賈：

「案子已經判了，一判，就代表法院，要想推翻，我的官太小，推不動呀。」

李雪蓮：

「你推不動，誰能推得動？」

老賈故意想了想：

「我給妳說一個人，妳不能說是我說的。」

李雪蓮不解：

「打官司，又不是偷東西，咋還背著人呀？」

老賈：

「這人管的難纏的案子太多，再給他推，他會急呀。」

李雪蓮：

「誰？」

老賈：

「我們法院的董專委，董憲法。」

李雪蓮不解：

「『專委』是幹嘛的？」

老賈：

「如果是醫院，就是專家，專門醫治疑難雜症。」

老賈說的錯不錯？不錯；因為從理論上講，董憲法是審判委員會的專職委員，審判委員會，就是專門研究重大疑難案件的；從職務上講，專委又比庭長大，也算老賈的上級；但只有法院的人知道，這個專委只是一個擺設，這個上級還不如下級。李雪蓮信了老賈的話，第二天中午十二點半，便在縣法院門口，找到了正在蹓步的法院專委董憲法。董憲法今天蹓步，也蹓了一個多小時了。李雪蓮不知董憲法的深淺，只知道他是法院的專委，專門處理重大疑難案件；董憲法也不知道李雪蓮是誰。正因為相互不知道，李雪蓮對董憲法很恭敬。看董憲法在那裡東張西望，也不敢上前打擾。看他望了半個小時，也沒望出什麼，才上前一步說：

「你是董專委吧？」

猛地被人打擾，董憲法吃了一驚。看看表，已經下午一點了，想來今天中午蹭不上別人的酒席了，才轉過身問：

「妳誰呀？」

李雪蓮：

「我叫李雪蓮。」

董憲法想了半天，想不起這個李雪蓮是誰，打了個哈欠：

「妳啥事吧？」

李雪蓮：

「你們把我的案子判錯了。」

董憲法腦子有些懵，一時想不起這是樁啥案子，這案子自己是否摻乎過；就算摻乎過的案子，在他腦子裡也稀裡糊塗；正因為稀裡糊塗，他斷不定這案子自己是否摻乎過；便問：

「法院的案子多了，妳說的到底是哪一樁呀？」

李雪蓮便將自己的案子從頭說起。剛說到一半，董憲法就煩了；因為他壓根沒聽說過這案子；何況李雪蓮和秦玉河離婚結婚再離婚的過去和將來也太複雜；正因為複雜，董憲法斷定自己沒摻乎過；正因為複雜，董憲法聽不下去了；哪怕你說販牲口呢，都比說這些有意思。董憲法不耐煩地打斷李雪蓮：

「這案子，跟我沒關係呀。」

李雪蓮：

「跟你沒關係，跟王公道有關係。」

董憲法：

「跟王公道有關係，妳該找王公道呀，咋找上我了？」

李雪蓮：

「你比他官大，他把案子判錯了，就該找你。」

董憲法：

「法院比王公道官大的多了，為啥不找別人？」

李雪蓮：

「法院的人說，你專管疑難案子。」

董憲法這時明白，法院有人在背後給他挖坑，不該他管的事，推到了他身上；別人不想管的難題，推到了他頭上；便惱怒地說：

「這是哪個王八蛋幹的？個個藏著壞心眼，還在法院工作，案子能不判錯嗎？」

對李雪蓮說：

「誰讓妳找的我，妳就去找誰。」

又說：

「不但妳找他，回頭我也找他。」

說完，轉身就走。因為董憲法的肚子餓了；既然等不到別人的酒席，便想自個兒找個街攤，喝上二兩散酒，吃碗羊肉燴麵了事。但李雪蓮一把拉住他：

「董專委，你不能走，這事你必須管。」

董憲法哭笑不得：

「妳倒纏上我了？法院那麼多人，憑啥這事兒非得我管？」

李雪蓮：

「我給你做工作了。」

董憲法一愣：

「妳給我做啥工作了？」

李雪蓮：

「上午我去了你家，給你家背了一包袱棉花，拎了兩隻老母雞。」

董憲法家住董家莊，離縣城五里路。董憲法更是哭笑不得：

「一包袱棉花，兩隻老母雞，就把我拴住了？快去把妳的棉花和老母雞拎走。」

甩手又要走，又被李雪蓮一把拉住：

「你老婆當時答應我了，說你管這事兒。」

董憲法：

「她一個餵豬娘們，她只懂豬，哪裡懂法律？」

李雪蓮：

「照你這麼說，我工作不是白做了？」

董憲法指李雪蓮：

「妳工作沒白做，妳這叫行賄，懂不懂？我沒追究妳，妳倒纏上我了。」

又要走，又被李雪蓮拉住。這時圍上來許多人看熱鬧。董憲法本來就憋了一肚子氣，見人圍觀，臉上便掛不住：

「刁民，大街上，拉拉扯扯，成什麼樣子？滾！」

用力甩開李雪蓮，走了。

待到晚上，董憲法從縣城騎車回到董家莊。還沒進家門，就聞到雞香。待到家，原來老丈人來了，老婆燉了一鍋雞。本來董憲法已經忘了李雪蓮的事，這時又想了起來。進廚房揭開鍋蓋，兩隻雞大卸八塊，已經燉熟了。董憲法不由罵老婆：

「見小的毛病，啥時候能抽空改改？」

又罵：

「妳知道妳在幹啥？妳這叫貪贓枉法。」

但第二天早起，董憲法就把這事給忘了。

7

李雪蓮見到法院院長荀正義，是在「松鶴大酒店」門前。荀正義喝大了，被人從樓上架了下來。荀正義今年三十八歲，法院院長已經當了三年。與周邊幾個縣份的法院院長比，荀正義算是最年輕的。正因為年輕，還有遠大的前程，做事便有些謹慎。荀正義平日不喝酒。為了工作，他給自己規定了五條禁令：一個人不喝酒，工作時不喝酒，在法院系統不喝酒，在本縣不喝酒，週一至週五不喝酒；雖然禁令之間相互重疊和囉嗦，但總結起來一句話：無緣無故不喝酒。

但今天荀正義喝大了。今天是在本縣，是在法院系統，是週三，與禁令都有些衝突；但不是無緣無故，而是有緣有故：因為今天是前任院長老曹的生日。老曹三年前退下來，把院長的位置讓給了荀正義。老曹對荀正義有提攜和栽培之恩。老領導的生日，又是退下來的老領導，荀正義便陪老領導喝酒；老領導喝大了，荀正義也喝大了。關於老領導老曹的栽培之恩，荀正義其實有一肚子苦水。三年前，老曹該退了，當時法院有四個副院長；在這之前，老曹培養的接班人不是荀正義，而是另一個副院長老葛。老曹一輩子除了愛斷案，還愛喝酒；除了愛喝酒，還愛打橋牌；老葛也愛打橋牌。牌桌上最能考驗一個人的品行。老曹深知老葛之後，便把老葛作為接班人來培養；老曹深知老葛，把位置交給老葛也放心。誰知在老曹退位的頭一個月，老葛與同學吃晚飯，喝酒喝醉了；酒後駕車，上了馬路，走的卻是逆行；老葛喝醉了，車速開得又高，嚇得對面的車紛紛避讓；老葛反罵：

「還有沒有規矩了？怎麼逆著就上來了？可見法制不健全，明天都判了你們！」

罵著，對面一輛十四輪的運煤車躲閃不及，迎頭撞來，將老葛的車又撞回順行道上。車回到了順行道上，人當場死亡。老葛的死，給荀正義提供了機會。老曹下臺時，接老曹班的就不是老葛，而成了荀正義。荀正義能接老曹的班，應該感謝的不是老曹，而是那輛運煤車；也不是那輛運煤車，而是老葛喝的那頓酒，與老葛喝酒的老葛的同學們。荀正義這麼認為，老曹卻不這麼認為；老曹認為，他親手把院長的位置交到誰手裡，誰就是他培養的；荀正義從他手裡接的院長，就該報他的恩。老曹這麼認為，荀正義也只好順水推舟，院長當上之後，見了老曹總說：

「我何德何能，不是老領導的培養，我哪裡能坐上這個位置？」

老曹也就信以為真，開始把荀正義當成自己人。但老曹也有分寸，退下來後，法院的工作，不再插手；只是生活上遇到問題，給荀正義打招呼。正因為工作上不插手，只是生活上提要求，荀正義覺得老曹是個明白人；而生活上的要求，花兩錢就能消災；三

年下來，荀正義一直把老曹當老領導供著。每年老曹生日那天，荀正義便請老曹吃晚飯。酒宴上，開頭一句話總是：

「工作一年忙到頭，顧不上看望老領導；但老領導的生日，還是得我親自來主持。」

雖是一句話，一句話頂一年，但有一句總比沒一句強，老曹高興得紅光滿面。今年的生日宴，就擺在「松鶴大酒店」的二樓。老曹首先在自個兒的生日宴會上喝大了；因今天不是無緣無故，荀正義也跟著喝大了。沒喝大時還說：

「老領導也知道，平時我不喝酒，給自個兒規定了五條禁令，每年的今天，我倒是要破破例，陪老領導喝個痛快。」

老曹又高興得紅光滿面。但老曹喝了一輩子酒，荀正義平日不喝酒，荀正義哪裡是老曹的對手？老曹在酒場上奮殺了一輩子，在酒的喝法上，也有自己獨特的風格和創造。老曹喝酒，和菸連著，名叫：「俗話說，菸酒不分家。」菸酒不分家並不是邊喝邊抽，而是借著菸盒的高度，往玻璃杯裡倒酒的分量。菸盒先是臥著，酒倒到跟菸盒同樣的高度，一口喝下；菸盒再橫著，酒倒的也是同樣的高度，再一口喝下；然後菸盒再立起來，又倒到跟菸盒同樣的高度，一口喝下。菸盒臥著，酒往玻璃杯裡能倒一兩；橫著，二兩；立著，三兩；菸盒翻三番，半斤酒已經下去了。三杯喝下，叫開門紅。開門紅喝過，酒席才算正式開始，划拳行令，一個個過通關，最後到底能喝多少就難說了。

但老曹哪裡知道，他已經退下去了，現在法院的院長是荀正義；陪同他們喝酒的，是法院幾個副院長、政治處主任、紀檢組長、辦公室主任等領導班子成員，他們過去是老曹的部下，現在已經不是了，成了荀正義的部下；「開門紅」時，老曹喝的是真酒，荀正義喝的也是真酒；接著划拳行令，一個個過通關，部下開始玩障眼法，給老曹酒杯裡倒的是酒，給荀正義酒杯裡倒的是礦泉水。八圈通關下來，老曹醉了，荀正義也醉了；但老曹醉是全醉，荀正義是半醉；但老曹在身邊，荀正義還要做出全醉的樣子。酒宴結束，老曹被人從二樓架了下來，荀正義也被人從二樓架了下來。正在這時，李雪蓮上前一把扯住了荀正義：

「荀院長，你要替我做主呀。」

雖然法院院長被人攔路告狀是常事，但夜裡，酒後，加上突然，荀正義還是被嚇了一跳。因老曹在身邊，仍要裝出全醉的樣子，又不敢露出被嚇了一跳。架著他的法院辦公室主任，倒是被嚇了一跳，慌忙去拉李雪蓮：

「鬆手，沒看院長喝多了？有啥事，明天再說。」

將李雪蓮拖開，將荀正義往車上扶。但這時老曹在樓梯口大聲問：

「咋回事？」

雖然舌頭有些短，仍接著問：

「是不是有人告狀？過來我問問，這場面我見多了。」

如酒不喝大，老曹不會干涉法院的工作；正是因為喝大了，忘記自己三年前已經退下來了；見有人告狀，回到了當年的亢奮狀態。眾人見老曹要干政，忙又著了慌，放下荀正義，先將老曹往車上扶；一邊扶一邊說：

「老院長，就是一個農村婦女，不會有什麼大事，您老身體要緊，還是趕緊回去休息吧，剩下的事，讓荀院長處理吧。」

老曹腳不沾地，被人架到了轎車裡。老曹仍不依，搖下車窗，指著另一輛車邊的荀正義，擺出老領導的架式說：

「正義呀，這案子你好好給我問一問。我給你說過的，當官不與民做主，不如回家賣紅薯。」

荀正義也忙向老曹的車趔趄了兩步，嘴裡說：

「老領導放心，您的點滴教誨，我都記在心裡，這案子我一定好好問，明天向您彙報。」

老曹嘴裡還嘟囔著，車就開走了。正因為有了老曹這句話，荀正義倒不好馬上坐車走了。馬上坐車走不是怕李雪蓮聽到老曹的話會怎麼樣，而是怕老曹明天酒醒，萬一還記得這事，打聽出他陽奉陰違，醒時的話聽，醉時的話不聽，後果就不好了。就會因小失大。一個退休的老幹部，幫你忙是不可能了，但想壞你的事，他還是有能量的；他在臺上那麼多年，上上下下，也積累下豐厚的人脈，料不定哪塊雲彩下雨，就砸在了你頭上。雖然還半醉著，只好回頭理會李雪蓮；正因為半醉著，口氣便有些不耐煩：

「妳咋了？」

李雪蓮：

「我要告一個人。」

荀正義：

「告誰呀？」

李雪蓮：

「董憲法。」

李雪蓮本來告的是秦玉河，後來加上了王公道；是王公道把她的案子判錯了；現在先放下秦玉河和王公道，開始告董憲法。本來她與董憲法無冤無仇，就見過一面；她求董憲法把案子平反，董憲法說這事不該他管；如果事情就此打住也就罷了，但當時在法院門口，兩人越說越多，越說越戧，街上的人越聚越多，董憲法惱了，罵了她一聲「刁民」，又罵了一聲「滾」；正是這兩句話，把李雪蓮也惹惱了；我有冤來告狀，你開的是官司鋪，咋能罵我是「刁民」，怎能讓我「滾」呢；便越過董憲法找法院院長，狀告秦玉河和王公道之前，先告董憲法。荀正義一下摸不著事情的首尾，問：

「董憲法咋妳了？」

董憲法沒咋李雪蓮；罵一聲「刁民」，再罵一個「滾」字，也夠不上犯法。但情急之下，李雪蓮說：

「董憲法貪贓枉法。」

說董憲法貪贓枉法，這話沒有根據；也許董憲法在別處貪贓枉法過，但在李雪蓮這件事上還算不上；董憲法老婆收了李雪蓮一包袱棉花，兩隻老母雞，也夠不上貪贓枉法；倒是董憲法看他老婆把雞燉了，罵他老婆「貪贓枉法」。

這時一陣冷風吹來，荀正義打了個寒噤。剛才是半醉，風一吹，倒成了全醉。荀正義清醒時很謹慎，喝大了容易脾氣暴躁。酒前和酒後是兩個人。這也是他平日不喝酒，給自己規定五條禁令的原因。這時不耐煩地說：

「如果妳說他別的，也許該我管，但妳說他貪贓枉法，這事我就管不著了。」

李雪蓮：

「那我該找誰呢？」

荀正義：

「檢察院。」

荀正義說的也是實情。董憲法是公職人員，如果董憲法案子審錯了，該找法院院長，如果董憲法涉及貪贓枉法，就不是法院能管的事了，該由檢察院立案偵查。但李雪蓮不懂其中的道理，反倒急了：

「咋我找一個人，說不該他管；找一個人，又說不該他管；那我的事，到底該誰管呢？」

接著又冒了一句：

「荀院長，你是院長，你不能像董憲法一樣，也貪贓枉法呀。」

這句話把荀正義説惱了。也許荀正義在別處貪贓枉法過，但在李雪蓮這件事上卻沒有。也許不喝酒荀正義不惱，一喝大，就真惱了；惱怒之下，便對李雪蓮吼了一句：

「咱倆剛見面，我咋就貪贓枉法了？可見是個刁民，滾！」

罵得跟董憲法一模一樣。

8

李雪蓮見到縣長史為民，是在縣政府大門口。史為民坐車出門，正在車上喝粥，突然一個婦女跑到車前，攔住去路；司機猛地煞車，史為民的腦袋磕在前座的椅背上，粥也撒了一身；揉揉頭，將身子放回來，再抬頭，見車前的婦女跪在地上，高舉一塊馬糞紙牌，牌子上寫著一個大字：冤。

今天是禮拜天，按說史為民不該上班。但縣長史為民，從沒休過禮拜天。一個縣一百多萬人，工農商學，吃喝拉撒，事情千頭萬緒；從中央到省裡，再到市裡，每天下發的文件有一百多份，都靠史為民落實。工人每天上班八個小時，史為民每天工作十四五個小時，天天夜裡開會。還有，從省裡到市裡，每天都有部門來縣裡檢查工作；從省裡到市裡，部門有百十來個；縣裡每天需要在賓館招待的上級檢查組，至少有八撥。中飯和晚飯，史為民得陪十六撥次的客人。都是職能部門，哪個也得罪不起。史為民的胃，也讓喝酒喝壞了。史為民時常捂著胃對部下感歎：

「縣長，不是人幹的活。」

但能當上一縣之長，也不是容易的；一個縣想當縣長的，有一百多萬；祖墳的墳頭上，未必長了這棵蒿子。比這些重要的是，從政是個迷魂陣，當了鄉長，想當縣長；當了縣長，還想當市長和省長呢。一切不怪別人，全怪自己。史為民想明白這些道理，每天有怨無悔地工作著。胃讓喝酒喝壞了，只能自個兒調理。中午、晚上喝酒，還有一個清早不喝酒，這時史為民只喝粥。粥裡放些南瓜和紅薯，既食了粗糧，也養胃。有時先天晚上開會遲，第二天早上睡過了頭，又急著出門，便在車上喝粥。李雪蓮見縣長，也是接受了見法院院長荀正義的教訓，不再中午和晚上找人，換在了早晨；中午和晚上人容易醉，清早，人的腦袋是清醒的。於是，這天早晨，李雪蓮便與縣長史為民，在縣政府門口碰了面。

史為民今天出門，是去參加縣上一個飯店的開業剪綵。這個飯店叫「世外桃源」。說是「世外」，距人間並不遠；縣城西南二十里，有一片樹林子，飯店開在這林子裡；偶爾有鳥飛來，飯店的老闆又養了幾頭梅花鹿，便叫「世外桃源」。比飯店雄偉的，是飯店身後，矗起一座配套的洗浴城，桑拿按摩等一條龍服務，裡面應有盡有。按說配套的行業有「涉黃」嫌疑，開業剪綵，縣長不該參加；但開這「世外桃源」的人，是省上一位領導的小舅子，不過租了縣上一塊土地；正因為這土地在本縣，史為民作為「土地」就該參加了。何況，「世外桃源」開業之後，還給縣上交稅呢；這也是縣長工作的一部分。開業選在禮拜天，也是圖個人旺。昨天晚上會又散得遲，史為民清早又睡過了

頭，便又在車上喝粥。「世外桃源」開業剪綵是九點，出門已經八點半了，史為民有些著急；車出縣政府，又被人當頭攔車，史為民更著急了。比史為民著急的，是他的司機。司機急不是急耽誤縣長剪綵，或縣長頭磕在了前座上，或粥撒了縣長一身；而是一個婦女突然跑到車前跪下，猛地煞車，把他嚇出一身冷汗。他搖下車窗，當頭罵道：

「找死呀？」

史為民還是比司機有涵養；這種事也不是頭一回遇見；再說，這也是縣長工作的一部分；便止住司機，推車門下車，先抖抖身上的粥，又上去拉車前頭的婦女：

「起來，有啥起來說。」

李雪蓮起身。史為民：

「妳找誰呀？」

李雪蓮：

「我找縣長。」

史為民便知道這婦女家沒有電視，看不到電視上的本縣新聞，與他對面不相識，便問：

「找縣長幹啥？」

李雪蓮舉舉頭上的「冤」字：

「告狀。」

史為民：

「告誰呀？」

李雪蓮：

「不是一樁案子。」

史為民倒「噗嗤」笑了：

「一共有幾樁？」

李雪蓮：

「第一樁，告法院院長荀正義；第二樁，告法院專委董憲法；第三樁，告法官王公道；第四樁，告我丈夫秦玉河；第五樁，還告我自個兒。」

史為民一下聽懵了。聽懵不是一下告這麼多人讓他懵，而是後邊還有一個「我自個兒」。哪有自個兒告自個兒狀的？史為民判定，這案子不簡單，一時半會兒說不清楚，低頭看了看表，已經八點四十，便說：

「既然妳找縣長，我給妳喊去。」

轉身向政府大門裡跑去。他跑一是為了脫身，好去參加「世外桃源」的剪綵；二是參加剪綵，身上一身米粥不合適，得去辦公室換身衣服。李雪蓮上前一把拉住他：

「別跑哇，我看你就是縣長。」

史為民抖著身上的粥讓她看：

「妳咋看我像縣長？」

李雪蓮：

「我打聽你的車號了。車上坐的是你，你就是縣長。」

史為民：

「縣長的車，坐的不一定是縣長，我是他的祕書。妳案情這麼大，我做不了主，我給你喊縣長去。」

李雪蓮只好撒了手。史為民一溜小跑回到辦公室，一邊換衣服，一邊讓人給信訪局長打電話，讓他來縣政府大門口，處理一個婦女告狀的事；換完衣服，另坐一輛車，從縣政府後門出去，去參加「世外桃源」的剪綵。

一天無話。到了晚上，史為民又去縣賓館陪從省裡到市裡來的七八撥客人吃飯。車到了縣賓館門口，縣信訪局長在臺階上站著。縣信訪局長姓呂。史為民已經忘了早上婦女告狀的事。見史為民下車，老呂高興地迎上來：

「史縣長，你要支持我的工作。」

史為民：

「啥意思？」

老呂：

「市信訪局張局長一會兒就到，安排在888包房，你待會兒過來打個招呼。」

史為民一愣：

「沒聽說老張要來呀。」

老呂：

「臨時打的電話。平常我就不麻煩你了，現在是關鍵時候，市裡第一季度的信訪評比，就要開始了。」

史為民伸著指頭：

「你這是第九攤。」

老呂：

「喝三杯就走，你能到場喝三杯，咱就能評上頭三名。」

又說：

「這可牽涉到維穩呀；一個縣維穩出了問題，摘的就不是我信訪局長的帽子了。」

史為民：

「我待會兒去一下不就是了，還用拿帽子來嚇唬人？」

老呂笑了。這時史為民突然想起早上在縣政府門口告狀的婦女，便問：

「對了，清早攔車告狀那個婦女，是咋回事？」

老呂不在意地揮揮手：

「一個潑婦，讓我趕走了。」

史為民一愣：

「攔車不要命，寫那麼大一個『冤』字，咋說人家是潑婦？」

老呂：

「『冤』字是不小，芝麻大點事。」

史為民：

「啥事？」

老呂：

「去年離婚了，如今又後悔了，非說去年的離婚是假的。」

史為民：

「這麼點子事，咋要告那麼多人呢？她告的可都是法院的人，是不是她找了法院，法院不作為呀？」

老呂：

「我問過法院了，法院不是不作為，正是作為了，她才告法院。她說離婚是假的，法庭經過核定，離婚卻是真的，能因為她告狀，法院就違法給她再判成假的嗎？」

史為民倒替李雪蓮發愁：

「到底因為什麼，離過婚又後悔了呢？」

老呂：

「就算後悔，也該去找她前夫鬧呀，咋找上政府了？又不是政府跟她離的婚。」

史為民倒「噗啼」笑了：

「人家告狀一肚子氣，你還說這種風涼話。」

這時省水利廳一個副廳長由本縣一個副縣長陪著，到了賓館門口。史為民撇下老呂，忙笑著迎上去，與副廳長握手，一塊步入賓館。

9

李雪蓮頭頂「冤」字，在市政府門口靜坐三天，市長蔡富邦才知道。一個人靜坐三天蔡富邦沒發現並不是蔡富邦視而不見，而是他到北京出差了。待從北京回來，才發現市政府門口有個靜坐的。周邊圍滿圍觀的人。到市政府上班的工作人員，倒要推著自行車躲開這人群。蔡富邦見此大為光火。蔡富邦光火不是光火李雪蓮靜坐，而是光火他的副手、常務副市長刁成信。蔡富邦去了北京，刁成信並沒出差，竟讓這件事延續三天，自己不處理，等著蔡富邦回來處理。市政府的人都知道，市長和常務副市長有矛盾。說起矛盾，蔡富邦又一肚子苦水，因為這矛盾不是他造成的，而是歷史形成的。十年前，兩人都是縣委書記，那時兩人關係還不錯，常常串縣喝酒；後來一起提的副市長，按姓氏筆劃排列，刁成信還排在蔡富邦前頭；後來交替上升，一個當了市委宣傳部長，一個當了組織部長；再後來，蔡富邦走到了刁成信頭裡，當了市委副書記，刁成信當了常務副市長；再後來，蔡富邦當了市長，刁成信原地未動，成了蔡富邦的副手；兩人貼這麼緊地你上我下；或者，你上了我就不能上；沒有不服氣，也有了不服氣；沒有積怨，也有了積怨；不是對頭，也成下對頭。當然，對頭並不在表面，會上兩人仍客客氣氣；但在背後，刁成信常常給蔡富邦使絆子。一個人在市政府門口靜坐三天，還遲遲不處理，等蔡富邦回來處理，只是眾多絆子之一。蔡富邦對刁成信光火不是光火他使絆子，而是怪刁成信愚蠢，沒長腦子。兩人的交替上升，並不是蔡富邦決定的，而是省裡決定的。如你想當市長，最聰明的做法，是支持蔡富邦的工作，使蔡富邦早一天升走，你不就是市長了？這樣磕磕碰碰，刀光劍影，市裡的工作搞不上去，蔡富邦永遠是市長，你永遠還是常務副市長。什麼叫腐敗？腐敗並不僅僅是貪贓枉法、貪污腐敗和搞女人，最大的腐敗，是身在其位不謀其政。比這更腐敗的，是像刁成信這樣的人，身在其位在謀反政。更大的腐敗是，刁成信明明在反政，你還奈何不了他，因這常務副市長不是蔡富邦確定的，同樣也是省裡確定的。比這些更讓蔡富邦生氣的是，刁成信使絆子不看時候。目前，市裡正在創建「精神文明城市」。「精神文明城市」，全國才有幾十個。成了「精神文明城市」，市裡的形象就會大為改觀，投資的硬環境和軟環境，就有了一個明顯的說法；與外商談判，招商引資，也多了一個籌碼。為籌辦這「創建」，蔡富邦花了一年的心血，整治了全市的公園、街道、地溝、學校、農貿市場和棚戶區；全市挨街的樓房，外立面都新刷了一遍。準備一年，就等一天；再有三天，中央和省裡管「精神文明城市」創建的領導小組，就要來這裡驗收。為了這一天，蔡富邦又提前一個月，讓全市的幹部市民，上街捉蒼蠅。機關幹部，規定每人每天交十隻蒼蠅，跟年終考核聯繫在

一起。蒼蠅不經捉，半個月之後，幹部們十隻蒼蠅的指標就完不成了，個個怨聲載道。而怨聲載道中，全市確實不再飛一隻蒼蠅。蔡富邦知道怨聲載道，但不過枉就不能矯正。捉過蒼蠅，又讓小學生唱歌，老太太跳舞。這回蔡富邦去北京，就是彙報「精神文明城市」的創建成果；回來，就準備迎接「精神文明城市」創建活動領導小組的到來。沒想到一回到市裡，市政府門口有一個靜坐的，而且已經坐了三天，還沒人出來管。說句不好聽的，全市的蒼蠅都消滅了，市政府門口，卻出現了一隻大蒼蠅；這不是故意給「精神文明城市」創建活動抹黑嗎？蔡富邦一到辦公室，就把祕書長叫過來，指指窗外的市政府大門口，一臉惱怒地問：

「怎麼回事？」

祕書長瘦得像根竹竿，抽菸，臉顯得蠟黃，唯唯諾諾地說：

「一個告狀的。」

蔡富邦：

「我知道是個告狀的，聽說坐了三天了，咋就沒人管？」

祕書長：

「管了，不聽。」

蔡富邦：

「刁成信這幾天沒來上班嗎？他就視而不見嗎？」

祕書長不敢挑撥領導之間的矛盾，忙說：

「刁市長管了，還親自找她談了，還是不聽。一個婦道人家，圍觀的群眾又多，不好動用員警，那樣影響就更不好了。」

蔡富邦心裡稍平靜一些；但心裡更加不平：

「多大的事呀，工作做不下來，殺人了，還是放火了？」

祕書長：

「沒殺人，也沒放火，屁大點事。這婦女離婚了，又後悔了。我想，大概想找補點錢唄。就是事兒小，倒不好管；如是殺人放火，倒好辦了。」

蔡富邦：

「哪個縣的，縣裡就不管嗎？」

祕書長：

「縣裡也管了，管不下來。這婦女現在不是告一個人，是告許多人。」

蔡富邦：

「都告誰呀？」

祕書長：

「正因為管不了，她當成都不管，她要告她那個縣的縣長，法院院長，法院的專委，還有法院的審判員，還有她丈夫，還有什麼人，我一時也記不清了。」

蔡富邦倒「噗嗤」笑了：

「她還真有些膽量，屁大點事，鬧到這種地步。」

祕書長忙點頭：

「是個強娘們。」

又問：

「蔡市長，你看怎麼辦？」

蔡富邦又光火了：

「你看，你們說你們層層都管了，到頭來，不還是推到我頭上？不還是讓『我看』嗎？三天後，『精神文明城市』創建活動領導小組就要到市裡來了，還能怎麼辦？趕緊把她弄走，有什麼事，一個禮拜之後再說。」

蔡富邦說這話時是上午。上午，李雪蓮仍在市政府門口坐著，頭頂一個「冤」字；下午仍在靜坐，沒有人管；到了晚上，圍觀的人散去，就剩李雪蓮一個人；李雪蓮從袋裡掏出一個乾饃，正往嘴裡送，幾個穿便服的員警，一擁而上，不由分說，便把李雪蓮架走了。市長蔡富邦只說把李雪蓮弄走，並沒說弄到哪裡去；說過這話，就忙乎別的去了；但他的指示一層層傳下來，從市政府到市公安局，從市公安局到區公安分局，又到市政大道東大街派出所，指示早已變了味兒，成了市長發了脾氣，讓把這婦女關起來。幾個員警把李雪蓮架走，不由分說，以「擾亂社會秩序罪」，把李雪蓮關進了拘留所。

10

三天之後，市裡「精神文明城市」創建活動被合格驗收，該市成為「精神文明城市」；七天之後，李雪蓮從拘留所被放了出來。「精神文明城市」的創建和李雪蓮的告狀，二者本來沒有聯繫，但因為「精神文明城市」的創建，李雪蓮被關了進去，二者就有聯繫了。但李雪蓮被放出來，並沒有追究「精神文明城市」的創建。市裡人人都知道，抓李雪蓮是市長蔡富邦下的命令；人人都知道了，李雪蓮也知道了；李雪蓮從拘留

去找蔡富邦，也沒有繼續在市政府門前靜坐，而是返回了自己縣，又返

去找在鎮上殺豬賣豬肉的老胡。老胡仍在集上賣肉，肉案子上扔的是

的也是肉。李雪蓮遠遠喊：

來，跟你說句話。」

前埋頭切肉，抬頭看到李雪蓮，吃了一驚。他放下手中的刀，跟李雪蓮

，來到廢棄的磨坊。老胡：

聽說妳被拘留了？」

李雪蓮一笑：

「這不又出來了嗎？」

老胡看李雪蓮，又感到詫異：

「不像從拘留所出來的呀，小臉咋紅撲撲的？」

又往前湊：

「身上還香噴噴的。」

李雪蓮：

「我喜歡拘留所，在裡邊啥心都不用操，一天三頓，還有人給你送飯。」

李雪蓮說了假話。在拘留所七天，受的罪就不用提了。一間小黑屋，關了十幾個婦女，橫豎轉不開身；一天三頓，一頓一個窩頭，一塊鹹菜，根本吃不飽；還有解手，不是想解手就解手，非等到放風的時候；許多婦女等不到放風的時候，便將尿撒在了黑屋子裡；李雪蓮也撒過；屋裡的味道就不用說了。比這些更讓人難受的是，關在黑屋子裡，整天不讓說話；吃不飽聞騷味可以忍著，不讓說話就把人憋死了。李雪蓮從拘留所出來，先跑到麥苗田裡吸了半天氣，又對著遠處的群山喊了幾聲：

「我操你媽！」

然後去鎮上澡堂洗了一個澡；回到家，又換了身新衣服，往臉上抹了許多香脂；抹過香脂，又打了胭紅，才來見老胡。老胡眼粗，也沒看出來。李雪蓮：

「老胡，你還記得你一個月前說的話嗎？」

老胡：

「啥話？」

李雪蓮：

「你說你要幫我殺人。」

老胡詫異：

「我是說過呀，妳當時不讓哩，妳非讓我幫你打人。」

李雪蓮：

「當時不讓殺，現在想殺了。」

老胡轉著眼珠：

「如果是殺人，那就得先辦事，後殺人。」

李雪蓮：

「行。」

老胡高興得手舞足蹈，上來就摸李雪蓮的奶子：

「啥時候辦？就今兒吧。」

李雪蓮捺住老胡的手：

「知道殺誰嗎？」

老胡：

「不是秦玉河嗎？」

李雪蓮：

「除了秦玉河，還有呢。」

老胡吃了一驚：

「還有誰？」

李雪蓮從口袋裡掏出一張紙，紙上寫著一個名單：

市長蔡富邦
縣長史為民
法院院長荀正義
法院專委董憲法
法院法官王公道
王八蛋秦玉河

老胡看了這名單，懵了：

「寶貝兒，進了一回局子，把妳氣糊塗了吧？」

李雪蓮：

「這些人，個個都太可惡了。」

老胡嘴開始結巴：

「我一個人，殺得了這麼多嗎？」

又說：

「還有，除了秦玉河，個個都是當官的，身邊一天到晚圍著人，也不好下手呀。」

李雪蓮：

「殺幾個算幾個，我這心裡憋的呀。」

老胡一下子慫了，抱著頭蹲到磨道裡，往上翻白眼：

「妳覺得我這生意值嗎？弄妳一回，要殺六個人。」

又抱住頭：

「妳以為我是黑社會呀？」

李雪蓮照地上啐了一口：

「早知道你在騙我。」

眼中不禁湧出了淚。又踢了老胡一腳，轉身走了。

11

告別老胡，李雪蓮決定不殺人了。不但不殺人，也不打人了。不但不打人，連狀也不告了。她突然悟出，折騰這些沒用。原想折騰別人，誰知到頭來折騰了自己。但她心裡還是不服，還想把這事說清楚。找普天下的人說不清楚，找一個人能把這事說清楚；普天下的人都說李雪蓮是錯的，唯有一個人知道李雪蓮是對的；普天下的人，都說李雪蓮去年離婚是真的，唯有一個人，知道這事情的真假，知道這事情的來龍去脈；也正是這個人，把李雪蓮推到了說不清事情真假的地步，還在拘留所被關了七天；這個人不是別人，就是她的前夫秦玉河。她想當面問一問秦玉河，去年離婚到底是真還是假。現在問這句話的目的，跟前些天不一樣；前些天倒騰這句話是為了打官司，現在不為打官司，不再是弄清真假之後，還要與秦玉河再結婚再離婚，讓秦玉河也跟他現在的老婆離婚，大家折騰個夠，大家折騰個魚死網破；而是就要一句話。世上有一個人承認她是對的，她就從此偃旗息鼓，過去受過的委屈也不再提起。李雪蓮無法將真相證明給別人，只能證明給自己。就此了結既是為了了結過去，也是為了開闢未來。李雪蓮今年二十九歲，說小不算小，說大不算大；但李雪蓮長得不算難看，大眼睛，瓜子臉，要胸有胸，要腰有腰，不然殺豬的老胡見了她，也不會像蒼蠅見了血；她不能把青春，浪費在這些沒用的事情上；她準備放下過去的恩怨，開始找新的丈夫。等找到新的丈夫，帶著女兒，踏踏實實過新的日子。

為了了結過去，也為了開闢未來，李雪蓮又去了一趟縣城西關化肥廠，去找秦玉河。一個月前，李雪蓮來找過秦玉河一趟。當時是為了把他騙回鎮上殺了。為了騙他，還把兩個月大的女兒抱來了。但在縣化肥廠尋了個遍，沒有找到秦玉河，秦玉河開貨車到黑龍江送化肥了；像李雪蓮的弟弟李英勇，不幫李雪蓮殺人，躲到山東一樣；他也躲了。還虧秦玉河當時躲了，當時他不躲，說不定就把他殺了。他當時被殺了，如今李雪蓮在哪裡？說不定就在監獄，等著挨槍子了；也就沒有今天第二回找秦玉河了。上回在化肥廠尋了個遍，沒有找到秦玉河；這回李雪蓮還沒進化肥廠，就看到了秦玉河。秦玉河正坐在化肥廠大門口一家飯館前，在悠然自得地喝啤酒。而且不是一個人，桌子四周，還散坐著五六個其他的男人。李雪蓮認出，其中一個絡腮鬍子叫老張，也在化肥廠開貨車。他們邊喝啤酒，邊說說笑笑。化肥廠門口左邊，是一家收費廁所；右邊，是這家飯館。飯館距廁所不過一箭之地，但大門兩側，上廁所的上廁所，吃飯的吃飯，喝啤酒的喝啤酒。自上次李雪蓮在法院打官司，王公道判李雪蓮敗訴之後，秦玉河不再躲李雪蓮了，秦玉河又開始光明正大地生活了，秦玉河不再去黑龍江送化肥了，又開始在化肥廠門口，跟朋友喝啤酒了。秦玉河以為這件事已經過去了。李雪蓮看到秦玉河跟一幫人在喝啤酒，秦玉河一幫人卻沒發現李雪蓮來了。李雪蓮上前一步，喊了一聲：

「秦玉河。」

秦玉河扭頭，突然發現李雪蓮，倒吃了一驚。不但他吃了一驚，他身邊的幾個朋友也吃了一驚。但秦玉河很快鎮定下來：

「幹嘛？」

李雪蓮：

「你過來一下，我跟你說句話。」

秦玉河看看左右的朋友，沒動窩；想了半天，說：

「啥話？有啥話，就在這兒說吧。」

李雪蓮：

「這話只能咱倆說。」

秦玉河不知李雪蓮的來意和用意，反倒更不動了：

「有啥話，就在這兒說吧。咱倆的事，鬧得全縣全市都知道了，沒啥背人的。」

李雪蓮想了想，只好說：

「那我就在這兒說了。」

秦玉河：

「說吧。」

李雪蓮：

「既然當著眾人，你就當著眾人說一句實話，咱倆去年離的那場婚，到底是真的還是假的？」

秦玉河見李雪蓮又提這事，不禁惱了。他沒料到李雪蓮再問這話，是為了了結這事；李雪蓮想得到的，就是他一句話；反以為李雪蓮再問這話，又要舊事重提，重新折騰一番。他悶著頭答：

「是真是假，妳不是到法院告我了嗎？法院是咋說的？」

李雪蓮：

「法院判我輸了。今天我不管法院，也不管別人，我就想問問你，法院判的對不對？去年離婚，到底是真的還是假的？」

秦玉河更看出李雪蓮是要糾纏下去，仍要折騰個魚死網破；問這一句話，還不定今後當啥使呢；她身上不會藏著答錄機吧？便黑著臉說：

「我不跟妳胡攪蠻纏，是真是假，法院已經判了；妳還有什麼話，還去法院告我吧。」

李雪蓮不禁哭了：

「秦玉河，你真沒良心，你咋能睜著眼睛說瞎話呢？你咋能說話不算話呢？去年離

婚時明明說好是假的，你咋一聲招呼都不打就變了呢？你變了沒啥，還與人合夥陷害我；明明是假的，咋就說不成假的呢？」

見李雪蓮哭了，秦玉河更火了：

「誰陷害妳了？我陷害妳，從法院到各級政府也陷害妳嗎？李雪蓮，我還勸妳，事到如今，妳就別胡攪蠻纏了；再胡攪蠻纏，一件事，就變成另一件事了；就算我冤枉妳，從法官到法院專委，從專委到法院院長，從法院院長到縣長，再到市長，都在冤枉妳嗎？現在妳不鬧，事情還小，只是被拘留，再鬧下去，事兒就大了，說不定還要蹲監獄呢！」

又說：

「妳現在是與我作對嗎？從法官到法院專委，從專委到法院院長，從院長到縣長，再到市長，妳都與人家作對，妳想想，妳會有好果子吃嗎？」

李雪蓮來找秦玉河的目的，本來不想再糾纏下去了，就為得到秦玉河一句話；正是秦玉河這番話，把李雪蓮的火又點著了。秦玉河已不是過去的秦玉河了，秦玉河變了。秦玉河與她在一起的時候，一個貨車司機，雖然也要過渾，但還是講道理的；遇事也讓李雪蓮三分；沒想到一年過去，他們就成了仇人，他就變得渾不凜了。如不是渾不凜，他也不會另找一個老婆；如不是渾不凜，也不會把兩人要說的話，非當著眾人來說。比這更氣人的是，說話之間，他把法官、法院專委、法院院長、縣長、市長，都拉到了他那一邊，好像是他們家親戚，使李雪蓮這邊，成了孤零零一個人。但一個月的事實不正是如此嗎？法官、法院專委、法院院長、縣長、市長，不都跟秦玉河站到一起了嗎？比這更氣人的是，秦玉河說完這些話，照地上啐了一口唾沫，抄起酒瓶，仰起脖子，「咕咚」「咕咚」喝了幾口啤酒。李雪蓮身上沒帶刀子；如果帶著刀子，就會馬上撲上去，殺了秦玉河。倒是秦玉河的朋友老張，這時站起來勸李雪蓮：

「雪蓮，這事兒一時半會說不清楚，妳還是先回去吧。」

李雪蓮沒走，而是又哭了：

「秦玉河，我們好歹是夫妻一場，你的心咋就這麼狠呢？」

又哭：

「官司的事我不管了，縣長市長我也不管了，我只是想問問，趁著我懷孕，你跟人胡搞，你還有沒有良心？」

秦玉河見李雪蓮提他胡搞的事，更加惱羞成怒；秦玉河仰脖子「咕咚」「咕咚」又喝了幾口啤酒，又朝地上啐了一口唾沫：

「這事妳問不著我，該問妳自己。」

李雪蓮一愣：

「啥意思？」

秦玉河：

「要說跟人胡搞，我早吃著虧呢。」

李雪蓮：

「啥意思？」

秦玉河：

「嫁我的時候，妳是個處女嗎？新婚那天晚上，妳都承認，妳跟人睡過覺。」

接著又補了一句：

「妳是李雪蓮嗎，我咋覺得妳是潘金蓮呢？」

李雪蓮如五雷轟頂。如果不是伸手能扶著牆，李雪蓮會暈到地上。她萬萬沒想到，秦玉河會說出這種話來。今天之前，她折騰的是她和秦玉河離婚真假的事，沒想到折騰來折騰去，竟折騰出她是潘金蓮的事；本來他折騰的是秦玉河，沒想到折騰到自己身上。李雪蓮當姑娘時算漂亮的，有許多男的想跟她好；在李雪蓮與秦玉河結婚之前，李雪蓮談過幾回戀愛；有兩個跟她好到了一定程度，就發生了關係。後來因為種種原因沒成，最後嫁給了秦玉河。新婚晚上，秦玉河發現李雪蓮不是處女，追問這事，李雪蓮就如實說了。可如今天底下，十八歲靠上的女人，有幾個會是處女？當時能看出秦玉河不高興，但彆扭幾天，事情也就過去了，沒想到這事一直存在秦玉河心裡，八年之後又舊事重提。還不是舊事重提，而是張冠李戴。潘金蓮與西門慶勾搭成姦是在與武大郎結婚之後，李雪蓮與人發生關係是結婚之前，那時與秦玉河還不認識；更何況，李雪蓮並沒像潘金蓮那樣，與姦夫謀害親夫，而是秦玉河另娶新歡在陷害她。李雪蓮也能看出，秦玉河説這話也是一時衝動，説這事不是為了説這事，而是為了擺脱自己的尷尬和惱怒；或者，為了擺脱李雪蓮的糾纏。正因為這樣，李雪蓮覺得這事突然變大了。因為，秦玉河説這話時，身邊不是就他們兩個人，周遭還有一大群喝啤酒的人。俗話説得好，好事不出門，壞事傳千里；明天早上，李雪蓮是潘金蓮這事，就會傳遍全縣，後天就會傳遍全市；因為告狀，李雪蓮已經在全縣全市成了名人。潘金蓮這事，可比離婚真假有趣多了；離婚真假，馬上就顯得不重要了。比這些還重要的是，如果李雪蓮成了潘金蓮，不管秦玉河與她離婚真假，都情有可原，誰願意跟潘金蓮生活在一起呢？換句話，有李雪蓮成了潘金蓮墊底，秦玉河幹什麼都是應該的。李雪蓮馬上由原告變成了元凶。這話毒還毒在這個地方。李雪蓮來的時候，本來是要結束過去開闢未來，開始找新的丈夫；如今頭上戴著一頂潘金蓮的帽子，想開闢未來也不可能了。世上還有誰，願意娶一個潘金蓮呢？見李雪蓮在那裡扶著牆打晃，化肥廠的老張倒喝斥秦玉河：

「老秦，過分了啊，把一件事説成了另一件事。」

又喝斥：

「俗話説得好，打人不打臉，罵人不揭短。」

又勸李雪蓮：

「雪蓮，這事兒會越説越亂，妳還是先回去吧。」

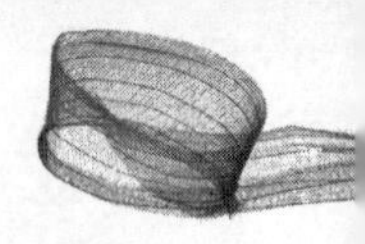

李雪蓮擼了一把鼻涕，轉身就走了。她走不是聽了老張的勸，而是一個新的主意，又產生在她的心頭。既然開闢不了未來，只好還糾纏過去。過去糾纏過去是為了證明離婚的真假，現在糾纏過去還為了證明她不是潘金蓮；過去說這事純粹為了懲罰秦玉河，現在說這事還為了證明李雪蓮的清白。問題的複雜性在於，李雪蓮是不是潘金蓮這事，是由她跟秦玉河離婚的真假引起的；或者，為了證明李雪蓮不是潘金蓮，先得回頭說清楚離婚的真假。兩件事情本來沒有聯繫，如今讓秦玉河這麼一說，兩件事扭成麻花，就攪到了一起。老張那句「打人不打臉，罵人不揭短」的話，也刺激了李雪蓮，可見大家已經把秦玉河的話當真了，已經把這當成她的「短處」了，已經把她當成潘金蓮了。本來她不準備鬧了，不準備折騰了，現在又要重新折騰。可到哪裡折騰呢？該折騰的地方，她過去已經折騰了，從縣裡到市裡，能告狀的地方，她已經告遍了，也讓她得罪遍了；過去告了，沒用；重新告，也不會有用；說不定還會被關起來；她突然下定決心，要離開本地，直接狀告到北京。這件事說不清楚，李雪蓮難活下去。本地都是糊塗人，北京是首都，北京總該有明白人吧？本地從法官到專委，從法院院長到縣長，再到市長，都把假的當成真的，北京總能把真的當成真的吧？或者，總能把假的當成假的吧？真假不重要，關鍵是，我是李雪蓮，我不是潘金蓮。或者，我不是李雪蓮，我是竇娥。

12

李雪蓮去北京沒去對時候。她不瞭解北京，北京也不瞭解她。她去北京告狀的時候，正是「全國人民代表大會」在北京召開期間。兩件事本來毫無聯繫，因為時間撞到了一起，也就有了聯繫。「全國人民代表大會」召開期間，北京不准閒雜人等進入。何謂閒雜人等，沒有明確規定，凡是不利於大會召開的，皆屬閒雜人等。過去在北京街頭撿破爛的，乞討的，偷東西的，在髮廊賣淫的，還有就是告狀的，一夜之間，統統都不見了。李雪蓮去北京坐的是長途汽車。本來她想坐火車，因火車票比長途汽車票貴十五塊錢，她就坐了長途汽車。搖搖晃晃，坐了一天半夜，長途汽車到了河北與北京交界的收費站，李雪蓮終於知道北京在開「全國人民代表大會」。因為收費站停了十幾輛警車，警車上閃著警燈；每輛進京的汽車，都要接受檢查。路邊停滿了被攔下的長途汽車、貨車、麵包車和小轎車。李雪蓮乘坐的長途汽車，也被攔在路邊。車太多，接受檢查也要排隊。排了兩個鐘頭，終於有兩個員警，上了李雪蓮乘坐的長途汽車。員警上來，挨個檢查每個乘客的證件，每個人的行李，盤問去北京的理由，盤查去北京的證

明。乘客回答去北京的理由五花八門，有出差的，有做生意的，有投奔親戚的，有看病的，還有一個是尋找丟失孩子的……盤查一番，有的乘客過了關，有的人被員警趕下了車。被趕下車的，也都默不作聲。李雪蓮看了半天，沒弄清員警放行或趕人的標準。終於，一個員警檢查到了李雪蓮。先看了李雪蓮的身分證，又問：

「到北京幹什麼去？」

李雪蓮知道自己不能回答出差，也不能回答去北京做生意，也不能回答去北京找孩子，她看上去都不像；更不能回答去北京的真實原因：告狀；便隨著前排一個乘客說：

「看病。」

邊回答，邊將頭靠到窗戶上，作出病懨懨的樣子。員警盯著她：

「看啥病？」

李雪蓮：

「子宮下垂。」

員警臉上的肌肉抖了一下，接著問：

「去北京哪家醫院？」

李雪蓮有些懵。因為她沒去過北京，更沒去過北京看過病，不知道北京都有哪些醫院，及各醫院的深淺，便隨口答：

「北京醫院。」

李雪蓮答「北京醫院」是顧名思義；員警看了李雪蓮一眼，接著往下盤問；李雪蓮鬆了一口氣，知道北京確實有家「北京醫院」；員警又問：

「妳的病歷呢？」

李雪蓮一愣：

「病歷，啥病歷？」

員警有些不耐煩：

「你去醫院看病，過去的病歷呢？」

李雪蓮靈機一動：

「我這是第三回去北京看病呀，過去的病歷，都落在北京醫院了。」

員警看李雪蓮半天，不再糾纏「病歷」的事；又問：

「妳的證明呢？」

李雪蓮：

「證明，啥證明？」

員警又開始不耐煩：

「妳咋啥也不懂？現在是『人大』期間，凡是去北京的，都得有縣以上政府開的介紹信；不然你說妳去北京看病，誰給妳證明呀？」

李雪蓮傻了；她確實不知道「人大」召開期間，去北京要開介紹信，而且是縣政府

的介紹信；就是知道，她去縣政府開介紹信，縣政府也不會給她開；便說：

「不知道要開『人大』，把這事忘了。」

員警終於抓住了李雪蓮的漏洞，鬆了一口氣：

「那不行，沒有證明，妳不能去北京。」

李雪蓮：

「耽誤我看病咋辦？」

員警：

「『人大』開會，也就半個月。半個月後，妳再去北京。現在下車。」

李雪蓮的強勁上來了，坐在那裡不動：

「我不下車。」

員警：

「別人都下，妳為什麼不下？」

李雪蓮：

「我子宮都垂到外邊了，耽誤不起。」

員警臉上的肌肉又抖了一下，接著喝道：

「兩回事啊，別胡攪蠻纏，也就半個月。」

李雪蓮站起來：

「要我下車也行，你得負責任。」

員警一愣：

「我負什麼責任？」

李雪蓮：

「其實北京我也不想去，錢花光了，病也不見好，早不想活了。你要讓我下車，我不等半個月，我下車找棵樹就上吊。」

員警愣在那裡。李雪蓮盯住員警胸前的警號牌：

「我記住了你的警號，我會在遺書上，寫上是你逼的。」

員警更愣了，嘴張著，半天合不攏。待合攏，朝窗外啐了一口唾沫，嘟囔一句：

「妳這娘們，倒難纏了。」

又搖頭：

「刁民，全是刁民。」

皺了皺眉，越過李雪蓮，開始盤問下一排座位上的乘客。

夜色中，李雪蓮往窗外舒了一口氣，又坐下來。

13

李雪蓮頭一回進北京，到了北京，有些暈頭轉向。她首先覺得北京大，比村裡、鎮上、縣城和市裡都大；大得漫無邊際；坐在公車上，走走是高樓大廈，走走又是高樓大廈；走走是立交橋，走走又是立交橋。另外她在北京轉了向。李雪蓮從小學課本上就學到，天安門在長安街的北邊，當她坐著公車從天安門廣場穿過時，卻發現天安門在長安街的南邊；用村裡的方位校正半天，還是沒有矯正過來；看來在北京期間，就要以南為北，以東為西了。比這更要命的是，李雪蓮來北京是為了告狀，待到了北京，卻不知道該到哪裡告狀，該向誰告狀；這些該去告狀的地方在哪裡，能夠接受她告狀的人，又住在哪裡。幸好「全國人民代表大會」召開了，李雪蓮知道，「全國人民代表大會」，一定在人民大會堂召開；而人民大會堂，就在天安門的西側；當然，在李雪蓮看來，是在東側；「全國人民代表大會」召開的地方，一定是有頭有臉的人去的地方；而且不是一般的有頭有臉；李雪蓮靈機一動，決定在北京待下之後，趁著「全國人民代表大會」召開，到天安門廣場去靜坐；一靜坐，說不定就能引起在大會堂裡開會的有頭有臉人的注意。

為了在北京待下來，為了安置自己，李雪蓮投奔了一個中學同學。這個中學同學叫趙敬禮，當年在班上，與李雪蓮坐前後桌，坐了六年。趙敬禮長顆大頭；大頭正頭頂，又凹進去一坑，成了葫蘆型。「趙敬禮」是趙敬禮的大名，但班上無人喊他「趙敬禮」，都喊他「趙大頭」。久而久之，喊「趙大頭」有人答應，冷不丁有人喊「趙敬禮」，趙敬禮自個兒，都不知道在喊誰。初中三年，兩人沒說過話；從高中一年級起，李雪蓮知道趙大頭對她有意思。趙大頭從小沒有娘，他爹是鎮上一個裁縫；趙大頭有三個弟弟；一個爹，整天踏一臺縫紉機，養活趙大頭哥兒四個，家裡並不寬裕；但從高中一年級起，趙大頭三天兩頭給李雪蓮帶「大白兔」奶糖，從課桌後悄悄遞過來。也不知他的錢從哪裡來的。「大白兔」糖送了兩年多，也不見趙大頭有什麼表示。還是高中快畢業了，一天在上晚自習，李雪蓮出教室解手；從廁所回來，趙大頭在教室門口候著。看看左右無人，趙大頭說：

「李雪蓮，我想跟妳說句話。」

李雪蓮：

「說吧。」

趙大頭：

「得找個地方。」

李雪蓮：

「找吧。」

趙大頭把李雪蓮領到學校後身打穀場上。周圍的夜是黑的。李雪蓮：

「你要說啥？」

趙大頭啥也沒說，上來就抱李雪蓮，接著就要親嘴。由於動作太直接，中間也沒個過渡，李雪蓮有些措手不及。措手不及之下，本能地推了趙大頭一把。趙大頭腳下一絆，跌倒在地。如果換一個男生，爬起來還會親李雪蓮；幾經糾纏，幾經掰扯，哪怕李雪蓮說「我要急了」，「我要喊了」，仍繼續撕扯，好事也就成了；沒想到趙大頭跌了一跤，從地上爬起來，看了李雪蓮一眼，愣愣地說了一句：

「我以為咱倆已經好了呢。」

又說：

「千萬別告訴其他同學。」

轉身就跑了。趙大頭跑了，李雪蓮氣得「咯咯」笑了。摟她親她她沒生氣，轉頭跑了，李雪蓮就生氣了。第二天兩人再見面，趙大頭低著頭，紅著臉，不敢再看李雪蓮。這時李雪蓮知道，趙大頭是個老實孩子。李雪蓮賭氣，也不理趙大頭。接著高中畢業，李雪蓮沒考上大學，趙大頭也沒考上大學；李雪蓮回到了村裡，趙大頭的一個舅舅，在省城一個賓館當廚子，趙大頭就跟他舅舅到省城學廚子去了。後來他舅舅被調到這個省駐北京的辦事處當廚子，趙大頭也跟來了；後來他舅舅退休回了老家，趙大頭就一個人留在了北京。李雪蓮到北京舉目無親，認識的所有人中，只有趙大頭在北京，於是便想投靠趙大頭。但中學時候，她吃了兩年多趙大頭的「大白兔」，打穀場上，又將趙大頭嚇了回去，她擔心趙大頭記仇。李雪蓮也想好了，如趙大頭不記仇，她就有了落腳處；如趙大頭記仇，她轉頭就走，另尋一個住處。這個住處李雪蓮也想好了，就是火車站。雖然北京火車站她沒去過，但她知道，普天下的火車站，一到晚上，屋簷下都可以睡人。

雖然知道趙大頭在省駐京辦事處工作，但李雪蓮找到省駐京辦事處，還是幾經周折。李雪蓮打聽著，換了八回公車；有三回還倒錯了，走了不少冤枉路；清晨到的北京，一晃到了晚上，才找到那個省駐京辦事處，趙大頭當廚子的地方。辦事處是一幢三十多層高的大廈。到了辦事處，卻發現這個大廈她進不去。大廈前臉有個院落，院落門口有座牌坊；沿著牌坊，拉著警戒線；警戒線處，有五六個門衛守著，不讓人進。原來這裡住著這個省參加「全國人民代表大會」的一百多名代表。李雪蓮走上前去，門衛以為李雪蓮是來住宿的；打量她的衣著，又不像住得起這大廈的人；但一個門衛仍客氣地說：

「別處住去吧，這裡住著人大代表。」

李雪蓮終於明白，自己與「全國人民代表大會」又一次撞上了。但她並無驚慌，看著裡面說：

「我不住宿，我找我親戚。」

另一個門衛問：

「妳親戚也來開人代會呀？」

李雪蓮搖頭：

「他不開人代會，他在這裡當廚子，他叫趙敬禮。」

這個門衛低頭想了想：

「這裡的廚子我都熟，沒有一個叫趙敬禮的人呀。」

李雪蓮愣在那裡：

「全縣人都知道，他在這裡做飯呀。」

接著開始著急：

「咋會不在這裡呢？我跑了兩千多里呀。」

見李雪蓮著急，另一個門衛加入幫著想：

「後廚咱都熟呀，確實沒有一個叫趙敬禮的。」

李雪蓮突然想起什麼：

「對了，他還有一個名字，叫趙大頭。」

一聽「趙大頭」，五六個門衛全笑了：

「原來是大頭呀。」

一個門衛說：

「妳不早說。妳等著，我給妳喊去。」

五分鐘之後，趙大頭就出現了。穿著一身白制服，戴著一頂高筒白帽子。大模樣還有中學時候的模樣，只是胖了幾圈——上中學時，趙大頭是個瘦子，一根麻稈，頂個大頭，現在成了個大胖子；頭倒顯得小了，縮在高筒帽裡。走在街上，李雪蓮肯定認不出這是趙大頭。趙大頭一見李雪蓮，先是一愣，接著馬上認了出來，猛地拍了一下巴掌：

「哎喲我的娘啊，妳咋來了？」

開始咧著大嘴笑。李雪蓮放下心來，知道十多年過去，趙大頭沒記中學時代的仇。李雪蓮：

「我去東北看俺姑，回來路過北京，看你來了。」

趙大頭上前一步，搶過李雪蓮的提包：

「快進去喝水。」

沒想到一個門衛伸手攔住李雪蓮，對趙大頭說：

「大頭，有話外邊說吧，正開人代會呢，陌生人不准入內。」

趙大頭一愣；李雪蓮也一愣，擔心進不去大廈；沒想到趙大頭愣後，一把推開門衛：

「日你娘，這是我親妹，是陌生人嗎？」

這個門衛：

「這是規定。」

趙大頭照地上啐了一口：

「看門當個狗，還拿雞毛當令箭了，裡邊住的都是你爹？你爹坐月子呢，怕招風不能見人？」

那門衛臉倒紅了，也有些想急：

「大頭，有話好說，咋罵人呢？」

趙大頭：

「我罵你不是不讓我妹進，是罵你忘恩負義。你天天去廚房，我讓你占過多少便宜？昨天我還給你切過一塊牛筋肉呢。我不罵你，我打你個王八羔子。」

揚巴掌就要打他。這門衛紅著臉，一邊說：

「你等著，我回頭彙報領導。」

一邊捂著頭，往牌坊前的石獅子身後躲。其他幾個門衛都笑了。李雪蓮看出，趙大頭小時候是個窩囊孩子，現在變了。

趙大頭領著李雪蓮越過警戒線，進了院落；但他並沒有領李雪蓮進大廈，而是領她沿一條小路，繞到大廈後身。後身有一座兩層小樓，當頭一塊牌子：「廚房重地」。進了重地，又領李雪蓮進了一間儲藏室；儲藏室裡有床鋪；李雪蓮明白：原來這裡是趙大頭的住處。趙大頭解釋：

「也是領導的信任，邊住宿，邊看倉庫。」

接著讓李雪蓮洗臉，又給她倒茶，又去後廚，一時三刻，端來一碗熱騰騰的打滷麵。吃完喝完，已是晚上九點。趙大頭問：

「到北京幹啥來了？」

李雪蓮沒敢說自己來告狀，仍說：

「不是給你說了，去東北看俺姑，回來路過，順便玩玩，我沒逛過北京。」

趙大頭搓著手：

「逛逛好，逛逛好。」

又說：

「妳晚上就住這兒。」

李雪蓮打量：

「我住這兒，你住哪兒？」

趙大頭：

「這裡我熟，能住的地方有十個，妳不用操心。」

又說：

「洗洗早點睡吧。我還得去給人大代表做夜宵。」

晚上李雪蓮就住在趙大頭的床上。趙大頭晚上住哪兒，李雪蓮就不知道了。第二天一早，李雪蓮還沒起床，外邊有人「嘭嘭」敲門。李雪蓮披衣起身，打開門，趙大頭一臉著急：

「快，快。」

李雪蓮以為自己住在這裡被人發現了，要趕她走，一驚：

「咋了？」

趙大頭：

「妳昨天不是說來逛北京嗎？我請了假，今兒帶妳去長城。咱得早點去前門坐車。」

李雪蓮鬆了一口氣，但接著又一愣。她來北京並不是來逛，而是來告狀；但昨天順口說過「逛」，沒想到趙大頭當了真；又看趙大頭這麼當真，一怕拂了趙大頭的好意，二是昨天剛剛說過的話，不好馬上改口；一改口，再露出告狀的馬腳，事情就大了；再說，告狀也不是一天的事；全國人民代表大會，要開半個月呢；正因為不是一天的事，也就不差這一天；便急忙刷牙洗臉，與趙大頭去了前門，又一塊坐旅遊車去了長城。一天逛下來，李雪蓮滿腹心事，也沒逛出個名堂，沒想到趙大頭逛出了興致。第二天，又帶李雪蓮去了故宮和天壇。天壇門口有個美髮廳，又帶李雪蓮去燙了個頭。頭髮燙過，趙大頭打量李雪蓮：

「利索多了，馬上變成了北京人。人土不土，就在髮型。」

自個兒「嘿嘿」笑了。李雪蓮看著鏡中的自己，也不好意思笑了。燙過頭髮，趙大頭又請李雪蓮吃「老北京涮肉」。火鍋冒著熱氣。吃著涮肉，李雪蓮突然有些感動，對熱氣和火鍋對面的趙大頭說：

「大頭，我來北京這兩天，耽誤你不少時間，又讓你花了這麼多錢，真不好意思。」

趙大頭一聽這話，倒有些生氣：

「啥意思？拿我當外人？」

李雪蓮：

「沒當外人，就是說說。」

趙大頭高興了，用手拍著桌子：

「事情還不算完。」

李雪蓮：

「咋了？」

趙大頭：

「明天帶妳去頤和園，那裡能划船。」

當天夜裡，李雪蓮躺在趙大頭床上，開始睡不著。前兩晚睡得挺好，今晚竟睡不著了。從去年到今年的種種變故，從上個月到現在的告狀經歷，都湧上心頭。沒想到一個告狀這麼難。沒想到把一句真話說成真的這麼難。或者，與秦玉河離婚是假的，沒想到把一個假的說成假的這麼難。更沒想到為了一句話，又牽扯出另一句話，說她是潘金蓮。更沒想到為了把話說清楚，竟一直告狀到北京。到北京告狀，還不知怎麼個告法，只想出一個到天安門廣場靜坐；到天安門廣場靜坐，還不知靜坐的結果。趙大頭雖好，趙大頭雖然比自己在北京熟，但別的事能跟他商量，這件事兒倒不能商量。不由歎了一口氣。又突然想起自個兒的女兒。自上個月告狀起，一直在另一個同學孟蘭芝家托著。送去時兩個月大，現在已經三個月大了。事到如今，也不知孩子怎麼樣了。自孩子生下來，只顧忙著跟秦玉河折騰，只顧忙著告狀，還沒給孩子起個名字。又想著自己到北京是來告狀，並不是來閒逛；別因為跟著趙大頭閒逛，耽誤自己的正事。雖然李雪蓮不懂告狀，但知道告狀像任何事情一樣，也是趕早不趕晚。翻來覆去間，突然聽到門鎖轉動的聲音。李雪蓮心裡一緊，身子也一緊。黑暗中，看到門悄聲開了，接著閃進一個身影。看那胖胖墩墩的輪廓，就是趙大頭。李雪蓮知道，兩天逛北京的結果，終於出現了。李雪蓮閉著眼睛，一動不動；覺著趙大頭躡手躡腳到了床前，接著趴到她臉上看。這樣僵持了五分鐘，李雪蓮索性睜開眼睛：

「大頭，別看了，該幹嘛幹嘛吧。」

黑暗中，李雪蓮突然說了話，倒把趙大頭嚇了一跳。接著李雪蓮打開燈，趙大頭尷尬地站在地上。他只穿著內衣，上身一件背心，下身一件襯褲，凸著個大肚子。李雪蓮讓趙大頭「該幹嘛幹嘛」，趙大頭倒有些手足無措。也許，正是因為李雪蓮這句話，把趙大頭架在了那裡，趙大頭下不來了。趙大頭滿臉通紅，在地上搓著手：

「瞧妳說的，把我想成什麼人了？」

慌忙假裝在儲藏室找東西：

「我沒別的意思，就是來找酵母。半夜發麵，早上還得蒸油旋呢。不瞞妳說，咱省的省長，最愛吃我蒸的油旋。」

李雪蓮披衣坐起來：

「讓你幹你不幹，你可別後悔。」

趙大頭愣在那裡。李雪蓮：

「要不然，這兩天，不是白逛了。」

這句話，又把趙大頭架在那裡。趙大頭指天劃地：

「李雪蓮，妳什麼意思？逛怎麼了？我們同學整六年呢。」

李雪蓮這時說：

「大頭，明兒我不想去頤和園了。」

趙大頭：

「妳想去哪兒？」

李雪蓮不好說明天要到天安門廣場靜坐，便說：

「明天我想去商場，給孩子買點東西。」

趙大頭興致又上來了：

「商場也行啊，我陪妳去。」

李雪蓮：

「我不想耽誤你工作。」

趙大頭：

「我不說過了，我請假了。只要妳在北京，妳去哪兒，我就去哪兒。」

李雪蓮又將自己的外衣脫下：

「大頭，你就別忙活了。你要想幹啥，現在還來得及。」

趙大頭張眼看李雪蓮。看半天，又蹲在床邊抽菸。突然說：

「瞧妳說的，就是想幹啥，也得給我點時間呀。」

見他這麼說，李雪蓮「噗哧」笑了。十幾年過去了，趙大頭看似變了，誰知還是個老實孩子。便說：

「大頭，明兒我想一個人出去，你就讓我一個人出去吧。俗話說得好，也給我點私人空間。」

見李雪蓮這麼說，趙大頭也不再堅持了，也笑了：

「妳要真想一個人出去，妳就一個人出去。其實，陪妳跑了兩天，廚師長也跟我急了。」

李雪蓮又笑了。扳過趙大頭的腦袋，照他臉上親了一口。

第二天一早，李雪蓮換了一身新衣服，走出趙大頭的屋子，走出「廚房重地」，要去天安門廣場靜坐。靜坐換新衣服，也是為了跟天安門廣場相符；如一身邋遢，像個上訪的，說不定還沒進天安門廣場，就被員警抓住了。一個月前決定告狀時，李雪蓮買了身新衣服，一個月沒用上，現在終於派上了用場；在老家沒排上用場，在北京派上了用場。但剛轉過大廈，來到前院的花池子前，被一人當頭喝住：

「哪兒去？」

李雪蓮嚇了一跳。扭頭看，是一中年男人，粗胖，一身西服，打著領帶，左胸上別著辦事處的銅牌，看上去像辦事處的領導。李雪蓮以為自己在趙大頭這裡偷住被他發現了；又聽他問李雪蓮「到哪兒去」，並沒問她「住在哪兒」，又有些放心；但回答「到哪兒去」，匆忙間也不好回答，因為不能告訴他實話，說自己要去天安門廣場靜坐；一時也想不出別的由頭，只好答：

「出去隨便遛遛。」

那人生氣地說：

「別遛了，趕緊搬吧。」

李雪蓮愣在那裡：

「搬啥？」

那人指指花池子臺階上四五捆紙包，又指指大院門口：

「這些材料，快搬到車上，不知道今天要做『政府工作報告』呀？」

又說：

「快點快點，代表們馬上要去大會堂開會了。」

李雪蓮這時發現，大院門口警戒線外，一拉溜停了七八輛大轎車。大轎車發動著，上邊坐滿了人。這些人在車上有說有笑。大概這中年男人看李雪蓮衣著乾淨，北京髮型，又從大廈後身轉出來，以為她是大廈的工作人員。李雪蓮也知他誤會了，但見他支使自己，也不敢不搬花池子上的紙包；怕由不搬紙包，露出在這裡偷住的破綻。再說，白搬幾個紙包，也累不死人。李雪蓮彎腰搬起這四五捆紙包。不搬不知道，一搬還很重。搬著走著，把紙包搬到了末尾一輛大客車上。一上大客車，車上又有人喊：

「放車後頭。」

李雪蓮打量車上，車上坐著這個省一部分人大代表，戴著人大代表的胸牌，在相互說笑；李雪蓮打量他們，他們卻沒人注意李雪蓮。車下看著車上人很滿；上了車，才知道車的後半截是空的。李雪蓮又把四五捆材料往車後頭搬。待把材料剛放到空著的一排座位上，車門「嗞」地一聲關了，車開了。大概司機把她也當成了人大代表。車上的代表只顧相互說笑，沒人去理會這事，大概又把李雪蓮當成了大會的工作人員。李雪蓮倒是嚇了一跳，轉過身，想喊「停車」；突然又想，這車是去人民大會堂；人民大會堂就在天安門廣場西側；當然，在李雪蓮看來是東側；搭這車去天安門，倒省得擠公車了，也省下車錢了；到了天安門廣場，他們去大會堂開會，李雪蓮去廣場靜坐，誰也不耽誤誰的正事；便在座位上坐了下來。

正是上班時分，街上除了車就是人。但一溜車隊，在路上開得飛快。因一溜車隊前，有警車開道。車隊到處，所有的路口，紅燈都變成了綠燈。別的車輛和人流，都被攔截住了。十五分鐘後，一溜大客車就到了天安門廣場。到了天安門廣場，李雪蓮才知道「全國人民代表大會」召開的隆重。不是一溜車隊前往人民大會堂，全國三十多個省市自治區，三十多溜車隊，從不同方向開來。大會堂前幾十個員警，在指揮這三十多溜車隊。這些員警倒有經驗，三十多溜車隊，幾百輛大客車，一時三刻，就在人民大會堂東門外，停靠得有條不紊。接著從幾百輛大客車上，下來幾千名人大代表，胳肢窩下夾著文件包，說說笑笑，往大會堂臺階上走。李雪蓮看得呆了。直到車空了，身邊的四五捆材料也被人拿走了，李雪蓮還站在車裡，四處張望。這時車上的司機仍以為李雪蓮是人大代表，扭頭問：

「妳咋不進去呢？」

一句話提醒了李雪蓮。如能跟人民代表一塊進到大會堂，她這狀可就好告了。今天要作「政府工作報告」，肯定會有許多國家領導人，也來開會。能見到這些人，跟他們詳敍自己的冤情，比自個兒一個人在天安門廣場傻坐著強多了。於是不顧別的，慌忙跳下了車，跟上進大會堂的人流。因李雪蓮是乘人大代表的車來的，大客車已經越過了層層警戒線，也就無人再理會李雪蓮。李雪蓮也就順利地踏著大會堂的臺階，一步步來到了大會堂門口。

但人大代表進大會堂，在門口還要通過安全檢查。當時的安全檢查，還是人工的；許多大會堂的工作人員，手裡拿著一個像網球拍子的儀器，在大家身上掃來掃去。幾千

人同時安檢，熙熙攘攘，大會堂的工作人員只顧安檢，沒大注意代表的區別。李雪蓮裹在其他代表中間，也就亂中通過了檢查，隨著人流，往大會堂會場走去。剛到會場門口，門口一個警衛攔住了她。這警衛是個中年男人，穿著便服，倒十分客氣，笑著指指李雪蓮的前胸：

「代表您好，請把您的代表證，別到胸前。」

看來他也把李雪蓮當成人大代表了。李雪蓮自進了人民大會堂，就被大會堂的氣派給震住了。大會堂金碧輝煌，因在開人代會，到處是鮮花，又顯得花團錦簇。李雪蓮自生下來，沒見過這麼氣派和莊嚴的場面，心裡「怦怦」亂跳；突然又被人攔住，心裡更慌。但她強作鎮定：

「代表證呀，出門時忘賓館了。」

那中年人仍一臉溫和：

「那不要緊，請問您是哪個團的？」

李雪蓮靈機一動，答出她是她那個省的代表團的。中年人：

「請問您的姓名？」

李雪蓮這時答不出來了。她能答出自個兒的姓名，但她知道那姓名不管用；代表團裡別人的姓名，她一個也不知道，於是便愣在那裡。

中年男人又催：

「請問您的姓名。」

李雪蓮只好橫下一條心，看能否矇過去：

「我叫李雪蓮。」

由於心虛，回答得有些結巴。也許說別人的名字她不結巴，說自己的名字反倒結巴了。中年男人笑了，說：

「好，李雪蓮代表，請您跟我來一下，核對一下您的身分。」

又說：

「沒有別的意思，只是為了大會的安全。」

李雪蓮只好跟著他走。中年男人帶著李雪蓮，向大會堂大廳左側的一個通道走去。邊走，中年男人邊抄起手裡的步話機，悄聲說著什麼。待轉過彎，又是一個長長的通道，這裡安靜無人；這時李雪蓮發現，她的四周，開始有四五個穿便衣的年輕人向她靠攏。李雪蓮知道自己露餡了，忙從口袋掏出自己的訴狀，頂在頭上喊：

「冤枉。」

沒等她喊出第二聲，幾個年輕人像猛虎一樣，已經將她撲倒在地。她被壓在幾個小夥子身下。嘴被人捂住了，四肢也被七八隻手同時捺住，一刻也動彈不得。

這個場面也就三四秒鐘。正廳裡，進會場的代表，說說笑笑，誰也沒有注意到。大家順利進了會場。九點鈴響，會場裡響起雷鳴般的掌聲，領導人開始作「政府工作報告」。

14

這天全國人民代表大會的議程是：上午作「政府工作報告」，下午各代表團分組討論。李雪蓮這個省的代表團的下午討論會的會址，安排在大會堂一個廳。在大會堂討論，並不是代表們上午聽了報告，下午還要接著討論，擔心代表們跑路；這樣安排，大家恰恰多跑了路，因中午大家還要回駐地吃飯；平時大家都在駐地討論；而是按照事先的安排，今天這個省的代表團的討論會，有一位國家領導人參加；領導人參加討論會，一般情況下，半天時間，要相繼參加好幾個代表團的討論；所以哪一個代表團的討論會有領導人參加，會址便改在人民大會堂，便於領導人串場。

討論會有領導人參加，和沒領導人參加，這場討論會的結果就不一樣。領導人一參加，討論會馬上能上晚上的「新聞聯播」。結果不一樣，討論會的開法也不一樣。領導人參加這種討論會，一般是先聽代表們發言，最後作總結性講話。為了開好討論會，這個省的代表團作了精心安排，指定了十來個發言人。發言者的身分，盡量區別開，有市長，有村長，有鐵路工人，有企業家，有大學教授……各行各業都涵蓋到了。發言者的發言稿，事先都經過多次修改。發言的長度也有規定，一個人不超過十分鐘。討論會下午兩點開始，下午一點半，代表們就到了人民大會堂。代表團裡有幾位少數民族代表，讓他們都穿上了本民族的服裝。代表們入會場坐下，一開始還相互説笑，到了一點五十分，大家安靜下來，等候領導人的到來。但到了兩點，領導人沒有來。領導人一般是不會遲到的。但領導人日理萬機，偶爾遲到也是有的。大家都靜心等。到了兩點半，領導人還沒有來，會場便有些躁動。省長儲清廉敲了敲茶杯，讓大家耐心等候。兩點四十五分，門開了；大家以為領導人來了，都做好了鼓掌的準備，但進來的是一位大會祕書處的人；他快步走到儲清廉身邊，趴到儲清廉耳邊耳語幾句。儲清廉臉上錯愕一下；待祕書處的人出去，儲清廉説：

「領導臨時有事，下午的討論會就不參加了，現在咱們自個兒開起來。」

會場有些躁動。但事已至此，誰也改變不了領導人的決定，大家只好自己開起來。代表團自個兒在一起開會，跟領導人參加又不一樣了。大家都在一個省工作，相互都熟，再由指定的發言者正襟危坐，説些冠冕堂皇的話，馬上會顯得做作。省長儲清廉提議，改一下會議的開法，大家自由發言，誰想發言，誰就發言。會場的氣氛，倒一下活躍起來，馬上有十幾隻手舉了起來，要求發言。大家要求發言雖然踴躍，但真到發言，大家的發言，也都大同小異，無非是擁護「政府工作報告」，結合「政府工作報告」提出的要求，聯繫當地實際，或聯繫本部門本企業的實際，找出自己的差距，再列出幾條

整改措施，要迎頭趕上去。六個人發過言，已到中場休息時間。省長儲清廉正要宣布休息，會場的門開了。讓大家感到意外的是，國家另一位領導人走了進來。幾臺電視攝像機也跟了進來，大燈開著。按照事先安排，這位領導人並沒說參加這個省代表團的討論，沒想到他突然走了進來。大家驚在那裡。反應過來，會場立刻響起雷鳴般的掌聲。這位領導人滿面紅光，先向大家招手，又用手掌往下壓大家的掌聲：

「剛聽完一個團的討論，臨時來看望一下大家。」

會場裡又響起雷鳴般的掌聲。

領導人健步走到會場中間，坐到省長儲清廉身邊的沙發上，一邊接過女服務員遞過來的熱毛巾擦臉，一邊對儲清廉說：

「清廉呀，會接著開吧，我來聽聽大家的高見。」

又指著大家：

「事先說好啊，我今天只帶了耳朵，沒帶嘴巴，我是不講話的。」

省長儲清廉笑了。大家也笑了。領導人來了，中場也就不休息了，大家接著開會。因領導人到了，會議的開法又得改一改；又改回會議初始的開法；事先指定的發言人，又派上了用場。等於會議又重新開始。領導人從祕書遞過的公事包裡，掏出一個筆記本，準備記錄大家的發言。發言的代表見領導人來了，又掏出本記錄，雖是事先準備好的話，冠冕堂皇的話，但比自由發言，還情緒高昂。也有講到一半，脫離講稿的，開始彙報起自己地方的工作，或本部門本企業的工作。領導人也聽得饒有興味，甚至比剛才聽冠冕堂皇的話還有興趣，不時點頭，記在自個兒的筆記本上。省長儲清廉見領導人感興趣，也就沒打斷這些脫稿的話。終於，指定的代表都發完了言，省長儲清廉說：

「現在請首長給我們作重要指示。」

幾臺攝像機的大燈又亮了。會場又響起雷鳴般的掌聲。領導人先是笑：

「清廉啊，我有言在先，今天不講話呀。」

會場的掌聲更熱烈了。領導人又笑了：

「看來是要逼上梁山了。」

大家又笑了。領導人正了正身子，開始講話。領導人講話，輪到大家記錄。領導人先談「政府工作報告」，對報告所講的一年來的成績和不足，及明年的規劃和打算，他都贊成。他語重心長地說，一定要牢牢把握經濟建設這個中心，推進經濟體制改革，逐步推進政治體制改革，改善黨的領導，加強民主和法制建設，加強團結，調動一切可以調動的因素，增加主動性和緊迫性，取得社會主義物質文明和精神文明雙豐收。說過這些，像剛才有些代表發言脫稿一樣，他也撇開「政府工作報告」，開始講題外話。首先講國際形勢。從北美、歐洲，講到南美和非洲。在非洲停留的時間長一些，因他剛從非洲訪問回來。接著又講到亞洲。從國際拉回國內，又講了目前國民經濟的真實狀況。從城市講到鄉村，從工業講到農業，講到第三產業，講到高科技……說是脫題，其實也沒脱題。大廳裡，只響著領導人的聲音和代表們記錄時筆尖的「沙沙」聲。地上掉根針都能聽見。説完這些，又説：

「當然，整個局勢，對我們都是有利的。下面我也説説不足。」

又講工作的不足。不足也講得很誠懇。大家一邊記錄，一邊覺得領導人求真務實。由工作的不足，又扯到幹部作風，扯到不正之風，扯到貪污腐化。領導人指指幾臺攝像機：

「下邊就不要拍了。」

幾臺攝像機馬上放下了。領導人：

「貪污腐化，不正之風，是讓我最頭疼的東西，也是廣大人民群眾意見最大的方面。日甚一日，甚囂塵上呀同志們。水能載舟，也能覆舟，這兩顆毒瘤不摘除，我們的黨和國家早晚會完蛋。」

領導人説的是嚴肅的話題，大家也跟著嚴肅起來。領導人：

「我們黨是執政黨，我們黨的宗旨，要求我們時刻要把群眾的利益放到首位。但有些人是不是這樣呢？貪污腐化，不正之風，就是把自己的利益，放到了黨和群眾的利益之上。他當官為了什麼？不是為了給人民當公僕，而是為了當官做老爺，為了發財，為了討小老婆。凡是揭出來的案子，都讓人觸目驚心。我勸還往這條路上走的人，要懸崖勒馬。還是毛主席説的好，無數革命先烈，為了人民的利益，拋頭顱灑熱血，犧牲了自己的生命，我們還有什麼個人利益不能拋棄呢？我說的對不對呀同志們？」

大家齊聲答：

「對。」

領導人這時喝了一口茶，轉頭問省長儲清廉：

「清廉啊，××縣是不是你們省的呀？」

儲清廉不知領導人接著要說什麼，從筆記本上抬起頭，有些慌亂；但××縣確是他這個省的，他忙點頭：

「是，是。」

領導人放下茶杯：

「今天上午，就出了一件千古奇事。一個婦女，告狀告到了大會堂。我的祕書告訴我，她就是這個縣的。清廉啊，你知不知道這件事呀？」

儲清廉驚出一身冷汗。自己省的這個縣，竟有人告狀告到了大會堂，還趁人代會召開期間。這不是重大政治事故嗎？但他確實還不知道這件事，忙搖搖頭。領導人：

「要不我也不知道，她被警衛人員，當作恐怖分子抓住了。一問什麼事兒呢？也就是個離婚的事。一個農村婦女離婚，竟搞到了大會堂，也算千古奇事。這麼小的事，怎麼就搞到大會堂了呢？是她要把小事故意搞大嗎？不，是我們的各級政府，政府的各級官員，並沒有把人民的冷暖疾苦放到心上，層層不管，層層推諉，層層刁難；也像我現

在的發言一樣，人家也是逼上梁山。一粒芝麻，就這樣變成了西瓜；一隻螞蟻，就這樣變成了大象。一個婦女要離婚，本來是與她丈夫的事，現在呢，她要狀告七八個人，從她那個市的市長，到她那個縣的縣長，又到法院院長，法官等等。簡直是當代的『小白菜』呀。比清朝的『小白菜』還離奇的是，她竟然要告她自己。我倒佩服她的勇氣。聽說，因為人家告狀，當地公安局把人家抓了起來。是誰把她逼上梁山的呢？不是我們共產黨人，是那些喝著勞動人民的血，又騎到勞動人民頭上作威作福的人……」

說到這裡，領導人臉色鐵青，拍了一下桌子。會場上的人誰也不敢抬頭。省長儲清廉，從裡到外的衣服都濕透了。領導人接著說：

「這個『小白菜』的冤屈，還不止這些，她到大會堂告狀，還想脫掉一頂帽子，那就是『潘金蓮』。當地許多人，為了阻攔人家告狀，就轉移視線，就張冠李戴，就無中生有，就敗壞人家名聲，說人家有作風問題。一個『小白菜』，就夠一個小女子受的了，再加上一個『潘金蓮』，這個婦女還活得活不得？她不到大會堂告狀，還能到哪裡去呢？還能去聯合國嗎？是誰把她逼到大會堂的？不是我們共產黨人，仍然是那些喝著勞動人民的血，又騎到勞動人民頭上作威作福的人……」

領導人轉頭問儲清廉：

「清廉啊，這樣當官做老爺的人，我們要得要不得呀？」

儲清廉也臉色鐵青，忙像雞啄米一樣點頭：

「要不得，要不得。」

領導人緩了一口氣：

「我的祕書還算一個好人。或者說，他今天落了一回好人。警衛人員把這個婦女當作恐怖分子抓了起來，我的祕書路過那裡，問明情況，就讓把人放了。據說，她在老家，還有一個三個月大的娃娃。我的祕書，做了一件功德無量的事。這不是對一個普通的農村婦女的態度問題，而是對人民群眾的態度問題。我們現在不正開著人民代表大會嗎？我們在代表誰呢？我們又把誰當恐怖分子抓起來了？誰恐怖？不是這個勞動婦女，是那些貪污腐化當官做老爺又不給人民辦事的人！……」

說著說著，領導人又想發火；幸虧這時會場的門開了，一個工作人員快步走到領導人身邊，趴到他耳朵上耳語幾句。領導人「噢」「噢」幾聲，才將情緒收回，緩和氣氛說：

「當然了，我也是極而言之，說的不一定對，僅供大家參考。」

然後站起身，又露出笑容說：

「我還要去會見外賓，今兒就說到這兒吧。」

揮手與大家告別，出門走了。

領導人走後，省長儲清廉傻在那裡，大家也面面相覷。這時大家想起，領導人講完話，大家也忘了鼓掌。儲清廉也突然想起，領導人講完話，他也忘了表態。當然，他就

是想表態，領導人接著要會見外賓，起身走了，也沒時間聽他表態。

當天晚上，省長儲清廉一夜沒睡。凌晨四點半，儲清廉把省政府祕書長叫到他的房間。祕書長進房間時，儲清廉正在客廳地毯上踱步。祕書長知道，這是儲清廉的習慣；遇到重大問題，儲清廉就是不停地踱步。這個習慣，有點像林彪；差別就是少一張軍用地圖。儲清廉平日是個寡言的人。寡言的人，就是不斷思考的人。起草文件，遇到重大決策，儲清廉總要踱上幾個小時的步。踱著步，不時迸出一句話。不熟悉他的人，往往跟不上他思維的跳躍；不知他思考到哪一節，突然迸出這麼一句話。他不會解釋什麼，一切全靠你的領會。大會上念稿子，大家能聽懂；單獨與你談話，他在踱步，不時迸出一句話，許多人往往不知其所云，如墜雲霧之中。好在祕書長跟了他十來年，還能跟上他思考和跳躍的節奏。儲清廉過去踱步，也就幾個小時，但像今天，從昨天晚上踱到今天凌晨，祕書長也沒見過。祕書長知道，今天事情重大。儲清廉見祕書長進來，也不說話，繼續踱自己的步。又踱了十幾分鐘，停在窗前，看著漆黑的窗外：

「昨天下午的事兒不簡單。」

祕書長明白，他指的是昨天下午討論會的事。

儲清廉又踱了一陣步，看祕書長：

「他是有備而來。」

祕書長又領會了，是指領導人在討論會上舉例，說一個婦女告狀，衝進人民大會堂的事。

儲清廉又踱了一陣步，又停住：

「他是來找碴的。」

祕書長出了一身冷汗。他領會，儲清廉的意思，領導人在講話中，講到那個農村婦女，看似隨意舉例，其實並不隨意；進而，按照會議的安排，這位領導人本來不參加這個省的討論會，突然又來參加，看似偶然，「臨時來看望一下大家」，其實醉翁之意不在酒。祕書長又想到省長儲清廉，這些天正處在升遷的關鍵時候，聽說要調他到另一個省去當省委書記；又聽說，對他的升遷，中央領導層有不同看法；由此及彼，祕書長張張嘴巴，說不出話來。

儲清廉又踱了一陣步，停在窗前。窗外的北京，天已漸漸亮了。儲清廉：

「向省委建議，把他們全撤了。」

祕書長一身冷汗沒下去，又出了一身冷汗。祕書長領會儲清廉的意思，是要把沒處理好婦女告狀的那些人，引起婦女衝進大會堂的那些人，昨天下午領導人舉例提到的那些人，把一粒芝麻變成西瓜、把一隻螞蟻變成大象的那些人，也就是那個婦女所在市的市長、所在縣的縣長、法院院長……等等，通通撤職。祕書長嘴有些結巴：

「儲省長，因為一個離婚的婦女，一下處理這麼多幹部，值當嗎？」

儲清廉又踱步，踱到窗前：

「我已經讓祕書核查了，這案件與首長說的，雖然有些出入，但也確有其事。」

又轉頭踱到祕書長面前，兩眼冒火地：

「他們把事情搞到這種程度，不是給全省抹黑嗎？」

又咬牙切齒地說：

「昨天下午首長說得對，他們是什麼人？他們不是共產黨人，他們不是人民的公僕，他們就是喝勞動人民的血，又騎在勞動人民頭上作威作福的人，他們罪有應得，他們才是該千刀萬剮的潘金蓮！」

15

七天之後，省裡直接下文：

撤銷蔡富邦××市市長職務，建議該市人大常委會下次會議予以追認。

撤銷史為民××市××縣縣長職務，建議該縣人大常委會下次會議予以追認。

撤銷荀正義××市××縣法院院長職務，建議該縣人大常委會下次會議予以追認。

撤銷董憲法××市××縣法院審判委員會專職委員職務，建議該縣人大常委會下次會議予以追認。

建議××市××縣法院，給審判員王公道予以行政記大過處分。

……

文件下來，市長蔡富邦不知所措，甚至不知道事情緣何而起。待瞭解，才知道前不久市裡創建「精神文明城市」時，他的一句話傳達下去，錯中出錯，把一個在市政府門口靜坐的婦女給關進了拘留所。由這個告狀的婦女，到撤他的職，這中間的曲裡拐彎，讓蔡富邦哭笑不得。但他畢竟是市長，知道其中必有玄機。何況木已成舟，再說什麼有

什麼用呢？你怎麼去改變省裡的決定呢？只好歎道：

「什麼叫不正之風？這才是最大的不正之風。」

又歎：

「誰是『小白菜』，我才是『小白菜』。」

縣長史為民、法院院長荀正義也大呼「冤枉」。縣長史為民捂著胃大罵：

「文件就這麼下來了？還有沒有說理的地方了？明天我也告狀去！」

法院院長荀正義哭了：

「早知這樣，那天晚上，我就不喝酒了。」

指的是那天晚上與李雪蓮見面，他喝得半醉，罵了李雪蓮一聲「刁民」，又罵了一句「滾」，把李雪蓮轟走的事。不喝醉，他就會換一種處理方式。他平日不喝酒，給自己規定了五條禁令。

法官王公道被處理得最輕，因他本來就沒有職務，談不到撤職，只是給了個處分；但也憋了一肚子氣，罵道：

「不是講法嗎？讓我們講，你們辦起事來，咋又不講了呢？」

唯一不鬧不哭想得開的是法院專委董憲法。聽完文件傳達，轉身往會場外走。邊走邊說：

「去屌，早不想跟你們玩了，我到集上當牲口牙子去。」

16

李雪蓮從北京回來，先去同學孟蘭芝家接回孩子，又去戒臺山拜菩薩。買票進門，上香，趴到地上磕頭：

「大慈大悲的菩薩，您可真靈，您下手比我狠，您把這些貪贓枉法的人都撤了職；這比殺了他們，還讓我解恨呢。」

拜完這個，起身，又上了第二炷香，又趴到地上磕頭：

「菩薩，您也不能顧大不顧小呀。這些貪贓枉法的人，您都懲罰了，但秦玉河個王八蛋，還逍遙法外呢！我是不是潘金蓮的事，您還沒說呢。」

附錄：

因為一個婦女告狀，某省一連撤了從市到縣到縣法院多名官員的事，被登在《國內動態清樣》上。當天上午，曾去這個省人大代表團參加討論會的國家領導人就看到了。看到之後，忙將祕書叫來，指著《國內動態清樣》問：

「咋個回事？」

這清樣祕書也已經看到了，便說：

「可能人代會期間，您去參加這個省的討論會，批評了這件事，他們就雷厲風行了。」

領導人將《國內動態清樣》摔到桌子上：

「亂彈琴，我也就是批評批評這種現象，他們竟一下撤了這麼多幹部，也太矯枉過正了。」

祕書：

「要不我打一電話，讓他們再改過來？」

領導人想了想，揮揮手：

「那樣，就再一次矯枉過正了。」

歎口氣：

「採取組織措施，是世界上最容易的事，為什麼總愛抄近道呢？為什麼不能深入思考這件事情的重要意義呢？為什麼不能舉一反三呢？」

又說：

「早知道這樣，我就不去參加他們的討論會了。那天你也知道，本來四點我要會見外賓，外賓在去大會堂的路上，突然肚子疼，臨時去了醫院，就有了這點子空閒。說到那個婦女，也是舉個例子嘛。」

開始在屋子裡踱步。踱了幾個來回，停住：

「這個儲清廉，心機也太重了。」

接著不再說話，坐回辦公桌後，開始批閱其它文件。

該省省長儲清廉，本來近期要調到另一個省當省委書記；但一個月之後，另一個省的省委書記，在他們本省產生了。儲清廉仍在李雪蓮那個省當省長。三年之後，去了省政協當主席；又五年之後，離休。

第二章 序言 | 二十年後 |

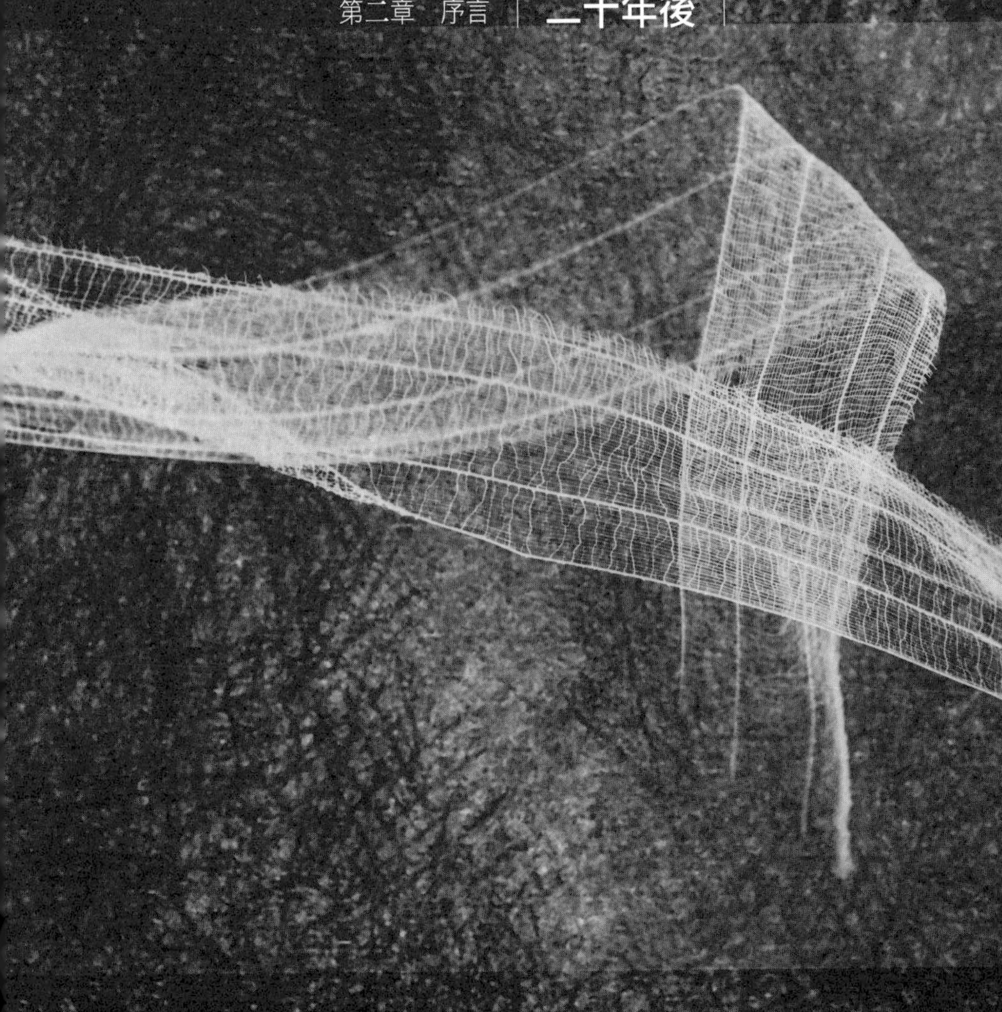

1

王公道拍李雪蓮家的門，連拍了十五分鐘，院裡無人應答。王公道邊拍邊喊：

「大表姊，我是王公道呀。」

院裡無人應答。王公道：

「大表姊，開門吧，我都看到屋裡的燈了。」

院裡無人應答。王公道：

「天都黑透了，我還沒吃飯哩。我給妳帶來一條豬腿，咱得趕緊燉上。」

院裡仍無人應答。

第二天清早，李雪蓮打開頭門，頭門前，仍站著王公道。王公道身邊，站著縣法院幾個人。李雪蓮倒吃了一驚：

「你們在這兒站了一夜呀？」

王公道委屈地指指自己的頭：

「可不，看頭上的霜。」

李雪蓮看他的頭，頭上卻沒有霜。王公道「噗啼」笑了：

「我沒那麼傻，昨晚叫門，妳假裝聽不見，我只好回去了；今兒起了個大早，不信堵不住妳。」

李雪蓮只好領著一行人往院子裡走。二十年前，王公道還是個小夥子，二十年後，已是個臃腫的中年人了；二十年前，王公道是稀眉，二十年後，眼眶上一根眉毛也沒有了；下巴又不長鬍子，滿臉肉疙瘩；二十年前，王公道是個小白孩，二十年後，皮膚竟也變黑變糙了。但變化不只王公道一個人，二十年前，李雪蓮二十九歲，二十年後，李雪蓮已經四十九歲了；二十年前，李雪蓮滿頭黑髮，二十年後，頭髮已花了一半；二十年前，李雪蓮眉清目秀，胸是胸，腰是腰，二十年後，滿臉皺紋不說，腰和胸一般粗。

兩人在院子裡坐定，王公道：

「大表姊，這回找妳，沒有別的事，就是來看看，家裡有沒有啥困難。」

王公道的隨從，把一根豬腿，放到棗樹下的石檯子上。李雪蓮：

「要是為了這個，你們走吧，家裡沒困難，把豬腿也提走，我信佛了，不吃肉。」

站起身，拿起掃帚就要掃地。王公道從板凳上跳起來，一邊躲李雪蓮的掃帚，一邊搶李雪蓮的掃帚；搶過，一邊幫李雪蓮掃地，一邊說：

「大表姊，就算沒困難，咱們是親戚，我就不能來串門了？」

李雪蓮：

「嘴裡別『姊』呀『姊』的，你一法院院長，我聽著心慌。」

王公道拄住掃帚：

「那咱們得論一論，前年過世的，馬家莊的馬大臉，他是俺舅，妳知道吧？」

李雪蓮：

「他是不是你舅，不該問我，該去問你媽。」

王公道：

「馬大臉他老婆的妹妹，嫁到了胡家灣老胡家；妳姨家一個表妹，嫁給了她婆家的叔伯侄子；論起來，咱這親戚不算遠。」

李雪蓮：

「王院長，你要沒啥事，咱就別閑磨牙了，我還得去俺閨女家，她家的牛，昨晚下犢了。」

王公道放下掃帚，坐定：

「既然是親戚，我就不兜圈子了。大表姊，再過十來天，全國又要開人代會了，妳準備啥時候去告狀呀？」

李雪蓮：

「原來是告狀的事呀。我給你說，今年我不告了。」

王公道吃了一驚。接著笑了：

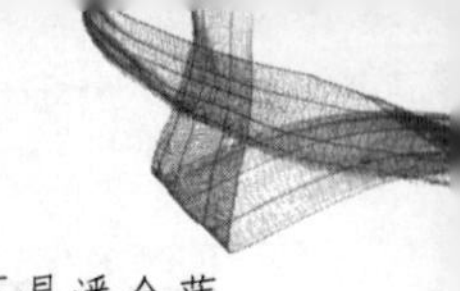

「大表姊，我不兜圈子，妳又開始兜圈子了，二十年了，妳年年告狀，今年突然說不告了，誰信呀？」

李雪蓮：

「今年跟往年不一樣。」

王公道：

「哪兒不一樣了？妳給我說說。」

李雪蓮：

「過去我沒有死心，今年我死心了。」

王公道：

「大表姊，妳這話沒有說服力。知道妳二十年來受了委屈，但事情說白了，事到如今，就不是妳一個人的事了。本來是芝麻大點事，最後鬧成了大西瓜；本來是螞蟻大點事，最後鬧成了大象。因為一件離婚的事，曾經撤過市長、縣長、法院院長和專委，清朝以來，中國沒發生過這種事。但說句良心話，妳離婚是真是假，能不能跟秦玉河重婚，然後再離婚，是這些市長縣長能決定的嗎？妳沒有重婚再離婚，是這些市長縣長給鬧的嗎？要說冤枉，除了妳冤枉，大家也都冤枉著呢。妳這樁案子的主體，不是市長、縣長、院長和法官，而是秦玉河。秦玉河這個龜孫，如果放到清朝，我早把他槍斃了，無非現在講個法制。妳說這個人有多可惡，當年離婚重婚的事，就夠複雜了，他還嫌不亂，又說出妳是潘金蓮的話；雙箭齊發，就把妳逼到了絕路上。妳告狀告了二十年，各級政府都能理解。歷屆的政府和法院領導，也沒少給秦玉河做工作。可他是頭強驢，二十年來，死活不吐口哩。秦玉河不通情理，才是這件事的病根，對不對？說起來咱們是一個立場。大表姊，咱能不能商量商量，今年就不告狀了，咱對症下藥，繼續做秦玉河的工作。我想啊，時間不饒人，但時間也最饒人；妳跟秦玉河生的兒子，今年也小三十了；兒子又生兒子，孫子都上小學了；二十年了，秦玉河也不是鐵板一塊；就是塊石頭，揣到懷裡也該捂熱了。策略我都想好了，今年咱們再做秦玉河的工作，不再那麼簡單和直接，咱能不能從妳和秦玉河的兒子入手，或從你們的兒媳婦入手，讓他們去做秦玉河的工作。畢竟血濃於水。還有你們的小孫子，都上小學了，也該懂事了，咱也做做他的工作；孫子去勸爺爺，說不定哪句話，倒動了秦玉河的麻筋呢。還有妳跟秦玉河生的那個女兒，也老大不小了吧？不管是為了妳，還是為了她自個兒，也該去勸勸她爹嘛。當爹娘的一直在鬧重婚鬧離婚，一鬧鬧了二十年，姑娘臉上有多光彩？這麼多人雙管齊下，秦玉河只要能聽進去一句，跟他現在的老婆離婚，接著跟妳重婚，潘金蓮的事，也就不攻自破了……」

李雪蓮止住王公道的長篇大論：

「秦玉河的工作，你們也別做了；做通，我也不跟他重婚了。」

王公道：

「妳不跟他重婚，咋證明你們當初離婚是假的呢？咋證明妳不是潘金蓮呢？」

李雪蓮：

「過去我想證明，今年我不想證明了。」

王公道：

「已經證明了二十年，今年突然說不證明了，誰信呢？」

李雪蓮：

「我不告訴你了，今年我想通了。」

王公道：

「大表姊，妳咋這麼頑固呢？妳要這麼說，還是要告狀。或者咱這麼說，妳不看別人，看我。我辛辛苦苦這二十年，妳也看到了；因為妳，我也犯過錯誤；跌倒了爬起來，能當上這個院長不容易。妳不告狀呢，我這個位子就能保住；妳要一折騰，說不定像二十年前的荀院長一樣，我也被擼了。我的帽子，就在妳手裡提溜著呢。」

李雪蓮：

「如果是因為你的帽子，你就把心放回肚子裡，我剛才不是說了，今年我不告狀了。」

王公道差點哭了：

「大表姊，妳咋張口就是瞎話呢？咱們是姊倆兒，就不能開誠布公談一回嗎？」

李雪蓮急了：

「誰給你說瞎話了？我說實話，你不信哩。」

抄起棗樹下臺階上的提包：

「反正我說啥你都不信，我就不跟你再囉嗦了，我還得去俺閨女家。你們要願意待著，你們就待著；臨走時別忘把門給我鎖上。」

接著走出了院子。王公道忙又攆出去：

「妳急啥哩，就是串親戚，也等我一下，我用法院的車，把妳送過去呀。」

2

縣長鄭重到該縣上任僅三個月。從上到下的領導幹部中，唯有鄭重，還沒有認識到李雪蓮的厲害。沒認識到李雪蓮厲害並不是之前不知道李雪蓮是當代的「小白菜」；因為她告狀，曾經撤過市長縣長法院院長等一干人；正因為知道，他覺得從上到下的領導有些一朝被蛇咬，十年怕井繩；有些草木皆兵。從市到縣的各級政府，豈能讓一個農村婦女唬住？或被一個農村婦女拿住命門？一旦被人拿住命門，軟肋攥在別人手裡，你就沒個退路，大家年年不得安生。維穩是要維穩，和諧是要和諧，但維穩不是這麼個維穩法，和諧也不是這麼個和諧法。就像對付恐怖分子，你不能退讓；你一退讓，他就會提出新的條件，永遠沒個盡頭。談判不是萬能的。他覺得從上到下的領導太軟弱了，該硬的時候還是要硬；事情該爆發，就讓它爆發；恐怖分子要開槍，就讓他開槍。當然，二十年前爆發過，撤了市長、縣長、法院院長等一干人；但正是因為二十年前爆發過，現在倒應該不怕了；官場撤過人的地方，就不會再撤人了；世上最危險的地方，就是最安全的地方。

鄭重除了有上述認識，他在另一個縣當常務副縣長時，曾經處理過一起上訪告狀的事，有過經驗教訓。另一個縣的事態，比李雪蓮告狀嚴重多了。縣上要建一個工業園，占了一個村二百多畝土地；在土地補償款上，政府與農民一直達不成協議。這個村集結了一千多名農民，男男女女，到縣政府門前靜坐。縣長老熊與農民代表談判十輪，也沒談出個結果。縣政府門前聚的人越來越多。老熊請示市長馬文彬，可否動用警力，馬文彬的回答就四個字：

「妥善處理。」

上下夾擊，把老熊愁得住進了醫院。老熊一病，事情就落到了鄭重頭上。鄭重知道老熊的病是裝的，在躲這馬蜂窩，但鄭重有鄭重的想法。鄭重接手之後，誰也沒請示，又把幾個帶頭鬧事的農民代表叫到縣政府會議室進行第十一輪談判。農民代表進了會議室，發現裡面站滿了員警。員警二話不說，就把幾個帶頭鬧事的農民掀翻了，戴上手銬，堵上嘴，從縣政府後門押走了。聞知自己的代表被員警抓了，縣政府門口一千多農民更不幹了，人群衝進縣政府，砸了辦公樓的窗戶，推翻停在樓前的三輛轎車，並點火燒了。鄭重等的就是這個時候。打、砸、搶的群眾接著發現，縣政府四周，開始聚集員警。員警越聚越多，聚了三四百名，有的實槍荷彈，有的拿著警棍。鄭重把縣裡三四百名警力，全部調集過來。農民與員警發生了衝突。鄭重命令員警朝天開槍。槍聲一響，農民立即作鳥獸散。兩顆流彈，又把兩個奔跑的農民打傷了。事態就這樣平息了。被抓

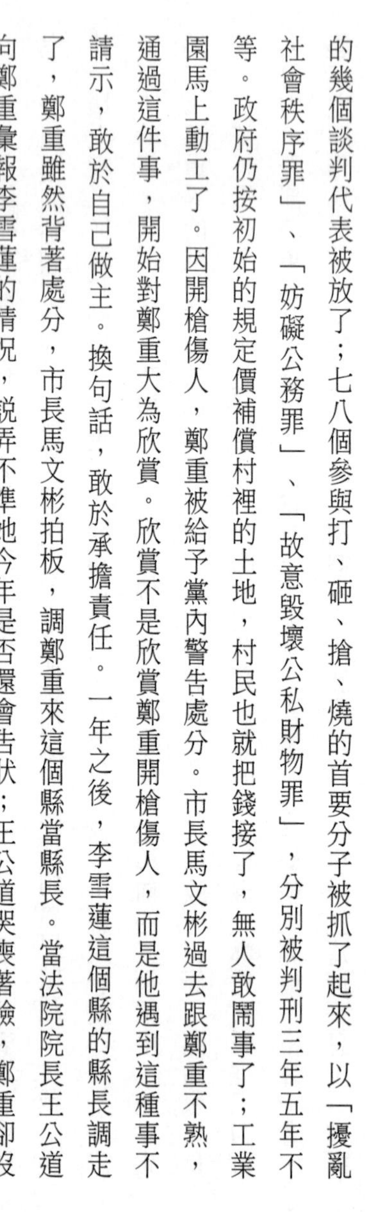

的幾個談判代表被放了；七八個參與打、砸、搶、燒的首要分子被抓了起來，以「擾亂社會秩序罪」、「妨礙公務罪」、「故意毀壞公私財物罪」，分別被判刑三年五年不等。政府仍按初始的規定價補償村裡的土地，村民也就把錢接了，無人敢鬧事了；工業園馬上動工了。因開槍傷人，鄭重被給予黨內警告處分。市長馬文彬過去跟鄭重不熟，通過這件事，開始對鄭重大為欣賞。欣賞不是欣賞鄭重開槍傷人，而是他遇到這種事不請示，敢於自己做主。換句話，敢於承擔責任。一年之後，李雪蓮這個縣的縣長調走了，鄭重雖然背著處分，市長馬文彬拍板，調鄭重來這個縣當縣長。當法院院長王公道向鄭重彙報李雪蓮的情況，說弄不準她今年是否還會告狀；王公道哭喪著臉，鄭重卻沒有當回事。王公道：

「二十年了，這個娘們，變得越來越難纏了；她越說不告狀，我越不放心，弄不準她的心思。」

鄭重：

「弄不準就不弄，讓她告唄。」

王公道忙搖手：

「鄭縣長，您剛來不清楚，可不敢讓她告狀。」

鄭重：

「憲法哪條規定，公民不能告狀？」

王公道：

「她不是往咱縣法院告，她要往咱縣法院告，我也不怕了；她一告狀就是北京。平時去北京咱也不怕，北京馬上又要開人代會了不是？她再闖了大會堂，從市長到您，再到我，又得下臺。」

鄭重一笑，講了正因為二十年前撤了一干人，現在不會再撤的道理；誰知王公道不同意：

「鄭縣長，我說話難聽，您別在意，我懂此一時彼一時的道理，但正因為此一時彼一時，領導的心思，也像李雪蓮的心思一樣，咱也猜不準。您以為撤幹部領導會心疼呢？中國什麼都缺，就是不缺幹部；撤一批，人家正好換上一批自己的人。」

王公道這話，鄭重倒沒有想到。鄭重將身子倚到椅子背上：

「撤就撤唄，我正好不想當了。」

王公道急了：

「這事兒也不由您說了算，您不想當，萬一市長還想當呢？」

又低頭說：

「再說，我還想當呢。」

鄭重看出王公道是個老實人，不由「噗啼」笑了：

「那各級政府，就被一個農村婦女這麼拿捏住了？」

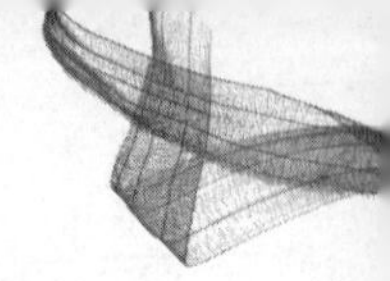

王公道：

「可不咋的，二十年了，年年這樣。」

又說：

「麻煩還在於，如果她是一個人還好對付，實際上她變成仨人了。」

鄭重不解：

「啥意思？」

王公道：

「我們覺得她是『小白菜』，她前夫說她是『潘金蓮』，她說自個兒冤得像『竇娥』，這不就成仨人了？這仨婦女，哪一個是省油的燈？單拎出一個人就不好對付，仨個難纏的人纏在一起，可不就成三頭六臂了？又跟白娘子練功似的，一練練了二十年，可不就成精了？」

又說：

「為了哄住她，二十年來，她可沒少得東西。光豬腿，我給她送過十七八個。」

又說：

「都見大家給當官的送東西，哪見過當官的給一個農村婦女送東西？」

又埋怨：

「國家這人代會也開得忒頻繁了，一年一小開，五年一大開；今年還不同往年，今年是大開，政府要換屆，哪裡敢讓她去摻乎？可不敢大意。」

又歎息：

「不怪別的，就怪事情顛倒了。咋也沒想到，一個農村婦女，一下跟國家大事連在了一起。」

鄭重：

「正因為你們這麼弄，就把她慣出毛病了。」

王公道：

「鄭縣長，這是目前的現實。我官小，是談不下來了，鄭縣長您官大，要不您跟她談一談？」

鄭重一笑，知道王公道是要把事情往上推，躲開這螞蜂窩；這人看似老實，心裡也藏著鬼呢；但鄭重沒計較這個，換條思路問：

「能不能調查調查，看這婦女有沒有別的事情，比如，偷盜，打架，賭博，或其它違法的事？」

王公道明白鄭重的意思：

「盼她有哇，她要有其他犯罪事實，不早把她抓了？那樣我也乾淨了，就該公安局跟她打交道了。」

但搔著頭說：

「也留意她二十年了，可一個農村娘們，想犯罪，又沒這膽，想賭博，她又沒錢。」

鄭重倒不同意：

「按你的形容，人家不是沒這膽兒，是證明人家品質還不錯。」

又說：

「咱再換條思路，能不能做做她前夫的工作，跟她再重婚呢？如果他們複了婚，不就沒告狀這回事了？」

王公道：

「這條路，咱也走過二十年了；這工作，咱也做過幾百回了。可她前夫也是頭強驢，說沒鬧這二十年，重婚還可以考慮；正是鬧了二十年，哪怕天底下剩她一個女的，也不會跟她再重婚了。」

又說：

「再說，那男的又找人了，生下的孩子也快二十了，如果跟李雪蓮重婚，他還得先離婚不是？」

又說：

「再說，李雪蓮要跟她前夫重婚，也不是為了過日子，是為了重婚之後再離婚。一句話，純粹為了折騰，為了證明她不是潘金蓮。」

又感歎：

「她沒折騰著她前夫，倒折騰著我們了。二十年啊鄭縣長。我有時愁的，真想辭了這個院長，去做小買賣。」

鄭重「噗嗤」笑了：

「看把你逼到了這個份兒上，我就會她一面吧。」

王公道馬上站起來：

「這就對了鄭縣長，反正說下大天來，也就是哄她一下。哄她過了這一個月，等全國人代會開過了，她想到哪兒告，就到哪兒告去。只要過了關鍵時期，咱就不怕了。」

鄭重搖頭：

「你說這縣，咋出了這麼個潘金蓮呢？」

王公道：

「偶然，純屬偶然。」

第二天上午，縣長鄭重去李雪蓮的村子找李雪蓮，由法院院長王公道一行人陪著。鄭重去找李雪蓮並不僅僅是昨天王公道講了一通大道理，說服了鄭重；而是在王公道走後，市長馬文彬也給他打了電話，說十天之後，他作為全國人大代表，要去北京參加人代會；你縣有個婦女叫李雪蓮，二十年前鬧過大會堂，之後年年告狀，提醒鄭重注意。

馬文彬：

「我去北京參加人代會，李雪蓮就不要去了。」

王公道一番高談闊論，鄭重可以在意，也可以不在意；馬文彬這個電話，鄭重卻不能不在意，也不敢不在意。同時，他也想見一見李雪蓮，看她是否長著三頭六臂，從上到下，把大家折騰了二十年。待見到李雪蓮，原來也是個普通的農村婦女，頭髮花白，腰口像水缸一樣粗，說話甕聲甕氣。李雪蓮見到王公道，還感到奇怪：

「你昨天不是來了，咋今天又來了？」

王公道：

「大表姊，昨天是昨天，今天跟昨天不一樣。」

指著鄭重：

「這是咱縣的鄭縣長，我官小，昨天說不下妳，今天把縣長請來了。」

大家在院子棗樹下坐定。鄭重：

「大嫂，我喜歡開門見山，咱就長話短說吧。國家馬上要開人代會了，妳還去告狀不去了？」

李雪蓮指著王公道：

「昨天不跟他說了，今年不去了。」

鄭重問得跟昨天王公道問的一樣：

「為啥不去了？」

李雪蓮回答得也跟昨天一樣：

「過去我沒想通，今年我想通了。」

王公道拍著巴掌：

「妳越這麼說，我心裡越沒底。」

又說：

「妳要這麼說，還是要告狀。」

鄭重用手止住王公道，對李雪蓮說：

「王院長不相信你，我相信你。既然想通了，那就寫個保證書吧。」

李雪蓮吃了一驚：

「啥叫保證書？」

鄭重：

「保證不再告狀，簽上妳的名字。」

李雪蓮：

「簽上名，起個啥作用呢？」

鄭重：

「如果再告狀，就得承擔法律責任。」

李雪蓮：

「那我不寫。」

鄭重一愣：

「既然不告了，為啥不敢寫保證書？」

李雪蓮：

「不是不敢，事兒不是這麼個事兒，理兒也不是這麼個理兒；我有冤可以不申，但不能給你寫保證書；一寫保證書，好像是我錯了；一時錯還沒啥，不是二十年全都錯了？」

鄭重又一愣，看出這農村婦女不一般；事中這層道理，鄭重倒沒想到。鄭重忙說：

「大嫂，事情沒那麼嚴重，也就是個形式。」

李雪蓮搖頭：

「現在是個形式，將來一出事，你們拿這張紙，就能把我抓起來。」

鄭重終於知道，這是個難纏的人；李雪蓮，不愧是李雪蓮；他給設下一套，全被她看出來了。鄭重忙解釋：

「不是這麼個用意，是為了讓大家放心；不然空口一句話，咱哪能達成協議呢？」

王公道從公事包裡掏出一張公文紙，紙上已列印好幾行字。王公道：

「大表姊，協議都替妳起草好了，今天鄭縣長也在，妳就簽了吧。」

又從上衣口袋拔出一桿鋼筆：

「妳簽了，我今後再不來煩妳。」

誰知李雪蓮一把將王公道的鋼筆打掉：

「本來我今年不想告狀了，你們要這麼逼我，那我告訴你們，我改主意了，今年我還得去告狀。」

鄭重愣在那裡。王公道從地上撿起鋼筆，拍著手中的保證書說：

「看看，終於說實話了吧。」

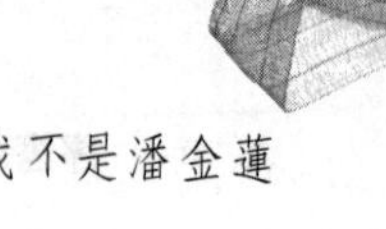

3

縣長鄭重，受到市長馬文彬的當面批評；批評他把政府和李雪蓮的矛盾激化了。鄭重在鄰縣當常務副縣長時，處理過農民圍攻縣政府的事，那次就把矛盾激化了；但那次激化是對的，這次激化卻是錯的。一個農村婦女，告狀告了二十年，今年突然說不告狀了；不管這話的真假，能說出不告狀的話，二十年來從未有過，就屬於積極因素。就算是假話，假中，卻有改正告狀和偏激做法的願望。人家有這樣的願望，我們就該往積極的方面引導；但從法院院長到縣長，皆是兜頭一瓢涼水，非說人家說的是假話。為了把假話變成真話，非讓人家簽保證書，非讓人家承擔法律責任。結果呢？把一件好事或好的願望，逼到了死角。出發點是什麼呢？就是不信任人家。你不信任人家，人家怎麼會信任你呢？兔急了還會跳牆呢。結果是適得其反，事與願違；這個婦女本來說今年不告狀了，最後生生改了口，又說今年要告狀。這下大家踏實了。但接著做工作，難度就更大了。當人家有好的願望的時候，做工作是往相同的方向努力；等人家把相同改成了不同，做工作就得從不同開始；而從不同往相同的道路上掰，單是這個掰的本身，工作量就大了。這個額外的工作量是誰附加的呢？不是這個農村婦女，而是我們去做工作的人。我們的工作方法，是有問題的。問題出在工作方法上，還只是問題的表面；而問題的實質，出在我們對人民的態度上。你不信任人民，人民怎麼會信任你呢？這種做法的本身，就沒有把自己當成人民的公僕，而是站到了人民的對立面，在當官做老爺。比這些錯誤更大的錯誤是，處理這件事時，缺乏大局觀念。再過半個月，國家就要召開全國人民代表大會了。當一個農村婦女，和國家大事無形中聯繫起來後，她就不是一個普通的農村婦女了；而我們做工作的方式，還是像對待一個普通的農村婦女一樣。二十年前，這個婦女，是闖過人民大會堂的；因為她，撤過一連串我們的前任；二十年前，我們的前任，就是這樣對待這個婦女的；我們從二十年前，還不應該汲取血的教訓嗎？比這些更重要的，是政治觀念。今年的全國人民代表大會，不同於往年的全國人民代表大會；今年是換屆年，會產生新一屆政府，全國全世界都很關注。二十年前，婦女闖的是小年；今年要闖，可就是大年了。萬一她闖了，又像二十年前一樣闖成功了，出的政治事故和政治影響，又和二十年前不同了。新聞比二十年前發達了。有了互聯網。有了微博。說不定一夜之間，全世界都會知道這件事。我們像二十年前的前任一樣被撤職還是小事，由此把整個國家的臉，丟到全世界面前，事情就大了……

馬文彬批評鄭重時，措辭雖然很激烈，但臉上一直微笑著。這是馬文彬講話的特點。馬文彬個頭不高，一米六左右。在主席臺上講話，有時需要站在舞臺一側的話筒前；別人講過，他走過去，他的頭夠著話筒都難；一般別人講過，輪到市長發言，工作人員要趕緊跑上去調矮話筒的高度。人矮，加上瘦，又戴一副金絲眼鏡，看上去像個文弱的書生。與人說話，聲音也不大，沒說話先笑；說過一段，又笑一下。但有理不在高言，同樣一件事，別人能說出一層道理，他能說出三層道理；如是好事還好，如是壞事，就把你批得體無完膚了。加上馬文彬平時說話聲音低，一到研究幹部的任用，聲音突然就高了；提誰，撤誰，旗幟鮮明；他想提拔誰，一般無人敢反對；想反對，你說一層理，他說三層理，你也說不過他；往往一錘定音。同理，他想撤掉哪個幹部，也往往一錘定音。所以從市裡到縣裡，各級幹部都懼他。馬文彬批評鄭重，也與批評其他人一樣，批評一段，微笑一下；一席話微笑下來，鄭重身上已出了好幾層冷汗。鄭重出冷汗不是懼馬文彬的批評，而是覺得馬文彬說得入情入理。立場、目光，都比鄭重高許多。什麼是差距？這就是差距。為什麼人家當市長，自己當縣長，原因沒有別的，就因為人家水準比你高。馬文彬批評完，鄭重心悅誠服地說：

「馬市長，您說得對，是我把問題想簡單了，是我把大事看小了，是我沒有大局觀念和政治觀念，是我沒有認清時代。我回去給您寫份檢查。」

馬文彬微笑著擺手：

「檢查就不必了，認識到就行了。」

又說：

「我有時琢磨啊，有些古代的成語，還是經得起琢磨的，還是大有深意的。譬如講，『千里之堤，潰於蟻穴』，譬如講，『防微杜漸』，譬如講，『因小失大』。言而總之，都在說一個『小』字。許多人栽跟頭，沒栽在『大』字上，皆栽到『小』字上。或者，沒領會『小』字的深意。」

鄭重忙點頭：

「我就是因小失大，我就沒領會『小』字的深意。」

馬文彬：

「還有一句成語，叫『塞翁失馬，安知非福』？這回栽了跟頭，下一回知道『由此及彼』和『舉一反三』，恰恰也就進步了。」

鄭重：

「我回縣裡之後，馬上重新去做工作，馬上再找這個婦女談。」

馬文彬笑著點鄭重：

「你都與人家鬧頂了，光是磨轉這個『頂』，就非一日之功。」

拍了一下沙發的扶手：

「再有九天就要開全國人代會了，還是我親自出馬吧。你回去約一下，我請這個婦女吃頓飯。」

聽說市長要請一個農村婦女吃飯，起因又是由自己工作沒做好引起的，鄭重有些不

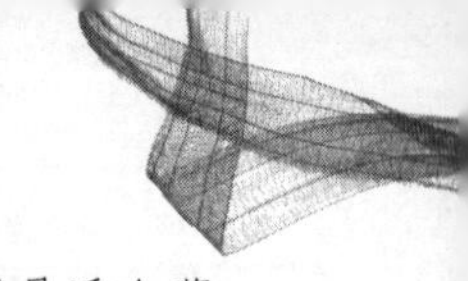

安：

「馬市長，都是我工作沒做好，給您惹了禍。」

馬文彬擺手：

「見群眾，也是我工作的一部分嘛。」

又笑著說：

「當了三年市長，還沒見過治下的『小白菜』，對了，沒見過這個『潘金蓮』，剛才你又說，她是『竇娥』，是三頭六臂的『哪吒』，沒見過這個『竇娥』和『哪吒』，我也不對呀，我也犯了官僚主義呀。」

鄭重見氣氛緩和下來了，也忙笑著湊趣：

「戲裡的『小白菜』、『潘金蓮』和『竇娥』，都是俊俏的小媳婦；咱這兒的『小白菜』、『潘金蓮』和『竇娥』，可是個滿頭白髮的老婦女。」

待到市長馬文彬請李雪蓮吃飯，為吃飯的地點，馬文彬又批評了市政府的祕書長和縣長鄭重。馬文彬平時請人吃飯有三個地點：如是省上領導來，或是其他市裡的同僚來，就在市政府賓館；如是來投資的外商，在市裡的「富豪大酒店」；如是過去的同學朋友，由市政府賓館做好飯菜，運到家裡。市政府祕書長覺得馬文彬請一個農民吃飯，屬工作範疇，便把宴會安排在了市政府賓館；準備派車把李雪蓮接過來。向馬文彬彙報時，馬文彬皺了一下眉：

「不是批評你們，啥叫對待群眾的態度，通過一頓飯，就能看出來。你是讓群眾來拜見你，還是你去拜見群眾？」

祕書長馬上認識到自己的錯誤：

「對對對，我們應該到縣裡去。」

出了馬文彬的辦公室，忙給縣長鄭重打電話。鄭重便把飯安排在該縣的「世外桃源」。該縣的「世外桃源」，是該縣吃飯規格最高的地方。該縣雖處內陸地帶，「世外桃源」的菜，卻有世界各地的生猛海鮮。市長馬文彬過去到縣裡來視察，如留下吃飯，皆在「世外桃源」。過去在「世外桃源」，這回也在「世外桃源」。鄭重彙報祕書長，祕書長又彙報馬文彬，馬文彬又皺了一下眉：

「不是說過『舉一反三』嗎？四個字，落實下來，咋就這麼難呢？請一個群眾吃飯，你去『世外桃源』，燈火輝煌，生猛海鮮，還沒吃飯，就把人家嚇住了；她看你們整天吃這麼好，心裡更來氣了；接著她的工作還怎麼做？要我說，請人家吃飯，能不能找一個讓人家感到舒服和放鬆的地方？譬如講，就去她那個鎮上，找家羊湯館，一人吃三五個燒餅，喝一碗熱乎乎的羊湯，滿頭大汗，氣氛不一下就融洽了？」

祕書長又認識到自己的錯誤，忙點頭：

「對對對，咱們去他們鎮上，咱們喝羊湯。」

又擔心：

「就怕那鎮上的小飯館不衛生呀。」

馬文彬揮手：

「我從小也是農村長大的，人家吃得，我就吃得；你們吃不得，你們別去。」

祕書長忙點頭：

「我們也吃得，我們也吃得。」

又回到自己辦公室，給縣長鄭重打電話。鄭重也馬上認識到自己的錯誤，按市長馬文彬的意圖，重新將吃飯的地方，改到鎮上羊湯館。同時更加佩服馬文彬。人家想一件小事，都比自己深遠。「小」字的深意，自己還是沒有琢磨透。什麼叫差距？這就叫差距。

第二天晚上，市長馬文彬，便在拐彎鎮的「老白羊湯館」，請李雪蓮喝羊湯。「老白羊湯館」地處鎮西頭。平日從裡到外，「老白羊湯館」都髒乎乎的；今天突然變乾淨了。上午還髒，下午就乾淨了。地上掃過，桌子用滾水燙過，頂棚上有幾個窟窿，臨時糊了幾張報紙；後廚犄角旮旯，也用鏟子，將油膩鏟了一遍。裡外一收拾，「老白羊湯館」顯得亮堂許多。「老白羊湯館」左手，是一家賣羊雜碎的街攤；上午還在賣羊雜碎，下午讓鎮長賴小毛給趕走了；「老白羊湯館」右手的攤主，是拔牙兼賣雜貨的老佘，下午也讓賴小毛給趕走了。門前左右一打掃，「老白羊湯館」前臉，馬上顯得開闊許多。陪市長請李雪蓮吃飯的，有市政府的祕書長，該縣縣長鄭重，法院院長王公道。

一張桌子，共坐了五個人。其他市政府的隨從，縣政府的隨從，縣法院的隨從，皆由拐彎鎮的鎮長賴小毛，拉到鎮政府食堂吃去了。也是害怕陣勢大了，一下把李雪蓮嚇住。派誰去請李雪蓮來吃飯，縣長鄭重也頗費躊躇。鄭重和王公道，都剛剛與李雪蓮說頂了，不敢再招惹她，鄭重便把這副擔子，壓到了拐彎鎮鎮長賴小毛身上。賴小毛今年四十來歲，是個矮胖子，平日說一句話，要帶三個髒字；喝醉酒，還敢打人。他有一輛「桑塔納3000」轎車，喝醉酒上了車，坐在後排，愛指揮司機開車。車開快了，他會急，揚起手，照司機腦袋上就是一巴掌：

「媽拉個屄，你爹死了，急著回去奔喪？」

車開慢了，他也會急，揚起手，又是一巴掌：

「媽拉個屄，車是你爹拉著？好好一輛汽車，讓你開成了驢車。」

司機被他打跑過五個。鎮政府的幹部有四十多人，沒有一個沒被他罵過；鎮下邊有二十多個村，二十多個村長，沒有一個沒被他踢過。但賴小毛鎮長當了五年，李雪蓮就在拐彎鎮下邊的一個村裡，年年告狀，他卻一直對李雪蓮敬而遠之。因為李雪蓮告狀，縣上每年開年終會，都批評拐彎鎮，說鎮上「維穩」這一條沒達標，不能算先進鄉鎮；賴小毛從縣上開會回來，卻交代鎮政府所有的幹部，寧肯不當這個先進，也不能阻止李雪蓮告狀。因李雪蓮告狀是越級；不阻止，她不找鎮上的麻煩；一阻止，一不越級，這螞蜂窩就落到了他頭上。賴小毛：

「咱們在拐彎鎮工作，心裡也得會拐彎。」

賴小毛平時粗，誰知也有細的時候；如今鄭重派他去請李雪蓮喝羊湯，賴小毛雖然肚子裡暗暗叫苦，但身子又不敢不去。賴小毛平日見人張口就罵，抬手就打；但見了李雪蓮，胖臉卻笑起了一朵花，張口就叫「大姑」。叫得李雪蓮倒有些含糊。因為一個告狀，咋招來這麼多親戚呢？李雪蓮：

「賴鎮長，法院王院長叫我表姊都有些勉強，你又降了一輩兒，給我叫姑，我聽得身上起雞皮疙瘩。」

賴小毛豎起眼睛：

「王院長叫妳『表姊』，肯定叫得沒邊沒沿，我從俺姥娘家算起，給妳叫聲『大姑』，還真不算冤。我給妳論論啊，我媽他娘家是嚴家莊的，我媽他哥也就是俺舅，娶的是柴家莊老柴的外甥女……」

掰著胖指頭在那裡數。李雪蓮止住他：

「賴鎮長，咱別兜圈子了，啥事吧？你要來說告狀的事，咱就別說下去了。」

賴小毛：

「不說告狀的事。大姑，我在鎮上工作五年了，見到妳，跟妳說過告狀的事沒有？」

李雪蓮想了想，點頭：

「那倒真沒有。」

賴小毛拍著手：

「就是呀，有仇報仇，有冤申冤，從三國以來，都屬天經地義。我不攔人告狀。我今天來，是請妳去吃飯。也不是我請你吃飯，是咱市裡的馬市長請妳，大姑，妳面子大了。」

李雪蓮馬上又翻了臉：

「不管市長縣長，請你吃飯，准沒好事，不定心裡憋著啥壞呢。」

又說：

「為啥平日不請，現在突然要請呢？還不是國家馬上要開人代會了？」

轉身就往院外走。賴小毛跳到她面前，用手攔住她：

「大姑，我同意妳的看法，當那麼大官，不會白請人吃飯，何況又是特殊時期；但就是『鴻門宴』，妳今兒也得走一遭。」

李雪蓮倒一愣：

「啥意思，要捆人呀？」

賴小毛：

「那我哪兒敢呀，我是求妳老人家，不為別人，為我。」

又說：

「本來這事皮裡沒我，肉裡也沒我，誰知道天有不測風雲，今天請妳吃飯這事兒，就落到了我頭上。」

又說：

「我也知道市長找妳，又是勸妳別告狀；妳不贊成，我也不贊成。但妳贊成不贊成，那是妳的事；吃飯去不去，卻是我的事。妳只要去了，哪怕跟他們鬧翻了，也就跟我沒關係了。」

又說：

「大姑，妳這事兒太大，我這官兒太小，妳從來都是跟上層打交道，這回別因為一個吃飯，把我扯進去了。雞巴一個鎮長，露水大的前程，妳要不發慈悲，我立馬就蒸發了。」

又說：

「我也上有老下有小，俺爹是妳表哥，也八十多了，還得了腦血栓，嘴歪眼斜的，在炕上躺著，不知能活幾天，大姑，你不可憐我，就當可憐我爹吧。」

身子堵住頭門，屁股一撅一撅，開始給李雪蓮作揖。李雪蓮倒「噗啼」笑了，照他腦袋上打了一巴掌：

「還鎮長呢，純粹一個潑皮。不就一頓飯嗎，就是刀山，我走一趟就是了。」

在這鎮上，都是賴小毛打人，哪裡敢有人打賴小毛？除非他吃了豹子膽；現在挨了一巴掌，賴小毛倒捂著頭笑了：

「我的大姑耶，這就對了，那誰都說，放下屠刀，立地成佛。」歡歡喜喜，用他的「桑塔納３０００」，將李雪蓮拉到了鎮上。

李雪蓮見到市長馬文彬，還是客氣許多。客氣不是因為馬文彬是市長，而是他戴著金絲眼鏡，一派斯文；說話也很客氣，沒說話先笑；說完一段，又笑一回；讓人覺得親切。斯文的氣氛下，大家不好一見面就鬧起來。比斯文更重要的是，他說話講道理。別人講一件事只能說一層理，這理可能還說錯了；他卻能說三層理，還句句在理。一見面，馬文彬根本不提告狀的事，開始扯些家常。就是扯家常，也不是居高臨下，先問別人家的事，譬如家裡幾口人呀，都幹什麼呀，等於打聽人家的隱私，讓人回答不是，不回答也不是；而是先拿自己開刀。他指指羊湯館四壁，說自己也是農村出身，從小家裡窮，當年最想吃的，就是鎮上羊湯館的羊湯。窮又吃不起，每天放學，便跑到羊湯館，扒著羊湯館的門往裡張望。一次一個大漢，連吃了三碗羊湯。第三碗剩一個碗底，大漢向馬文彬招手。馬文彬蹭過去，那大漢說：

「你學三聲狗叫，這碗底就讓你吃了。」

馬文彬「汪汪」學了三聲狗叫，那大漢就把碗推給了他，他就把那碗底吃了。說得眾人笑了，李雪蓮也笑了。接著大家吃燒餅，喝羊湯，皆吃喝得滿頭大汗，氣氛就顯得更融洽了。馬文彬又說，他小的時候，是個老實孩子，從來不會說假話；他有一個弟弟

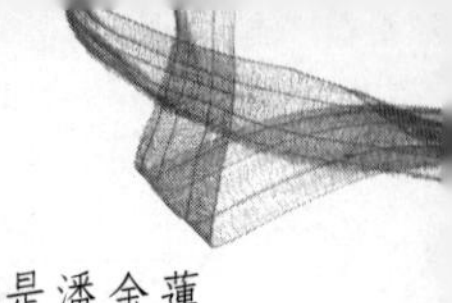

比他機靈，看他老實，便欺負他；弟弟每次偷吃家裡的東西，都賴到他頭上；放羊丟了一隻羊，也賴到他頭上；他嘴笨，說不過弟弟，每次都挨爹的打。他那時最苦惱的是，自己說的是真的，咋每次都變成了假的；弟弟說的都是假的，咋每次都變成了真的呢？這時李雪蓮已進入他談話的氛圍和話題之中，不由脫口而出：

「我告狀也是為了這個，明明是假的，咋就變成了真的呢？我說的明明是真的，咋就沒人信呢？」

見李雪蓮主動說告狀的事，馬文彬便抓住時機，開始說李雪蓮告狀的事。說李雪蓮告狀的事，也不從李雪蓮說起，開始批評在座的縣長鄭重、法院院長王公道。這也是讓他們在場的原因。馬文彬批評他們工作方法簡單，站到了群眾的對立面；忘記了自己是人民公僕，在當官做老爺；比這些更重要的是，遇事不相信群眾；就是不相信群眾，作為一個人，也該將心比心；一個人告狀，鍥而不捨告了二十年，把大好的青春年華搭了進去，告到頭髮都白了，如果她沒有冤屈，能堅持下來嗎？如果是你們，你們能這麼幹嗎？說得李雪蓮倒有些感動，似乎在世上第一次遇到了知音。誰說政府沒有好幹部？這裡就有一個。縣長鄭重、法院院長王公道被批得滿臉通紅，點頭如搗蒜，嘴裡說著：

「我們回去就寫檢查，我們回去就寫檢查。」

倒讓李雪蓮過意不去，對馬文彬說：

「也不能全怪他們。」

又說：

「他們都當著官，他們也有他們的難處。」

馬文彬拍了一下桌子：

「看看，一個農村大嫂，覺悟都比你們高。」

鄭重和王公道又忙點頭：

「覺悟比我們高，覺悟比我們高。」

馬文彬又抓住這個機會，笑著問：

「大嫂，我再問妳一句話，妳想答答，不想答就不答，妳上回說過不告狀的話，他們都不信，就把話說頂了，現在，妳說過的話，還能不能重說，或者，咱能不能把話再說回來？」

忙又說：

「不能說回來，咱也別勉強。」

李雪蓮又被馬文彬的話感動了，說：

「市長你要這麼說，我不把話說死，我的話，現在還能重說。」

又指著鄭重和王公道：

「我跟他們說過兩回，我今年不告狀了，他們不信哩。」

馬文彬點著鄭重和王公道說：

「像我小時候，說真話，當權者不信哩。」

大家笑了。馬文彬又說：

「大嫂，咱純粹是聊天啊，我接著再問一句，告狀告了二十年，今年咋突然不告了？」

問得跟鄭重和王公道前兩回問得一樣。李雪蓮答得跟前兩回也一樣：

「過去沒想通，今年想通了。」

馬文彬又笑著問：

「大嫂，妳能不能告訴我，過去沒想通，今年為啥想通了？譬如講，因為一件什麼具體事，讓妳想通了？當然，像剛才一樣，妳想答答，不想答就不答。」

因為什麼事想通了，這是前兩回王公道和鄭重忘了問的話；只顧追究其然，忘了追究其所以然；沒問來由，所以無法相信；王公道和鄭重忘了問的地方，市長現在問了；問明病因，才好對症下藥；可見市長做事，在每個細節上，都比他們深入；這又是「小」的作用；這又是市長比他們高明的地方。鄭重和王公道忙又佩服地點頭。李雪蓮：

「沒因為啥具體事，我就是聽了牛的話。」

李雪蓮這麼回答，是大家沒有料到的；或者，彎拐得這麼陡，讓大家有些措手不及。大家愣在那裡，馬文彬也愣在那裡，嘴有些結巴：

「牛？什麼牛？」

鄭重回過神來，忙說：

「說人呢，咋拐到了牛身上？」

李愛蓮：

「二十年來，世上這麼多人，沒有一個人信我的話，只有這頭牛信我的話；我告不告狀，也聽這頭牛的話。過去我問牛，該不該告狀，牛說『該』，我就告了；今年又問牛，牛不讓我告了，我也就不告了。」

眾人更是如墜雲霧。祕書長也開始結巴：

「妳這牛，是真的存在呢，還是跟我們說著玩呢？」

李愛蓮：

「我不跟你們說著玩，這頭牛是我養的。」

馬文彬回過神來，問：

「我能不能見見這頭牛，讓牠跟我也說一說？」

李愛蓮：

「不能。」

馬文彬一愣：

「為什麼？」

李愛蓮：

「前幾天牠已經死了。」

大家哭笑不得。鄭重有些急了：

「大嫂，馬市長跑這麼遠過來見妳，也是一片好意，也是想幫妳解決問題，妳不該拿我們打碴，妳不該這麼奚落人。」

見鄭重急了，李雪蓮也有些急了，拍著巴掌：

「看看，跟我的案子一樣，我把真的，又說不成真的了不是？」

馬文彬止住鄭重，微笑著對李雪蓮說：

「大嫂，我相信這頭牛是真的。」

接著說：

「那我們共同來相信這頭牛的話，今年起不告狀了，好不好？」

李雪蓮：

「這裡可有分別。」

馬文彬：

「啥分別？」

李雪蓮：

「牛說行，你們說不行。」

馬文彬不解：

「為什麼？」

李雪蓮：

「牛不讓我告狀，是說告狀沒用；你們不讓我告狀，是讓我繼續含冤，這可是兩回事。」

馬文彬一愣：

「大嫂，我們找妳來，不就想幫妳解決問題嗎？」

這時李雪蓮哭了：

「你們別騙我了，你們要覺得我冤，不用過來找我，早把案子給我翻過來了。」

指著鄭重和王公道：

「你們跟他們一樣，來找我，還是想糊弄我，怕我去北京告狀，撤了你們的職。」

又說：

「你們要想幫我，平時咋不來呀？全國一開人代會，你們咋接二連三地來呀？還不是想糊弄過這幾天，接著又撂下不管了？」

馬文彬皺了皺眉，這才知道李雪蓮這個婦女的厲害。找她是來解決問題，沒想到讓她奚落一番——牛都張嘴說話了。雙方過招，他倒鑽了這婦女的圈套。早知這樣，就不問其所以然了，就不問到牛了。可不問所以然，怎麼對症下藥呢？當然，鑽了別人的圈

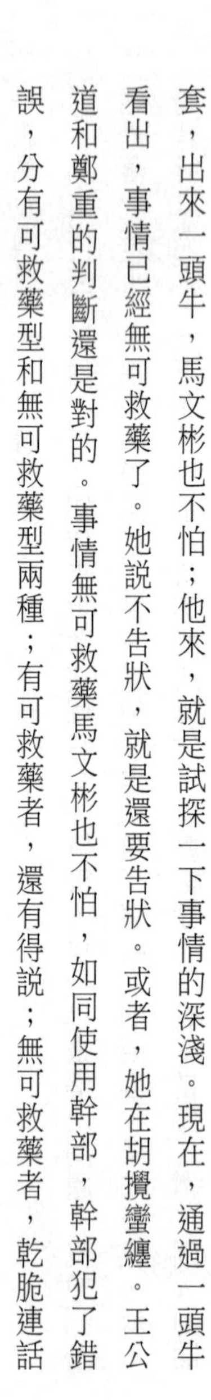

套，出來一頭牛，馬文彬也不怕；他來，就是試探一下事情的深淺。現在，通過一頭牛看出，事情已經無可救藥了。她說不告狀，就是還要告狀。或者，她在胡攪蠻纏。王公道和鄭重的判斷還是對的。事情無可救藥馬文彬也不怕，如同使用幹部，幹部犯了錯誤，分有可救藥型和無可救藥型兩種；有可救藥者，還有得說；無可救藥者，乾脆連話都不用說了。祕書長看馬文彬皺眉，忙站起說：

「今天談話就到這裡吧，馬市長市裡還有會。」

馬文彬站起身，這時又滿面笑容：

「大嫂，我還有事，就先走了，妳按妳的去做，一切不必勉強。」

然後出門走了。祕書長，縣長鄭重，也忙跟了出去。只剩下法院院長王公道收拾殘局。王公道抖著手：

「大表姊，妳說的這是哪兒跟哪兒呀，說案子就說案子，咋說到牛身上了？妳這不是罵人嗎？」

李雪蓮擦著淚：

「我沒罵人。」

王公道：

「拿畜生跟人比，還不叫罵人？」

抖著手在地上轉圈：

「寧肯聽畜生的話，也不聽政府的話，這不等於說，各級領導，連畜生都不如嗎？」

李雪蓮急了：

「咋我說啥，你們都不信呢？我說啥，你們都往壞處想呢？」

又說：

「如果是這樣，今年我還得去告狀。」

王公道拍手：

「看看，終於又說實話了吧？」

李雪蓮家院子有三分地大，正北三間瓦房，東邊一間廚房，西邊兩間牛舍。三間瓦房還是二十二年前蓋的，那時他和秦玉河已結婚六年了，兒子也五歲了。為扒掉草房，蓋三間瓦房，李雪蓮不但養牛，還養了三頭老母豬；瓦房的一半木料磚瓦，是靠賣牛犢和豬娃換來的；秦玉河在縣化肥廠開卡車，木料磚瓦的另一半，是靠他加班拉化肥掙來的。秦玉河白天拉過化肥，晚上連軸轉，又拉，兩眼熬成了紅燈籠。半夜開車，常打瞌睡，有一次一頭撞到了路邊的槐樹上；修車花去兩千多塊錢，只好從頭再掙。那時她和秦玉河也吵架，但吵歸吵，大家在一條道上；吵來吵去，大家還是一條心。沒想到瓦房蓋好一年多，秦玉河就變了心。這時李雪蓮也有些後悔，當初不該因為懷孕，與秦玉河鬧假離婚。大半年見不著面，這假的就變成了真的。這時兩人不吵架了，開始打官司。官司一直打了二十年，頭髮都花白了，還沒有個結果。更讓李雪蓮後悔的是，當初假離婚的餿主意，還是她出的。比這些更讓李雪蓮窩心的是，當初鬧假離婚是為了生下後來的女兒；誰知女兒長大之後，跟李雪蓮也不是一條心。

經過二十二年的風吹雨打，房子已經有些破舊。夏天秋天雨水大，北屋的後牆，已經被雨水打酥了；其它三面牆的外磚，也時常「撲簌」「撲簌」往下掉磚末子。屋裡的牆皮，也脫落了一大半。十年前，房頂開始漏雨。二十年都在告狀，換成別人，會無心修繕這房。告狀頭十年，李雪蓮也無心管房的事；不但無心管房的事，也無心收拾家；屋裡屋外，成了豬窩；不但無心收拾家，也無心收拾自個兒，衣裳髒了不知道換，頭髮亂得像個雞窩；一人走在路上，遠看像個要飯的；倒跟告狀的身分相符。但十年過去，告狀成了常事，也就習慣了。習慣並不是習慣這種東奔西走的日子，而是偶爾病了，出不得門，對窩在家裡的生活反倒不習慣了。不告狀，也不知道該幹啥。正因為習慣了，告狀本身成了日子，反倒回頭收拾自個兒和自個兒的家和屋子了。頭髮剪短了，衣裳常洗，出門告狀之前，渾身上下收拾得乾乾淨淨。屋子的外牆和內牆，收拾起來花工夫太大，但房子漏雨不能不管，她花錢雇人，把房頂的破瓦揭下，換成新瓦，又用石灰勾了縫，下雨馬上就不漏了。屋子內牆四處脫皮，她拿一把掃帚，將脫下的牆皮掃下，雖然四面牆顯得疤疤拉拉，跟花瓜似的，看上去起碼利索許多。在家的時候，屋裡屋外，打掃得乾乾淨淨。貼著院牆，又種了一趟串紅，一趟雞冠花。陌生人進來，看不出這是個告狀的人家。

三間正房裡，又分三間，分別用隔扇隔著。左間，是盛糧食和雜物的地方。中間，是過廳。右間，是睡覺的地方：二十一年前，這裡是李雪蓮和秦玉河的臥室；現在，天

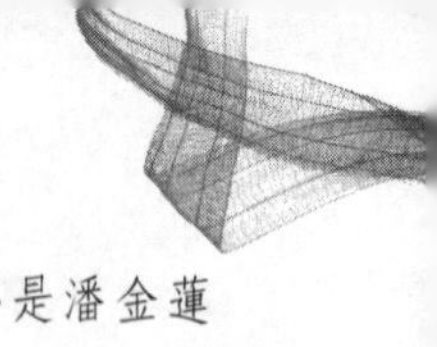

天只剩下李雪蓮一個人。靠窗的牆頭，掛著一個小學生算術本。這算術本上，記著李雪蓮二十年告狀的經歷。二十年過去，這小學生算術本已皮開肉綻，髒得像一塊破抹布。但就是這塊破抹布，記著李雪蓮告狀去過的所有地方，見過的所有人；也一天天看著李雪蓮的頭髮如何由烏黑變成了花白，腰口如何由楊柳變成了水缸。她盼著這算術本，有一天能幫她把假的變成假的，也就是把真的變成真的；但二十年過去，假的還是真的；或者，真的還是假的。同時，一頂潘金蓮的帽子，戴了二十年，也沒摘下來。十年前，李雪蓮差點瘋了。後來年年如此，像年年告狀一樣，同樣也習慣了。李雪蓮年年告狀，省裡、市裡、縣裡都知道，但對她一次次告狀的經歷，時間一久大家都忘記了，只記得一個「告狀」；時間一長，李雪蓮對告狀的許多細節也模糊了；唯有這個算術本，樁樁件件，記得牢靠。不但細節記得牢靠，像生意人做買賣記帳一樣，最後還有一個統計。據李雪蓮統計，二十年來，在年年的全國人民代表大會召開期間，她到北京告過十九次狀；其中，被當地員警攔住十一次；半道上，被河北員警攔住過三次；還有五次到了北京，被追過去的該縣員警在旅館裡找到三次，也就是被「勸回」三次；剩下兩次，一次到了長安街，被北京的員警扣住；一次終於到了天安門廣場，又被廣場的員警扣住。這麼說起來，二十年的告狀，一次也沒成功過；一次也沒有像頭一次去北京那樣，闖進了大會堂。但正因為如此，李雪蓮才要繼續告狀。讓李雪蓮不明白的是，二十年來，李雪蓮告狀從沒成功過，從省裡、市裡到縣裡的各級政府，為啥對她的告狀還草木皆兵呢？

害得法院院長給她叫「大表姊」，鎮長給她叫「大姑」。也許這正是李雪蓮沒想到的，正因為她一次都沒有成功過，從省到市到縣各級政府，才不怕一萬，就怕萬一呢，才越到後邊越緊張呢。

但今年李雪蓮不準備告狀了。不準備告狀不是這狀不能告了，或各級政府把她嚇住了，或二十年年年告狀，天底下沒有一個人信她的話，她自個兒灰心了，而是天底下有一個人信她的話，這個人死了。這個人也不是人，是她家裡的一頭牛。二十一年前，這頭牛還是頭牛犢，跟著牠媽。二十一年前，李雪蓮跟丈夫秦玉河商量假離婚時，就在家裡的牛舍。牛舍裡拴著一頭母牛；還有一頭牛犢，在撞著母牛的下襠拱奶吃。除了這兩頭牛，世人無人聽到這假離婚商量的過程。正因為無人聽到，就給了秦玉河可乘之機；大半年之後，他跟另一個女的好了，便把假離婚說成真離婚，跟那個女的結婚了。正因為當時沒人聽到，李雪蓮二十年告狀沒有結果。十年前，李雪蓮見年年告狀沒有結果，有一段差點瘋了；出門見人說話，語無倫次；見到她的人，都說她神經了。她的女兒當時十歲，也覺得李雪蓮瘋了，晚上不敢跟她在一起睡覺，睡覺跑到鄰居家。李雪蓮自己也覺得，當時神經有些錯亂，白天見人嘻嘻笑，晚上便跑到牛舍裡，教牛說話。希望有一天牛能說話，幫她洗冤。但牛哪裡會說話呢？有一天老牛突然死了，剩下牠的女兒；牠的女兒這時也十一歲了，比李雪蓮的女兒還大一歲；十年過去，也牛到中年了；倒是女兒見牠娘死了，眼中湧出了淚。李雪蓮上去踢牠一腳：

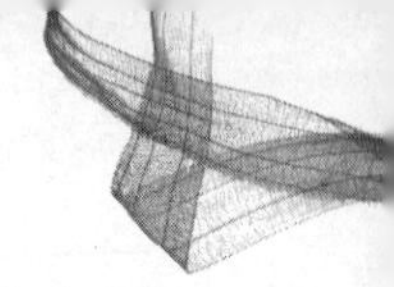

「你娘死了，你知道哭，我十年的冤屈沒人理會，你咋不哭？」

那牛便仰臉看李雪蓮。李雪蓮：

「你不會說話，不會點頭和搖頭呀？十一年前離婚那場事，你也在場，你說說，當時到底是真的還是假的？」

沒想到那牛竟搖了搖頭。李雪蓮撲上去摟住它，大放悲聲：

「我的兒，世上有一個人，開始信我的話了。」

聽李雪蓮在大哭，鄰居們以為她又犯了神經，趕來勸她，還以為她在哭老牛死了呢。等鄰居們走後，李雪蓮又問那牛：

「你再告訴我，我這狀還告不告了？」

牛又點點頭。李雪蓮這才又鼓起告狀的勇氣。本來要神經了，又開始不神經了。又十年過去，這頭牛也二十一歲了，一天夜裡，也要死了。臨死之前，兩眼看著李雪蓮。李雪蓮著急地拍牠：

「我的兒，你千萬別死呀。你一死，世上又沒一個人信我的話了。」

牛眼中也湧出了淚。李雪蓮又趕緊問：

「臨死前你告訴我，我這狀，還告不告了？」

牛搖了搖頭。接著喘息幾聲，閉上了眼睛。李雪蓮撲到牠身上大哭：

「王八蛋，連你也不信我這官司能打贏呀？」

又哭：

「世上一個信我的人都沒有了，我這狀，還告個㞞哇！」

別人家死牛都賣到鎮上殺鍋上，李雪蓮家十年間死了兩頭牛，都沒賣殺鍋，皆拉到河灘上埋了。女兒的墳，挨著牠娘。牛搖過頭死了之後，李雪蓮決定，準備聽牛一句話，從今年起不再告狀了。說起來，也不完全是聽牛的話，是告狀告了二十年，快把李雪蓮拖死了；人沒累死，心累死了；牛埋了，把自個兒折騰的心也埋了。但她把牛的事說給市長馬文彬他們，馬文彬他們不信，不但以為她又在說假話，還以為她在奚落他們，拐著彎罵他們，把他們氣跑了。同時還差點把法院院長王公道氣瘋了。李雪蓮倒不怪他們，牛的話，說給市長縣長法院院長他們不信，把這話說給別人，世上又有誰會信呢？讓李雪蓮生氣的是，全世界這麼多人，怎麼就沒人信李雪蓮一回呢？或者，怎麼都不如一頭牛呢？

但一頭牛的話，還不是李雪蓮決定今年不告狀的全部原因。比牛更重要的，是她聽了她中學同學趙大頭一句話。二十年前，趙大頭在該省駐京辦事處當廚子。李雪蓮頭一回進京告狀，就住在趙大頭的床鋪上。那回李雪蓮闖進了大會堂，釀成了政治事故，按說也應該追究趙大頭的責任；但那回國家領導人替李雪蓮說了話，事後追究責任，從上到下，只顧處理造成李雪蓮告狀的當地官員，無人敢追究李雪蓮這條線。趙大頭平平安安在北京又當了十八年廚子；五十歲退休回鄉，又在縣城一家叫「鴻運樓」的飯館打工當廚子，掙些外快。趙大頭的老婆前年得乳腺癌死了，兒子結婚另過，家裡剩下趙大頭一個人。趙大頭便常騎著自行車，從縣城來看李雪蓮。李雪蓮家裡的牛死的第二天，趙大頭又來看李雪蓮。兩人坐在院裡的棗樹下，李雪蓮對趙大頭說牛的事，問趙大頭：

「牛會說話你信不信？」

趙大頭也不信牛會說話，勸李雪蓮：

「知你心裡憋屈，別再胡思亂想了。」

李雪蓮瞪了趙大頭一眼：

「知道你就不信。那麼我再說一句，今年我不準備告狀了，你信不信？」

告狀告了二十年，今年突然不告了，趙大頭也吃了一驚。愣了半天，接著問得也跟法院院長和縣長一樣：

「已經告了二十年，今年為啥不告了？」

李雪蓮：

「我聽了牛一句話，牛臨死時對我說，不讓我再告了。」

趙大頭倒拍了一下巴掌：

「不管牛會不會這麼說，反正我早想勸妳一句，就怕妳跟我急。」

李雪蓮：

「你想勸我個啥？」

趙大頭：

「和牛一樣，這狀不能再告了。一口氣告了二十年，不是也沒個結果？」

李雪蓮：

「正是因為沒個結果，我才要告呀。」

趙大頭：

「我說的不是這個意思。折騰了二十年，本來是要折騰別人，沒想到恰恰折騰了自個兒。我問妳，這告狀的根兒，當初是誰種下的？」

李雪蓮：

「秦玉河個龜孫呀。」

趙大頭拍著巴掌：

「這不結了。妳告狀告了二十年，也沒耽誤人家過日子；折騰來折騰去，人家老婆孩子熱炕頭一直過著，可不就剩下折騰你自己？看，頭髮都白了。」

李雪蓮：

「正是這樣，我才忍不下這口氣呢。」

趙大頭：

「那我再問妳，妳說你們二十一年前離婚是假的，秦玉河說真的，他為啥這麼說？」

李雪蓮：

「他又找了個婊子。」

趙大頭又拍巴掌：

「這不又結了。人家跟婊子過上了新日子，妳還在折騰舊日子，人家當然不會承認你們離婚是假的。他一日不鬆口，妳就一日告不贏。」

李雪蓮：

「我算栽到了這個龜孫手裡，當初把他殺了就對了。」

趙大頭：

「照我的意思，當初把他殺了也不對，當初妳應該學他。」

李雪蓮一愣：

「咋學他？」

趙大頭：

「也找個男人結婚呀。他能找，妳也能找，跟他比著找。在這上頭賭氣，比跟他折騰過去的真假管用多了。妳早這麼做，也熱乎乎過了二十年，不至於把自個兒老在告狀路上。」

李雪蓮又愣在那裡。別看趙大頭上中學時是個窩囊廢，又當了一輩子廚子，關鍵時候，倒說出了別人沒說出的道理。也許他上中學時說不出來，當了廚子就說出來了；也許他二十年前說不出來，現在就說出來了。二十年前，李雪蓮也這麼想過，還去化肥廠找了秦玉河一趟。當時，只要秦玉河說一句真話，說出離婚的真假，她就不再糾纏過去；或者，她就放下過去的恩怨，去開闢新的生活；但就是那天，秦玉河又說出潘金蓮的話，又把李雪蓮逼到了告狀路上；二十年後，李雪蓮也有些後悔，如果李雪蓮當初不理會秦玉河，重打鼓另開張，去找新的男人，說不定如今也過得熱氣騰騰，不至於二十年過去，竹籃子打水一場空。但李雪蓮說：

「事到如今，說這些還有啥用呢？」

趙大頭：

「有用。事到如今，想找人也不晚。」

李雪蓮照地上啐了一口：

「四十九了，頭髮都白了，就是想找，誰要？」

趙大頭馬上說：

「我呀。」

李雪蓮愣在那裡。她以為趙大頭在開玩笑，看趙大頭的神色，又十分認真。但李雪蓮一下轉不過彎來。轉不過彎來不是轉不過再嫁趙大頭這彎，而是二十年一直想著告狀，一直想著跟秦玉河結婚再離婚，折騰個魚死網破，從無想過再嫁別人。同時，一下面對面說這話，李雪蓮臉上也掛不住，李雪蓮上去踢了趙大頭一腳：

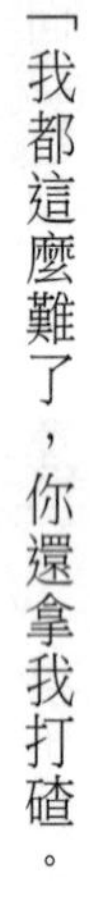

「我都這麼難了，你還拿我打碴。」

趙大頭：

「這不是打碴，妳我都是一個人，這麼辦，咱倆都合適。」

李雪蓮：

「人人都知道，我可是潘金蓮。」

趙大頭：

「我喜歡潘金蓮，我喜歡風流的女人。」

李雪蓮又上去踢了他一腳：

「看，還是拿我打碴吧？」

趙大頭邊笑邊躲：

「我不信，我不信妳姓潘成了吧？」

又正色說：

「我勸妳想想，這比告狀可強多了。」

趙大頭走後，李雪蓮真想了一夜。第二天早上，覺得趙大頭的話，比死去的牛的話實在多了，也實用多了。牛不讓李雪蓮告狀就是一句空話，只說不讓告狀，沒說不告狀之後怎麼辦；趙大頭不讓李雪蓮告狀嫁給他，卻給李雪蓮指出了另一條出路。如能再嫁人，也就不用告狀了。如要再嫁人，告狀也就不成立了。同時，潘金蓮另嫁他人，潘金蓮也就不是潘金蓮了。但話是這麼說，一下嫁給趙大頭，對李雪蓮又有些突然。說突然，也不突然，趙大頭不是昨天才認識的陌生人，三十多年前，兩人就是中學同學。那時趙大頭就對李雪蓮有意思，常悄悄從課桌後給她遞「大白兔」奶糖。高中快畢業前的一天晚上，趙大頭把李雪蓮叫到打穀場上，摟住她就要親嘴；只是李雪蓮假裝發火，推了他一把，把他嚇回去了。二十年前去北京告狀，李雪蓮住在趙大頭屋裡，半夜趙大頭進屋，黑暗中打量李雪蓮；李雪蓮突然說話：「大頭，該幹嘛幹嘛吧」，接著打開燈，把趙大頭又嚇回去了。趙大頭三十多年前窩囊，二十年前窩囊，事到如今，他卻不窩囊了，敢面對面跟她說嫁他的話。趙大頭不怕潘金蓮。趙大頭不是過去的趙大頭了。李雪蓮真動了心思。但從告狀到再嫁人，也不是一句話能磨轉過來的。這彎拐的還是有些陡，李雪蓮得有一個適應過程。於是給市長馬文彬說自個兒不再告狀的原因時，只說了前一半，沒說後一半；只說了牛的事，沒說再嫁人的事；更沒說再嫁人不是空話，有一個現成的人在等著她，這人在縣城「鴻運樓」飯館當廚子，名字叫趙大頭。正因為只說了牛的事，沒說趙大頭，就把市長馬文彬等人氣著了，以為是拿他們打碴。馬文彬等人一生氣，也把李雪蓮氣著了。如果法院院長、縣長、市長今年不輪番找李雪蓮談話，李雪蓮先聽牛的話，再聽趙大頭的話，今年也就不告狀了；法院院長、縣長、市長一級級逼她，不讓她告狀；李雪蓮也看出來了，這逼也就是糊弄，想糊弄過去全國開人代會這一段時間；明顯不是替李雪蓮著想，而是替他們自己考慮，怕她去北京告狀，撤了他們

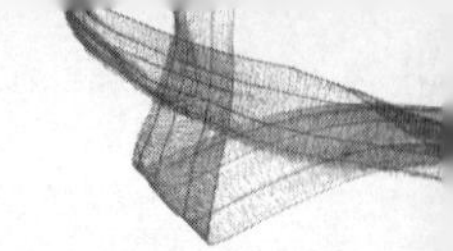

的職；李雪蓮看穿這一點，反倒又要去北京告狀了。她和趙大頭的事，可以放一放。已經放了二十年了，再放一段時間，也不會餿到哪裡去。就算要嫁趙大頭，在再嫁之前，她得先出了這口氣。哪怕再告最後一年，也把這口氣出來再說。這時的告狀，就成賭氣了。這時的告狀，已經脫離了本來的告狀，矛頭對準的不是前夫秦玉河，而是法院院長、縣長和市長了。

5

與李雪蓮在鎮上羊湯館談崩之後，市長馬文彬離開拐彎鎮，坐在車上，一言不發。他旁邊坐著縣長鄭重，前排副座上坐著市政府祕書長。馬文彬在車上不說話，別人也不敢說話。鄉村公路有些顛簸，有些拐彎，黑夜裡，只看到前方的車燈高低起伏。一路顛簸到高速路口，車上鴉雀無聲。到了高速路口，馬文彬等人要回市裡，鄭重等人要回縣裡，鄭重從馬文彬車上下來；後邊跟上來的縣上的車，也忙停在路邊；鄭重跟縣上一幫人，站在路邊，目送馬文彬等人離去。馬文彬的車進了高速路收費口，突然停住，又倒了回來。鄭重趕忙跑了上去。馬文彬摁下車窗的玻璃，望著遠處的黑暗，仍不說話。鄭重只好站在車旁乾等著。馬文彬又將目光轉向高速公路，看著一盞盞急速駛過的車燈。看了半天，終於說：

「我對這個農村婦女，已經徹底失望了。」

聽馬文彬說出這句話，鄭重渾身哆嗦一下。如是一個幹部，市長馬文彬說出對誰「徹底失望」的話，等於這個幹部的政治生命已經終結了。但李雪蓮不是幹部，就是一個告狀的農村婦女；但從市裡到縣裡，竟無人能奈何她。馬文彬從遠處收回目光，又歎息一聲：

「看來，我們都小看她了。」

鄭重不知如何回答好。附和，除了貶低自己，等於也貶低了馬文彬。在鎮上羊湯館，大家都聽出來了，馬文彬被這農村婦女奚落了，或罵了；這是大家沒有想到了；不附和，一時也想不出反駁的理由。只好張張嘴，又合上了。馬文彬看了鄭重一眼，推了推自己的金絲眼鏡：

「既然這樣，就按你的方法辦吧。」

對馬文彬這句話，鄭重一時沒有反應過來。按鄭重的方法，鄭重是什麼方法？是鄭重的哪一種方法？但鄭重又不敢明問。他突然想起，自己在鄰縣當常務副縣長時，曾處理過群眾圍攻縣政府的事，用的是針鋒相對的方法；這時明白了馬文彬的意思，便答：

「我回去就把她抓起來。」

又說：

「藉口，總能找到。」

誰知鄭重誤會了馬文彬的意思。馬文彬皺皺眉：

「不是讓你抓人。人怎麼能亂抓呢？藉口不當，後患無窮。二十年前，從市裡到縣裡，一下撤了那麼多人，不都是因為一抓，把她關進了拘留所？你總不能關她一輩子吧？再說，她可不是普通的農村婦女，她的名字，跟過去的國家領導人連著呢。雖然老人家已經不在了，但這事的影響，還是不能低估。她是當代的『小白菜』呀。她是一個名人呀。出了這個縣這個市，沒人知道馬文彬和鄭重是誰，但大家都知道這裡出了個『小白菜』。她的名聲，比你我都大多了。她不是『小白菜』，她不是『潘金蓮』，也不是『竇娥』，她的確是哪吒，是孫悟空。怎麼能動不動就抓呢？一抓，恐怕又抓瞎了！」

說著說著，有些想動怒。鄭重身上，立馬出了一層冷汗。他怪自己說話快了，把領導的話一時理解歪了，領導便把整個晚上的怒氣，發到了他頭上。好在馬文彬有涵養，剛想動怒，又平靜了：

「這事跟你在鄰縣當副縣長不同，那是群眾圍攻縣政府，到了『小白菜』這裡，人家可沒有圍攻你。什麼事情都不能照葫蘆畫瓢，明白了嗎？」

鄭重平日反應挺快，現在腦袋空了，不知接著該如何回答，是明白了，還是不明白；也怕再答錯了，馬文彬再發火。這時市政府祕書長從車窗裡探出腦袋，趕緊打圓場：

「馬市長說的對，不同性質的事情，要用不同的方法去解決。」

又用開玩笑的口氣說：

「既然她沒有圍攻縣政府，我們只好採取下策，讓人圍攻她了。」

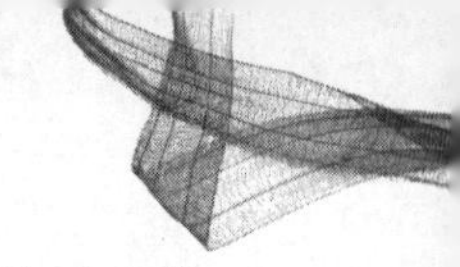

鄭重終於明白了馬文彬的意思，是讓縣上派人盯住李雪蓮，不讓她走出該縣，到北京告狀。但這種方式，既不是鄭重的發明，也不是什麼新方法；為了攔截上訪的群眾，各地政府經常這麼做。鄭重這時明白了馬文彬發火的原因，並不是針對鄭重，而是針對他自己：對一個告狀的農村婦女，馬文彬折騰一番，也沒找到對付她的更好辦法；白忙活一晚上不說，又得採取下策，用堵的辦法。馬文彬喜歡創新，喜歡做別人做不到的事情；到頭來別人做不到的，他也做不到。惱怒惱怒在這個地方。為了替馬文彬解圍，鄭重忙說：

「問題出在我們縣，責任就在我們縣，請馬市長和祕書長放心，我們一定採取措施，勸解她留在家裡，不再去北京告狀，影響全國人代會的召開。」

6

從第二天起，李雪蓮家四周，站了四個員警，日夜盯著李雪蓮。員警都穿著便衣，吸著菸，不停地走動。被員警看著，對李雪蓮已不是頭一回。二十年間，一到全國開人代會，李雪蓮家四周，都會站這麼幾個人。有時是三個，有時是四個。有時趕上縣政府或市政府換屆，也會來上兩三個。由於年年如此，不管是員警，還是李雪蓮，都已經習以為常。大家見到，還相互打招呼。因李雪蓮不是犯人，大家平日無冤無仇，這些員警見到李雪蓮倒很客氣，都笑著叫「嬸子」。下一年來的幾個人中，往往會有一兩個上一年來過的。李雪蓮見到會問：

「又來了？」

那人便笑：

「嬸子，又來給妳當保鏢了。」

李雪蓮在院子裡活動，他們不管；李雪蓮出門，他們便跟在身後。李雪蓮：

「我這是多少輩積的德呀，一下有了這麼多跟班的。」

身後的員警便說：

「可不，美國總統，也就這待遇了。」

李雪蓮在家時，員警渴了，也進來要水喝。李雪蓮也拿起暖水瓶，給他們倒水。

今年來的四個員警，兩老人兒，兩新人兒。其中一個新人兒，是過去在鎮上賣肉的老胡的兒子，在鎮上派出所當編外員警。二十年前，李雪蓮要殺秦玉河，先找弟弟幫忙，弟弟躲到了山東；李雪蓮又去鎮上找殺豬匠老胡。為了騙老胡，李雪蓮沒說殺人，只說讓老胡幫著打人。為了一個打人，老胡提出「先辦事，後打人」；李雪蓮要「先打人，後辦事」。後來李雪蓮到當時的市政府門前靜坐，被員警關進了拘留所；從拘留所出來，李雪蓮又要殺人，又去找老胡，答應老胡「先辦事，後殺人」；老胡一聽是殺人，而且是殺好幾個人，一下子慫了。現在老胡癱瘓在家，也不去集上賣肉了。員警們來的第二天，李雪蓮才知他是老胡的兒子。老胡長得低矮，胖，一身黑膘肉；誰知老胡的兒子小胡，卻長得眉清目秀，細胳膊細腿。知他是老胡的兒子，李雪蓮便與他拉話。誰知幾句話拉過，李雪蓮便知這孩子不靠譜。李雪蓮說：

「原來你是老胡的兒子，老胡現在咋樣了？」

小胡：

「不咋樣，還在床上躺著呢，離見閻王也不遠了。」

李雪蓮：

「今年咋輪到你看我了？」

小胡：

「欺負我唄。上個月跟所長頂了嘴，他就把這糟改事，派到了我頭上。」

李雪蓮：

「看人不好嗎？不比抓人強？」

小胡：

「妳說得輕巧，夜裡妳捂著熱被窩在床上睡大覺了，我們還得在冷地裡站著。雖說立春了，夜裡也寒著呢。」

李雪蓮：

「誰讓你們看我了？」

小胡：

「嬸子，啥也別說了，不怪妳，不怪我，就怪全國開人大。」

李雪蓮倒被他逗笑了。

說歸說，笑歸笑，李雪蓮還是要告狀。要告狀，就不能被他們看住，就得逃跑。不逃跑，就無法到北京告狀。無非離全國開人大還有七天，早去了沒用。往年也逃跑過；逃跑一般都在夜裡；有逃跑成功的，也有不成功的。這天趙大頭又從縣城騎自行車來看李雪蓮，見李雪蓮院子四周站了四個員警；他與其中一個也認識，與那人打過招呼，進門對李雪蓮說：

「中國有兩地方，布崗才這麼嚴。」

李雪蓮：

「哪兩地方？」

趙大頭：

「一個是中南海，一個就是妳家。」

兩人在棗樹下坐下。趙大頭：

「上一回那事，妳想得咋樣了？」

李雪蓮一愣：

「啥事？」

趙大頭：

「就是咱倆結婚的事。」

李雪蓮：

「大頭，不管我想得咋樣，這事兒都得往後擱一擱。」

趙大頭一愣：

「為啥？」

李雪蓮：

「在考慮這事兒之前，我還得先告狀。」

趙大頭又一愣：

「上回妳不是說聽牛的話，不告狀了嗎？就是不聽牛的話，也該聽我一句話呀。」

李雪蓮便將與市長在鎮上羊湯館會面的事，如何引起的衝突，如何不歡而散，一五一十，來龍去脈，給趙大頭說了。李雪蓮：

「他們欺人太甚。」

說著說著又生氣了：

「本來我不準備再告狀了，說給他們，他們就是不信，把我當成了騙子；我說聽了牛的話，他們認為我在罵他們。上回我給你說牛的事，你就能聽懂；說給他們，他們怎麼就不懂呢？為啥我說什麼，他們都往壞處想呢？不把我當成壞人，能派員警看著我嗎？他們步步緊逼，又把我逼上梁山了。原來不告狀是為了自個兒，現在不告狀就成了窩囊廢；不去告狀，他們還以為是員警看死了我呢。原來告狀是為了告秦玉河，現在告狀是為了告這些貪官污吏。既然他們把我當成了壞人，我不能讓他們消停。他們怎麼還不如一頭牛呢？」

趙大頭聽後，也覺得市長他們不懂事。李雪蓮本來不準備告狀了，他們又把矛盾激化了。他們把矛盾激化沒有什麼，也耽誤了趙大頭的好事。趙大頭搔著自個兒的大頭：

「能不能不跟他們一般見識呢？還按咱們原來說的，放下告狀，過咱們的安生日子？」

李雪蓮：

「不能。事情逼到這種份兒上，我咽不下這口氣。心裡有口氣在，就是咱倆結婚，我也過得不痛快。」

趙大頭看到事情無可挽回，不禁有些發愁：

李雪蓮這時說：

「沒想到事情成了成了，又出了這麼大的變故。」

「大頭，我想求你一件事。」

趙大頭一愣：

「啥事？」

李雪蓮指指院外：

「院外有四個人看著我，我要想告狀，就得從家裡逃出來，我一個人對付不了他們，你能不能幫我逃出去？」

這又是趙大頭沒有想到的。趙大頭：

「是讓我幫妳打架嗎？」

李雪蓮：

「打架行，不打架也行，只要能幫我逃出去。」

趙大頭又犯了愁：

「我一個人，打不過他們四個人呀。」

又說：

「再說，這是與政府作對的事，後果很嚴重呀。」

李雪蓮不禁火了：

「我都跟他們作對二十年了，你連一回都不敢作對，還想著跟我結婚；兩人想不到一塊去，就是到了一塊，這日子也過不成！」

趙大頭慌了：

「妳別急呀，我這不是在考慮嗎？妳連考慮都不讓呀？」

李雪蓮倒被他氣笑了，說：

「大頭，考驗你的時候到了。二十年前，我曾經考驗過在鎮上賣肉的老胡，老胡沒經得住考驗，你可不要學老胡呀。」

趙大頭：

「老胡我倒不是老胡，只是一時想不出好法子呀。」

李雪蓮：

「你回去好好想吧。離北京開人代會，就剩一個禮拜了；三天後來見我，幫我逃出去。」

但三天之後，趙大頭沒有來。李雪蓮知道，一考驗，又把趙大頭考驗出來了；趙大頭也成了二十年前在鎮上賣肉的老胡，光想著與她成就好事，不想沾惹另外的麻煩；見麻煩來了，轉身就溜了。沒有趙大頭，李雪蓮也不能不逃。逃跑要在夜裡。但這天是陰曆十五，天上一個大月亮，把地上照得雪白。一更、三更、五更，李雪蓮從茅房扒著院牆往外看，四個員警都吸著菸在蹓躂呢；明顯不是機會。硬著扒牆往外跑，被他們發覺了，李雪蓮四十九了，這些員警都二三十歲；李雪蓮是一個人，他們是四個人；李雪蓮也跑不過他們。一次逃跑沒有成功，反倒讓他們提高了警惕，說不定第二天就會來七八個員警，那樣就更不好逃了。在過去的二十年裡，李雪蓮吃過好幾回這樣的虧，只要一次沒逃成，被他們抓住了，他們就會增派警力，下次更不好逃了。一直等到天亮，李雪蓮沒敢動作；天亮後，太陽升起來了，大日頭底下，更不好逃了。

一天無話，到了晚上。李雪蓮盼著天陰，誰知天仍很晴朗，萬里無雲；天剛傍黑，一個大月亮，又迎頭升了上來。李雪蓮便罵，連天都不幫她的忙。這時有人拍門。李雪蓮以為是員警尋水喝，打開門，卻是趙大頭。趙大頭推一自行車，車的後座上，馱一大紙箱。李雪蓮沒好氣地：

「你不是不敢來嗎？咋又來了？」

趙大頭把李雪蓮推到院子裡，從自行車上，開始往下卸紙箱。紙箱打開，從裡邊掏出三隻燒雞，四隻醬豬蹄，還有五隻滷好的兔腦袋；又「嘀哩哐噹」，掏出六瓶「老白乾」。李雪蓮看得呆了；突然明白趙大頭的用意，拉過趙大頭的大頭，照他臉上親了一口：

「好你個大頭，我以為你沒種了呢，誰知你在想計謀；我以為你是個榆木腦袋呢，誰知裡邊還有不少鬼點子。」

趙大頭揮揮手：

「趕緊點火，再去炒幾個熱菜。」

待酒席在正房安置好，趙大頭出門去尋員警。雖已立春了，夜裡也寒，四個員警，撿了一些樹枝，在西牆外烘了一堆火，四個人伸出八隻手，正蹲著向火。趙大頭與其中一個認識，便喊：

「老邢，別在風地裡凍著了，進屋喝酒吧。」

老邢站起來，笑了：

「正執行任務呢，哪裡敢喝酒？」

趙大頭：

「不就是看人嗎？人在屋裡，在屋裡眼睛不錯珠地看著她，不比在院外保險？」

四個人相互在看。趙大頭：

「再說，你們看這人，其實也不用看了。」

老邢：

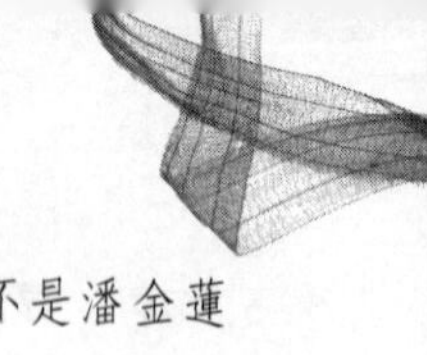

「啥意思？」

趙大頭：

「你們看她的目的，不就是不讓她去告狀嗎？今年跟往年不同，今年她不告狀了。」

老邢一愣，接著冷笑：

「這話誰信呢？」

趙大頭：

「李雪蓮要和我結婚了。今天這酒，就是定親酒。她要跟我結婚，還會去告過去的離婚嗎？」

四個人又相互看。老邢：

「真的假的呀？」

趙大頭：

「這事開得了玩笑嗎？就是我想開，人家一正經婦女，也不會跟咱開。這人，今年你們算白看了。」

老邢搔著頭：

「你說的，倒也入情入理；就怕進屋喝酒，讓所長知道了，回頭再罵我們呀。」

誰知老胡的兒子小胡，率先離開火堆，進了院子：

「人家都要結婚了，我們還在外邊傻凍著，不是有病呀？」

其他三個人相互看看，也猶豫著跟進了院子。

酒從晚上八點喝起，一直喝到夜裡三點。一開始大家還有些拘謹，老邢還對這喝酒有些戒心。但看李雪蓮歡天喜地在炒菜；上菜的時候，靠在趙大頭身上，讓趙大頭往她嘴裡送豬蹄筋；終於相信趙大頭的話是真的。酒一喝開，就沒了邊。一開始是對喝，後來又划拳。不知不覺，三隻燒雞，四隻豬蹄，六個兔腦袋，全到了人肚子裡；李雪蓮炒的六盤菜，只剩下些湯汁；六瓶五十七度的「老白乾」，也進了他們五個人的肚子，平均每人一斤多。趙大頭到底當了一輩子廚子，一斤多酒下肚，沒事人一樣。老邢，小胡，全喝得倒在桌下，昏睡起來。還有一個員警去了茅房，栽倒在茅坑旁。剩下一個醒著的，也想上茅房，但腿軟得站不起來。趙大頭和李雪蓮從容地收拾了行李；收繳了四個員警的手機，裝到一個布袋裡，扔到房頂上；將自行車推出院子，將院門反鎖上，趁著月光上了路。屋裡那個醒著的員警，終於明白了是怎麼回事；想站起來追人，但腿軟得站不起來；掙扎著爬到院子裡，爬到院門前，用手拍著院門，大著舌頭喊：

「回來，你給我回來！」

趙大頭騎著自行車，李雪蓮坐在後座，摟著趙大頭的腰，早已走出二里開外。

李雪蓮跑了，縣裡、市裡大亂。一開始沒亂到市裡。第二天一早，縣長鄭重聞知李雪蓮跑了，大吃一驚；他沒敢往市裡彙報，還想把事情局限在縣裡解決；用縣裡的警力，把李雪蓮找回來。李雪蓮逃跑，肯定是往北京告狀。他連忙布置警力，盤查縣裡所有的汽車站；有一條鐵路路過該縣，縣境內有一個小客站，慢車停，快車不停，又趕忙派人往火車站盤查；另外，凡是去北京的路口，都派警力堵截；不但堵截去北京的路口，北京在北邊，凡是往北去的路口，高速公路路口，省級公路路口，市級公路路口，縣級公路路口，鄉村公路路口，連各村往北去的小道，都布置了堵截的警力。總共動員警力四百多名。但一天過去，四百多人，沒有堵住一個人。這時市長馬文彬，已經從公安這條線上，知道李雪蓮從家裡逃跑了。馬文彬主動給鄭重打了個電話，頭一句話是：

「鄭縣長，聽說你今天很忙啊。」

鄭重便知道紙包不住火，事情已經露餡了，忙說：

「正要往市裡彙報呢。」

馬文彬：

「給市裡彙報頂什麼用？我想知道的是，興師動眾，找到這個農村婦女了嗎？」

鄭重只好如實答：

「還沒有。」

馬文彬不禁有些動怒：

「我說過多少回了，『千里之堤，潰於蟻穴』，要『防微杜漸』，不要『因小失大』，怎麼一而再、再而三，總在小的細節上出問題呢？一個縣那麼多員警，怎麼連一個農村婦女都看不住呢？事情出在員警身上，但根子在哪裡呢？我看還在我們領導幹部身上。是沒有認識到這件事的嚴重性呢，還是沒有責任心呢？這可讓我有些失望。」

對於幹部，馬文彬一說對誰「失望」，誰的政治前途就要走背字了；雖然說的是「有些失望」，這個「有些」，已經讓鄭重出了一身冷汗；何況還有「沒有責任心」幾個字。鄭重忙說：

「是我們沒有盡到責任，是我們沒有盡到責任。」

忙又說：

「請馬市長放心，我們一定接受教訓，保證在兩天之內，把這個婦女找到。」

他說的兩天，也是全國人代會召開前的期限；再過兩天，全國人民代表大會就要召開了。聽鄭重這麼說，馬文彬笑了；不過這笑與平日的微笑不同，是冷笑：

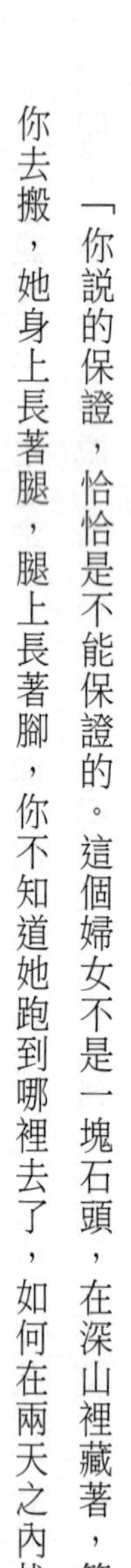

「你說的保證，恰恰是不能保證的。這個婦女不是一塊石頭，在深山裡藏著，等著你去搬，她身上長著腿，腿上長著腳，你不知道她跑到哪裡去了，如何在兩天之內找到她呢？」

鄭重被馬文彬問住了。本來他表的是一個態度，沒承想被馬文彬抓住了話把；上級如抓下級的話把，如蛇被打了七寸一樣，下級就無法動彈了；鄭重像被打了七寸的蛇一樣，在電話這頭張張嘴，答不出話來。馬文彬似乎也不想跟鄭重再囉嗦：

「我後天就要到北京開人代會了，我不希望我在北京開人代會期間，與『小白菜』在那裡會面。」

又說：

「整個市丟醜不丟醜，在下丟醜不丟醜，就在鄭縣長了；鄭縣長，拜託了。」

說完，掛斷了電話。鄭重舉著話筒愣了半天，仍不知所措；接著發現，自己的襯衣襯褲，從裡到外都濕透了。馬文彬最後一句話，可有些冷嘲熱諷；冷嘲熱諷之下，份量不可謂不重。鄭重抓起桌上的茶杯，摔碎到地上；又抓起電話，把縣公安局長叫了過來。縣公安局長也忙了一天，午飯、晚飯都沒顧上吃。鄭重見到他，劈頭就問：

「你忙活了一天，那個逃跑的農村婦女找到了嗎？」

問得跟市長馬文彬問他的話一樣。公安局長哆哆嗦嗦：

「還沒有。」

回答得跟他回答馬文彬的話也一樣。鄭重的怒火終於發洩出來，盯著公安局長，兩眼冒火：

「養你們，還不如養一條狗，連個人都看不住。」

又說：

「明天之內找到她，讓她來見我；找不到，你帶著辭職書來見我！」

公安局長一句話不敢再說，慌忙又跑出去找人了。一邊繼續添派警力，一邊讓人把看守李雪蓮的四個員警，老邢小胡等人，連同李雪蓮那個鎮的派出所長，直接送進了監獄。把他們送進監獄不是把他們當犯人；跑了一個人，也夠不上判刑；而是讓他們看管犯人，當小牢子。當小牢子，在公安部門，算是最苦的差事了。公安局長罵他們，罵得跟鄭重罵他一樣：

「養你們，還不如養一條狗，連個人都看不住。」

又罵：

「不是不會看人嗎？那就從頭學起，從看犯人開始；看上十年，也就長了記性！」

鎮派出所長一邊喊冤，一邊又把老邢小胡四人罵了個狗血噴頭。老邢小胡四人一邊自認倒楣，一邊還有些慶幸：他們在李雪蓮家喝酒的事，被他們四人共同瞞了下來；只說是執勤時不小心，讓李雪蓮跑了；如果被發現執勤時喝酒，就算「怠忽職守」，又該罪加一等了。

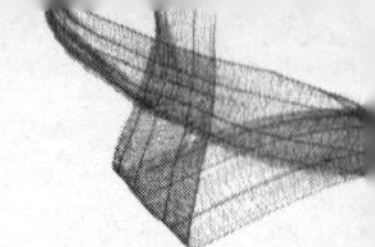

一派忙亂中，法院院長王公道倒從容鎮定。李雪蓮的案子跟法院直接連著，但李雪蓮這回逃跑，跟法院這條線倒沒有關係；看守李雪蓮的是員警，屬公安局，跟法院是兩個系統。

8

李雪蓮和趙大頭從李雪蓮家裡逃出去之後，兩人騎著自行車，並沒有往北走。從家裡逃出去是為了往北京告狀，北京在北邊，按說應該往北；但李雪蓮告狀告了二十年，與員警鬥了二十年心眼，自個兒也長了心眼；李雪蓮的村子地處這個縣的東部；東西南北，四個方向；往西、往南、往北，離縣境皆一百、二百多里不等；只有往東，距縣境六十多里；從這個縣逃跑，只有逃出縣境，才算逃出這個縣員警的手心；於是李雪蓮指揮趙大頭，騎車並無向北走，而是向東。往東不往北，也給員警擺一個迷魂陣。兩人剛逃出李雪蓮的家有些興奮；但騎車走出十里開外，又開始緊張；害怕家裡醉酒的員警醒過來；而且一個人已經半醒，就是腿軟動彈不得；待他們醒過來，或腿腳能動彈，他們馬上就會往上彙報；如縣上知道了，全縣馬上就成了天羅地網。趙大頭拚命蹬自行車往前趕。騎出二十里，渾身上下的衣服全濕了。李雪蓮要替趙大頭騎車，趙大頭又逞能不讓。李雪蓮死活跳下車，趙大頭才停下車來。李雪蓮載著趙大頭走了十五里，趙大頭也歇了過來；騎車又換成趙大頭。終於，在天亮之前，兩人逃出了縣境。往前又騎了五六

里，兩人下車，坐在路邊一個橋墩上喘息。李雪蓮：

「阿彌陀佛，總算過了第一關。」

趙大頭：

「還是妳的主意高，咱往東不往北。到了外地，再去北京不遲。」

李雪蓮：

「大頭，多虧你幫我，要不我也逃不出來。」

又說：

「已經出了縣，你就回去吧；剩下的路，我自個兒來走。」

誰知趙大頭梗著脖子：

「不，我不回去。」

李雪蓮：

「你要幹嘛？」

趙大頭：

「我已經回不去了。妳想啊，我幫妳灌倒那麼多員警，又幫妳逃了出去，已經在跟政府作對了；回去讓他們抓住，他們豈能饒了我？」

這倒是李雪蓮沒有想到的。趙大頭又說：

「這結果，我早想到了，我也是破釜沉舟。」

又一笑：

「再說，妳去北京告狀，我在北京待了三十來年，地方比妳熟啊。」

字字句句，都出乎李雪蓮的意料。李雪蓮大為感動，一下抱住趙大頭：

「大頭，等這回告狀回來，我就跟你結婚。」

趙大頭被摟得也有些激動：

「反正我是豁出去了。只要結婚，哪怕妳以後還告狀，我年年陪著妳。」

兩人歇息過，又重新上路。到了當天中午，兩人來到鄰縣的縣城。趕路趕了一夜一上午，兩人都有些累了；同時害怕他們縣的員警在本縣沒有抓到他們，搜查範圍從本縣擴展到鄰縣，大白天易被人堵住；於是在縣城城邊找到一個飯館，先吃了一頓飯，又在一條偏僻的胡同裡，找到一個小旅館住下，打算歇到晚上再上路。一是為了省錢，二是兩人都已不拿對方當外人，兩人只開了一個房間。同開一個房間，並不證明兩人要幹什麼；誰知一進房間，趙大頭就把李雪蓮抱住了。抱住也就抱住了，剛才在路上，李雪蓮也抱過趙大頭。但趙大頭抱著抱著，把李雪蓮捺到了床上，開始剝她的衣服。李雪蓮忙拚命推趙大頭，掙扎起身：

「大頭，別鬧。你再不起來，我就急了。」

三十多年前，兩人還是高中同學時，趙大頭把李雪蓮叫到打穀場上，曾抱住李雪蓮親，李雪蓮推趙大頭一把，把他推翻在地，趙大頭被嚇跑了。二十年前，李雪蓮頭一回到北京告狀，住在趙大頭的床鋪上；趙大頭半夜進來，李雪蓮明白他的意思，讓他「該幹嘛幹嘛」，又把趙大頭嚇了回去。沒想到三十多年過去，二十年過去，趙大頭不是三十多年前和二十年前的趙大頭了，李雪蓮明明說要急了，趙大頭也不怕，仍死死捺住她，剝她的衣服：

「親人，我等了幾十年了。」

也是經過一夜一上午的奔波，李雪蓮渾身乏了，掙不過趙大頭；讓李雪蓮感到奇怪的是，趙大頭也奔波了一夜一上午，怎麼還這麼大斜勁兒呢？加上趙大頭要陪李雪蓮去北京告狀，兩人也說過要結婚的話，掙扎幾個回合，李雪蓮也就不再掙扎了。終於，李雪蓮讓趙大頭剝光了。趙大頭也脫光了自個兒的衣服。連個過渡都沒有，趙大頭一下就入了港。李雪蓮二十一年沒幹過這種事了，一開始有些緊張。沒想到趙大頭入港之後，竟很會調理女人。沒入港之前著急，入港之後，反倒不著急了。他身子不動，開始舔李雪蓮的耳唇，親李雪蓮的眉和嘴，又舔李雪蓮的奶。待李雪蓮放鬆之後，下邊開始動作。這動作也不是千篇一律，他輕輕重重，左左右右，竟將李雪蓮的興致慢慢調了上來。這興致，也二十一年沒有了。待李雪蓮興致上來，他又高高低低，上上下下，前前後後大動起來。突然之間，李雪蓮竟湧上來高潮。李雪蓮開始大呼小叫。高潮之後，趙大頭還不停，又前後夾擊，使李雪蓮又湧上來一回高潮。李雪蓮又叫。當年李雪蓮跟秦玉河在一起時，也從無有過這樣一波接一波的興奮。這個趙大頭，表面看憨厚，誰知也不是個好東西，在這上頭，竟也積下許多手段。趙大頭也五十出頭了，沒想到奔波一夜一上午，還攢下這麼大的火力。終於，兩人大呼小叫完，光著身子，躺在床上。這時李雪蓮哭了：

「大頭，你可別忘了，你這叫強姦。」

趙大頭忙給她擦淚，又用手拍著她的大腿：

「咱倆白耽誤三十多年。」

又悄聲問：

「妳說，痛快不痛快？」

李雪蓮倒不好意思起來：

「大白天的，你不知道害羞哇？」

又將頭拱到趙大頭懷裡，悄聲說：

「一輩子，還沒這樣過。」

正是因為這場事幹得好，接著就扭轉了他們要去的方向，和要去的地方。趙大頭給兩人蓋上被子，兩人露著頭，趙大頭攥著李雪蓮的手：

「親人，我問妳一句話，人是願意跟自個兒喜歡的人在一起，還是願意跟不相干的人在一起？」

李雪蓮：

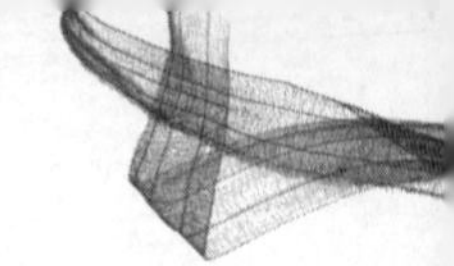

「這話多傻呀，那還用說。」

趙大頭：

「人是願意跟親人在一起，還是願意跟仇人在一起？」

李雪蓮：

「這話一樣傻。」

趙大頭：

「那好，既然妳說我這話問的傻，那就證明妳也傻。」

李雪蓮一愣：

「啥意思？」

趙大頭：

「既然妳明白親人和仇人的道理，我勸妳還是別告狀了。告狀，就是離開親人，跟仇人在一起。」

又說：

「如果把仇人告倒了，這狀告的也值，可妳告了二十年，不是也沒個結果？」

又說：

「二十年沒有結果，今年再告，也不一定有結果呀。今年，不管是妳，還是仇人，和往年也沒啥區別呀。」

李雪蓮：

「這道理我今年也悟出來了，一開始我也不想告狀了，還不是聽不聽牛的話；全是那些貪官污吏逼的，讓我生生又要告狀；他們總把我的話往壞處想，總把我當成壞人。這回告的不是秦玉河，是這些貪官污吏。」

趙大頭：

「我也知道，這些貪官污吏，比秦玉河還壞；正是因為他們比秦玉河壞，跟他們折騰起來，會更費工夫。更費工夫不說，更折騰不出個結果。」

李雪蓮「呼」地坐起：

「反正我咽不下這口氣。」

趙大頭拍了一下巴掌：

「我說的就是這個。為了一口氣，妳已經折騰了二十年；為了一口氣，再折騰二十年，咱都七老八十了。跟他們制氣沒啥，不是白白耽誤了咱們自個兒的好事？」

又用手摸李雪蓮的下身。李雪蓮又慢慢躺了下來。趙大頭：

「俗話說得好，退一步海闊天空。妳跟這些人折騰，妳是一個人，人家是一級一級的政府，妳是赤手空拳，人家有權有勢，一有事還能動用員警，現在我們不就被人家趕著跑？咱那裡折騰過人家？折騰出結果折騰不出結果咱倒也不怕，問題是，咱把自個兒一年又一年也搭進去了。妳還想在這泥潭裡撲騰多少日子？咱何不自個兒把自個兒救出來，過咱的痛快日子？」

又悄聲問：

「妳說說，咱們在一起痛快不痛快？」

沒有今天的痛快，也就沒有這場談話；這場談話放到過去說，過去也說過，李雪蓮不會聽進去；有了今天的痛快，李雪蓮覺得趙大頭說的也有道理。放著痛快的日子不過，再去跟那些貪官污吏折騰，倒是把自個兒全搭進去了；二十年前，自己才二十九歲，還有工夫折騰；現在四十九了，再折騰幾年，真把自己的一輩子全搭進去了。趙大頭說的也對，世上無人幫自己，只能自己救自己了。或者，正是趙大頭今天一席話，救了李雪蓮。李雪蓮不說話了，眼中湧出了淚。要說有恨，她好恨過去的二十年啊。趙大頭又替李雪蓮擦淚：

「妳要回心轉意，咱們回去就結婚。」

又說：

「只要咱們結婚，再不用跟不相干的人和仇人打交道了。」

又說：

「只要咱們不跟他們折騰，對昨天灌醉員警的事，他們肯定也不會追究，他們掂得出哪頭輕哪頭沉。」

李雪蓮又坐起身：

「就是照你說的，咱們不告狀，也不能馬上回去。」

趙大頭：

「為啥？」

李雪蓮：

「那也得最後折騰他們一回。咱們一回去，他們就知道咱們不告狀了；咱們不回去，他們還以為咱們去北京了呢；他們怕就怕我去北京；我一去北京，他們就到北京找去；就是今年咱們不去北京告狀，也不回去，仍讓他們到北京找去。」

趙大頭馬上同意：

「對對對，再折騰他們一回。咱們沒去北京，他們在北京哪裡找得著？越找不著，他們越著急。」

又說：

「那咱們也不能待在這兒，這兒離咱縣近，老待在這兒，說不定又被他們找著了。」

李雪蓮一愣：

「那我們去哪兒？」

趙大頭：

「我帶妳到泰山玩兒去。泰山妳去過嗎？」

李雪蓮心裡倒一動：

「二十年光顧告狀了，只去過北京，別的地方，哪兒也沒去過。」

趙大頭：

「泰山風景可好了，我帶妳看日出；一看日出，心裡馬上就開闊了。」

兩人越說越一致。趙大頭翻身把過李雪蓮，又上了她的身。李雪蓮推他：

「還來呀，咱都多大了？」

趙大頭攥住李雪蓮的手，讓她摸他下邊：

「妳看大不大？」

接著又入了港。一邊動一邊說：

「我也沒想到，跟妳在一起，我也返老還童了。」

第二天一早，兩人將自行車存在旅館，搭長途汽車去了泰山。途中梁山界在修高速公路；行車的路，和要修的路，又在了一起；路上塞滿了車。長途車走走停停，到了泰山腳下的泰安，已經是下午五點半了。這時再登泰山是來不及了，兩人便在泰安的偏僻胡同裡，找了一個小旅館住下。夜裡趙大頭又沒消停。第二天一早，兩人在門口吃過早飯，便去爬泰山。為了省錢，兩人沒敢坐纜車，便順著百轉千迴的臺階往山頂上爬。往山上爬的人還真不少，天南地北，各種口音都有。出門旅遊，對李雪蓮還是平生頭一回，李雪蓮爬得興致盎然；遇到別的婦女，還與人家搭話。趙大頭連著折騰兩個晚上，明顯顯得身虛，爬幾個臺階一喘，爬幾個臺階一喘；顧不上跟別人說話，也顧不上跟李雪蓮說話。李雪蓮看他喘氣的樣子，「噗啼」笑了，用手指杵他的眉頭：

「讓你夜裡孬，看你還孬不孬了？」

趙大頭還梗著脖子不承認：

「不是夜裡的事，是腿上有關節炎。」

別人爬泰山，一個上午能爬到山頂；趙大頭爬得慢，也拖累了李雪蓮，中午才爬到中天門。轉過一個彎，到了一座小廟前，趙大頭一屁股癱在地上，擦著頭上的汗，對李雪蓮說：

「要不妳一個人往上爬吧，我在這兒等妳。」

李雪蓮有些掃興：

「兩人玩的事，剩我一個人，還有啥意思？」

看趙大頭實在爬不動了，也不好勉強他：

「要不咱別爬了，歇會兒咱下山吧。」

趙大頭還有些遺憾：

「我還說今天住到山頂呢。爬不到山頂，就無法明天早起看日出了。」

李雪蓮安慰他：

「我在家的時候，天不亮就下地幹活，天天看日出。」

趙大頭：

「泰山的日出，和平地不一樣。」

李雪蓮：

「有啥不一樣，不都是一個日頭。」

兩人在半山腰吃過早上帶來的麵包和茶雞蛋，輪著喝過帶來的塑膠瓶裡的水，開始往山下走。下山邁起步子，比上山輕快多了，趙大頭又活泛起來，這時說：

「不行明年再來一趟，不能就這麼半途而廢。」

李雪蓮：

「看到了就行了，再來再花錢，還不如換個地方。」

兩人回到山下，找了一個麵鋪，就著燒餅，每人吃了一碗羊汆麵，就早早回旅館歇息。這天夜裡，趙大頭安生下來，不再招惹李雪蓮。兩人躺在一個被窩裡，倚著床頭說話。話從三十多年前說起，兩人還是中學同學的時候。李雪蓮便追問趙大頭，何時對她起的意。趙大頭：

「那還用說，見妳頭一面的時候。」

李雪蓮啐了他一口：

「那是初中一年級，我才十三。」

又說：

「整個初中，你都沒理過我。」

趙大頭只好承認是高中一年級對李雪蓮動的心：

「初中時妳一頭黃毛，到了高中，妳才長開了。」

李雪蓮又問高中時趙大頭常給她買「大白兔」奶糖，錢是從哪裡來的。趙大頭說：

「偷俺爹的唄，為給妳買糖，我沒少挨打。」

李雪蓮笑了，抱著趙大頭的頭親了一口。又問高中畢業前夕，趙大頭把她叫到打穀場上，為何推了他一把，就把他嚇跑了。趙大頭遺憾地拍著床幫：

「那時膽小呀。如果當時膽大，人生的路就得重寫。」

又搖頭：

「又長了三十多年，膽兒才長大了。」

李雪蓮又啐了他一口：

「你現在是膽大嗎？你現在是不要臉！」

兩人笑了。接著又說起當年的同學、老師。三十多年過去，老師們大部分都去世了。初中的同學很多記不清了。高中的同學，知道的已經死了五個；剩下的，也都各奔東西。三十多年過去，大部分同學都當了爺爺奶奶；老了老了，混得圓滿的少，被生活兒女拖累得疲憊不堪的多。說到兒女，李雪蓮又說，自己的女兒，自己一個人把她從小養大，誰知養了個賣國賊，如今跟她也不一條心。不一條心不是說她不聽話，而是在李雪蓮告狀這件事上，別人不瞭解詳情指她的脊樑骨情有可原，女兒從小在她身邊長大，

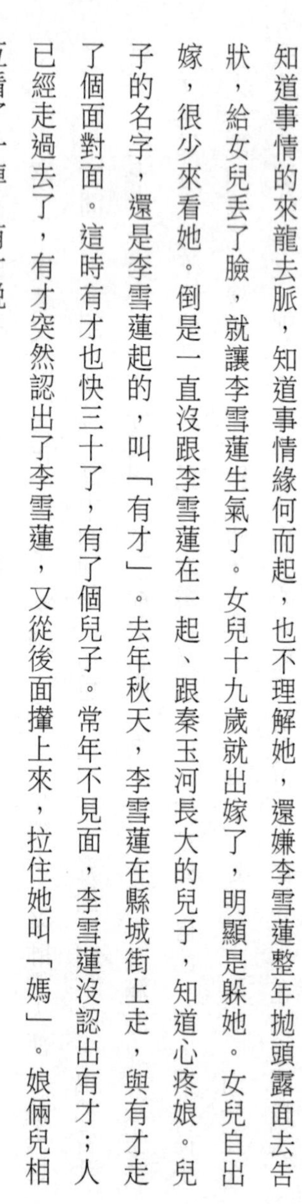

知道事情的來龍去脈，知道事情緣何而起，也不理解她，還嫌李雪蓮整年拋頭露面去告狀，給女兒丟了臉，就讓李雪蓮生氣了。女兒十九歲就出嫁了，明顯是躲她。女兒自出嫁，很少來看她。倒是一直沒跟李雪蓮在一起、跟秦玉河長大的兒子，知道心疼娘。兒子的名字，還是李雪蓮起的，叫「有才」。去年秋天，李雪蓮在縣城街上走，與有才走了個面對面。這時有才也快三十了，有了個兒子。常年不見面，李雪蓮沒認出有才；人已經走過去了，有才突然認出了李雪蓮，又從後面攆上來，拉住她叫「媽」。娘倆兒相互看了一陣，有才說：

「媽，妳老多了。」

又說：

「媽，知妳受著委屈，可妳也不能不心疼自個兒呀。」

臨走時，又悄悄塞給李雪蓮二百塊錢。說到這裡，李雪蓮落淚了。趙大頭替她拭淚：

「我覺得有才說的是對的。」

接著趙大頭也歎息，自己那個兒子，早年上學不成器，讓他跟自己學廚子，可他在灶前待不住，喜歡四處亂跑。如今三十多了，還功不成名不就，在縣畜牧局當臨時工，整天跟人瞎跑。每月掙的錢，養不活老婆孩子，時常來刮蹭趙大頭。趙大頭在縣城飯館打工掙的錢，不夠補貼兒子一家的。好在他還有退休工資，手頭才得以維持。趙大頭感歎：

「養一番兒女，誰知是養個冤家呀。」

又說：

「我也想通了，就當上輩子欠他的。」

說過，兩人睡下。第二天一早，兩人出門，在泰安市裡轉了轉。轉也是乾轉，沒買什麼東西。相中的東西太貴，便宜的東西又用不著。到了中午，兩人便不想轉了，又回到旅館。這時趙大頭提出，去一百多里外的曲阜看孔子。那裡是平地，用不著爬山。過去在中學學過孔子，知他說些似是而非的車軲轆話，沒見過真人。也是在外邊乾呆著沒地方去，李雪蓮說：

「去就去吧，不為看孔子，聽說曲阜的麻糖不錯，咱去吃麻糖吧。」

趙大頭說：

「對對對，咱比較一下孔子吃過的麻糖，如不如我小時候給妳送的『大白兔』糖。」

李雪蓮啐了他一口。為吃曲阜的麻糖，兩人決定下午去曲阜。接著趙大頭出門去長途汽車站買車票，李雪蓮留下收拾行李。行李收拾過，李雪蓮走出旅館，想給趙大頭買一件毛衣。雖然立春了，早晚也寒。逃出老家時，李雪蓮帶著毛衣；那天晚上趙大頭只顧張羅灌員警喝酒，用調虎離山之計，接著便與李雪蓮逃出本縣，只穿了隨身的夾衣，沒帶厚衣裳。今天清早出門，李雪蓮就看趙大頭打了個冷顫，接著不住地打噴嚏。上午在街上轉時，李雪蓮就想給趙大頭買件毛衣。在一家商場，李雪蓮相中一件，價格九十六，趙大頭嫌貴，又攔住不讓買。馬上又要上路，李雪蓮擔心一早一晚，把趙大頭

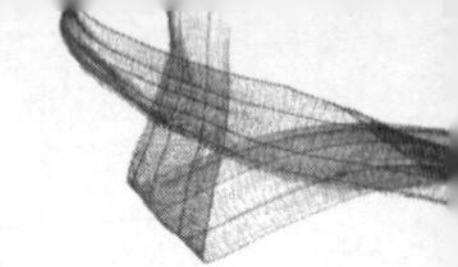

凍病了。凍病吃藥，反倒比買毛衣花錢多了。從旅館胡同出來，沿街走了二里多路，李雪蓮又來到上午看毛衣的商場。討價還價一番，九十六塊錢的毛衣，八十五塊錢買了下來。拿著毛衣往回走，又順便買了四個麵包，一袋榨菜，準備在路上當乾糧吃。回到飯館，欲推房門，聽見趙大頭在裡面說話。原來他已經買車票回來了。但他一個人跟誰說話呢？再聽，原來是打手機。打手機也很正常，李雪蓮欲推門進去，又聽他在手機裡跟人吵架，便不禁停在門口。趙大頭：

「不是老給你打電話，我把事給你落實了，你把我的事落實了沒有？」

也不知對方在電話裡說些什麼，趙大頭急了：

「你光想著向縣長彙報我搞定李雪蓮的事，咋不彙報俺兒工作的事？」

又不知對方在電話裡說些什麼，趙大頭：

「我不是不相信政府，我要眼見為實。」

不知對方在電話裡說些什麼，趙大頭：

「這叫啥話？這兩事兒咋能比呢？我這兒沒法叫你眼見為實呀。別說在山東，就是在咱縣，我跟李雪蓮在床上搞的時候，你也不能在床邊看著呀。」

又不知對方說了什麼，趙大頭大叫：

「咋會不一了百了呢？俺倆回去就要結婚了，她咋還會告狀咧！」

李雪蓮的腦袋，「轟」地一聲炸了。

9

縣法院審判委員會的專職委員叫賈聰明。二十年前，這個位置，一個叫董憲法的人曾經坐過。當時李雪蓮找董憲法告狀，他說該案不歸他管；兩人爭執起來，他罵了一聲「刁民」，又罵了一句「滾」；後來李雪蓮闖了大會堂，他和法院院長、縣長、市長一起被撤了職。專委被撤後，董憲法愛去牲口集市上看賣牲口，一看就是一天。八年前，董憲法得了腦溢血；五年前，董憲法死了；一切都成了過眼雲煙。

賈聰明今年四十二歲，專委已當了三年。半年前，法院一個副院長退休了，空出一個位置，賈聰明便想填補這個空缺。由專委升副院長，倒也不算跨多大的臺階；但專委有職無權，名義上比庭長高，但在法院說話辦事，還不如一個庭長；於是升任副院長，還得和庭長們一起競爭。法院有刑事一庭，刑事二庭，民事一庭，民事二庭，經濟一庭，經濟二庭，少年庭，執行庭……等，共十多個庭；十多個庭，就有十多個庭長；加上全縣二十來個鄉鎮，每個鄉鎮都有一個審判庭；整個法院算起來，共三十多個庭長。三十多個庭長的想法，皆跟賈聰明一樣，想當這個副院長。因專委有職無權，許多庭長，根本沒把賈聰明放到眼裡。三十多人爭一塊骨頭，難免打成一鍋粥。爭來爭去，副院長的位置空了半年，誰也沒有上去。沒上去賈聰明和庭長們著急，法院院長王公道卻不著急。一粒葡萄，三十多隻猴子在爭，葡萄只能扔給一隻猴子；葡萄不鬆手，三十多隻猴子都圍著你轉；葡萄一丟手，丟到一隻猴子嘴裡，其他猴子會一哄而散；吃到葡萄的那隻猴子，也會轉臉不認人。現在的人都短，搞政治也跟做買賣一樣，皆一把一結。而葡萄留在自己手裡，還不單能讓猴子們圍著你轉，更大的益處是，這些猴子不會乾轉，或多或少，總會給你獻個壽桃。當年王公道就是這麼一步步上來的，現在開始以其人之道，還治他人之身。王公道這麼做，法院在職的幾個副院長也高興，因大家或多或少，也能得些實惠；無非王公道得個大桃，他們得些小棗。有棗總比沒棗強。時間拖得越長，大家得的實惠越多。王公道這麼做，不但王公道這層人能得到實惠，縣裡的副縣長、縣長，也都人人受益。有的庭長為了當這個副院長，都活動到市裡去了。

活動就需要活動經費。跟三十多個庭長比，賈聰明這方面不占優勢。因專委有職無權，告狀的便很少給他送禮；庭長有職有權，平日的積累比賈聰明豐厚不說，現時花錢，還可以在庭裡實報實銷。沒有公家做後盾，賈聰明便比庭長們氣餒許多。無法拚公，只能拚私；法院一個專委，工資並不高，每月工資，也就兩千多塊錢；賈聰明的老婆在醫院當護士，每月工資一千多塊；他爹老賈在街上賣生薑，也只能掙個仨瓜倆棗；而給領導送禮，仨瓜倆棗，卻拿不出手。總不能給領導提一壺花生油、拎兩隻老母雞、或送一籃子生薑吧？不但不能送油、老母雞和生薑，事到如今，送多貴重的東西都不趕趟了，得直接送錢。三十多人比著送錢，別人有公家做後盾，賈聰明從自個兒身上抽筋，半年下來，其他人就把賈聰明比下去了。不但比下去了，賈聰明身上的油，也已經被榨乾了，再也送不起了。但已送出一些錢，如副院長到頭來落到別人頭上，他的錢就等於白送了；名義上，專委又比庭長高，到頭來讓一個庭長成了自己的領導，丟的就不僅是個職務，而是裹稈草埋老頭，丟了個大人；賈聰明又有些不甘心。但錢是個硬通貨，家裡的親戚都是窮人，平日還來求賈聰明幫忙，沒有一個值得上；賈聰明有職無權，有錢人多不與他來往；左思右想，無籌措處；在法院又不敢露出來，只好在家裡唉聲歎氣。這天晚上，他爹老賈賣生薑回來，見賈聰明悶悶不樂，便問他發愁的原因。賈聰明沒好氣地：

「還不是因為你？」

老賈一愣：

「我連啥事還不知道哩，咋就怪我了？」

賈聰明便把為當法院副院長，想給領導接著送錢，又無錢可送的事說了；又埋怨他爹：

「既然做生意，你咋不做房地產哩？就會賣個生薑。你要上了富豪榜，咱也不用在這裡發愁了。」

老賈也有些氣餒，又勸賈聰明：

「除了送錢，還有沒有別的法子？」

賈聰明：

「有，你不賣生薑了，去當個省長，我不但不用送錢，人家還求著我當副院長呢。」

老賈又有些氣餒。氣餒過，又勸賈聰明：

「我賣生薑之前，不是還幫老畢賣過假酒嗎？那也是天天求人的事。照我賣假酒的經驗，如想讓別人給你辦事，除了讓他現得利，如他有啥難事和急事，你幫他解決了，他接著給你辦事，比給他送錢還管用呢。」

賈聰明突然明白什麼，不禁急了：

「我說前年那一段，你給我攤了那麼多無厘頭的官司呢，原來樁樁件件，都跟假酒連著呢！」

又歎氣：

「但這事跟你賣假酒不一樣，現在我們面對的不是小商小販，而是領導；小商小販有事求咱，領導會有啥難事和急事找咱辦呢？」

抬腿就走了。也是天無絕人之路，領導的難事和急事，很快就被賈聰明遇到了。賣生薑的老賈，跟在縣城「鴻運樓」餐館當廚子的趙大頭是好朋友。兩人能成為好朋友並不是廚子每天要用生薑，兩人有業務上的往來，而是兩人都愛說閒話。老賈一輩子愛說閒話，趙大頭四十五歲之前悶不作聲，四十五歲之後開始閑磨牙。一輩子說閒話的人每天說說也就是個習慣，過去悶不作聲、中途改說閒話的人就容易上癮。一天不吃飯餓不死人，一天不說閒話就把人憋死了。為說閒話，趙大頭愛串門；老婆死了，夜裡無事，就更愛串門了。因與賣生薑的老賈說得著，晚上從「鴻運樓」下班後，往往先不回家，直接到老賈家說閒話。說話間，全國人民代表大會就要召開了；李雪蓮告狀的事，從縣裡到市裡，又一次鬧得沸沸揚揚；閒話之中，大家便說到李雪蓮。趙大頭肚子裡藏不住話，便將他與李雪蓮的交往，從中學時代說起，如何給李雪蓮送「大白兔」奶糖，兩人如何在打穀場上親嘴；又說到李雪蓮頭一回去北京告狀，就住在他的床鋪上，兩人又差點成就好事……等等，說了個痛快。趙大頭與老賈說這段閒話時，賈聰明正好在家。說者無心，聽者也無心。但聽著聽著，賈聰明腦子突然一激靈，從法院院長王公道到縣長鄭重，再到市長馬文彬，都在為李雪蓮上京告狀的事發愁；發愁，又一籌莫展；如果賈聰明能幫他們解決這個難題，不就應了他爹老賈說的幫助領導解決難事和急事的話了嗎？如能幫他們解決這個難事和急事，自己接著當法院副院長，不就順理成章了嗎？這比送他們錢可管用多了。而把李雪蓮搞定，不讓她告狀，除了勸解和盯梢，讓她跟別人結婚，不也是個法子嗎？她鬧的是跟前夫離婚的事，到底是真離婚還是假離婚，如她跟另一個人結了婚，過去的案底不都不成立了嗎？她鬧的是前夫說她是潘金蓮，潘金蓮另嫁他人，不也等於妓女從了良嗎？潘金蓮也就不是潘金蓮了。想到這裡，心中不由大喜。心中大喜，面上並不露出來，只是對趙大頭說：

「大叔，既然你跟李雪蓮好過，我嬸如今也死了，這不又是個機會？」

趙大頭一愣：

「啥意思？」

賈聰明：

「鍥而不捨，把她弄到手呀。聽說她年輕時候，也是有名的美女。」

趙大頭：

「那倒是，如她不漂亮，我也不會跟她交往這麼多年。」

又遺憾：

「關鍵時候，我沒有把握好哇。」

賈聰明：

「現在重說這事也不遲。」

趙大頭搖頭：

「事過境遷，事過境遷了。就是我有這意，人家正在告狀，也沒這心呀。」

賈聰明：

「正因為告狀，我才勸你跟她結婚呢。」

趙大頭一愣：

「啥意思？」

賈聰明便打開天窗說亮話，把從法院領導到縣裡領導，從縣裡領導到市裡領導，為李雪蓮告狀發愁的狀況，一五一十說了一遍。他不說，趙大頭也知道；二十年過去，李雪蓮告狀的事，已在縣裡市裡傳得婦孺皆知。但賈聰明還是重說一遍。說過，又對趙大頭說：

「你要能把她搞定，跟她結婚，就不光是跟一個女的結婚的事了，還幫了從縣裡到市裡領導的大忙。」

趙大頭一愣：

「這可是兩回事，結婚是結婚，領導是領導。」

停停又問：

「如果我幫了領導，我能得到啥好處呢？」

賈聰明：

「你幫他們，他們也能幫你呀。」

趙大頭：

「他們能幫我個啥？」

賈聰明：

「你總不能說你沒有難處。你有啥難處？往大裡想。」

趙大頭想了想：

「難處誰都有難處，我最大的難處，是我那不爭氣的兒子，在畜牧局當臨時工，一直想轉正，一直轉不了；天天回來，還要刮我的油水。」

賈聰明拍著巴掌：

「這不結了。你要能把李雪蓮搞定，讓她不告狀了，法院院長管不著畜牧局，但人家縣長和市長可管得著，在畜牧局解決一個轉正指標，對人家算個屌啊，說不定還能一下給他弄個科長當當呢。」

趙大頭愣在那裡。賈聰明：

「還想啥呀，這不是一舉兩得嗎？」

趙大頭：

「這事我辦成了，他們不給我兒轉正咋辦？」

賈聰明：

「不給你辦，你也白得一個老婆；給你辦，是白饒哇。」

趙大頭搖頭：

「我現在犯愁的，主要還不是沒老婆，而是兒子整天跟我鬧。」

賈聰明：

「正是為了你兒子，你也應該試一試；不然，你啥時候能跟縣長市長接上頭呀？」

趙大頭開始猶豫：

「試是可以試，就怕領導説話不算話呀。」

賈聰明信誓旦旦：

「你連政府都不相信？我以法院和法律的名義向你保證，只要你幫了領導，領導絕對不會不管你兒子。」

趙大頭又懷疑地看著賈聰明：

「你這麼積極攛掇這事，你從中圖個啥呢？」

賈聰明又打開天窗説亮話，把自個兒想當法院副院長的事，給趙大頭説了。説過，又拍巴掌：

「我的叔哩，現在咱們是一根繩上的螞蚱，一損俱損，一榮俱榮。你在領導面前立了功，我不也跟著你沾光嗎？只要我當了副院長，從今往後，法院不等於是咱爺倆兒開的嗎？」

趙大頭思摸：

「這事不是一件小事，讓我想想。」

説過，趙大頭就回家了。當時賈聰明也就是這麼一説，趙大頭不辦這事，賈聰明也沒損失啥；辦了，就等於白饒；就算趙大頭辦，能否辦成，也得兩説；賈聰明也就沒太把這事放在心上。沒想到第二天晚上，趙大頭主動找賈聰明來了，説要辦這件事。説辦

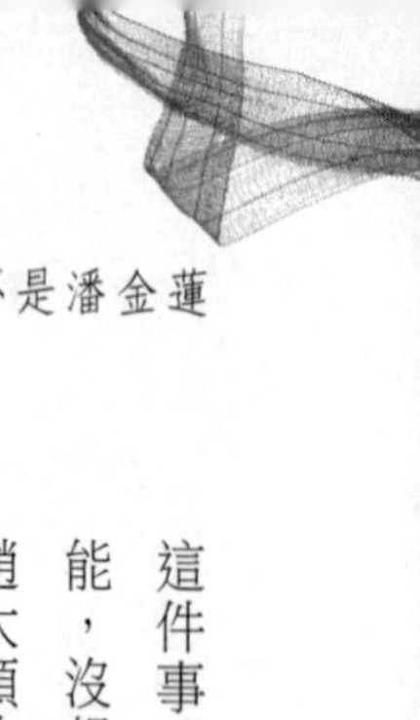

這件事不是他非要辦，而是回去跟兒子商量了；當時商量也就是隨意一說，或有些逞能，沒想到兒子正發愁工作轉正的事，非逼趙大頭去辦。世上的兒子都反對他爹再娶，趙大頭的兒子，卻逼著趙大頭給自己找後娘。趙大頭倒騎虎難下了。賈聰明聽了，一下樂了：

「那就辦唄。辦成，咱們一步登天；辦不成，咱身上也掉不下一塊肉。」

趙大頭：

「我想的也是這個。」

兩人分手，趙大頭便去張羅搞定李雪蓮的事。事情雖然開始張羅，但對趙大頭能否搞定李雪蓮，賈聰明心裡仍沒有底。但正如他對趙大頭說的，搞定，他跟著一步登天；搞不定，他身上也掉不下一塊肉。說過，也就忘了這回事。令他沒有想到的是，趙大頭開始一天給他打一個電話，彙報他跟李雪蓮關係的進展。但正如賈聰明預料的那樣，事情的進展並不順利；趙大頭和李雪蓮說起這事，也磕磕碰碰，說不到一起。正因為這樣，賈聰明也沒敢向領導彙報。害怕一旦彙報，領導重視了，最後趙大頭又沒辦成，反倒弄巧成拙，影響領導對他的印象。米飯不熟，不敢揭鍋蓋；同時也怕露出飯味兒，別人也有跟趙大頭熟的，越過他去搶功。本來這事也就是試試，走一步看一步，摸著石頭過河，但令賈聰明沒想到的是，趙大頭最後摸著石頭渡過了河，竟把這事辦成了。在本縣沒有辦成，在鄰縣辦成了；在本省沒有辦成，在山東辦成了。當趙大頭給他發短信，說事情搞成之後，賈聰明還有些不相信。賈聰明又用短信問：

真成還是假成？

趙大頭又信誓旦旦回短信：

床都上了，還能有假？

賈聰明才徹底相信了。相信後，不禁熱血沸騰。沸騰後，趕緊向領導彙報。李雪蓮從家裡逃跑了，縣裡追捕三天，還沒追到，各級領導急得焦頭爛額，這時彙報，也正是時候。但對向誰彙報，賈聰明又犯了猶豫。本來他是法院的專委，應該向他的直接領導彙報；他的直接領導，就是法院院長王公道；但賈聰明多了個心眼；加上他平日不喜歡王公道；王公道當庭長時，他倆吵過架；王公道是個記仇的人；賈聰明想當副院長，主要阻力就是王公道；他也給王公道送了不少禮，但總是緩解不下過去的積怨；一個連眉毛都沒有的矮胖子，會有什麼心胸？便想越過王公道，直接向縣長鄭重彙報。一是在鄭重面前獻功，比在法院院長面前獻功效果大多了；獻給院長，院長還得獻給縣長，功勞就成了院長王公道的；這樣的傻事不能幹；同時越過王公道獻給縣長，也等於背後給王

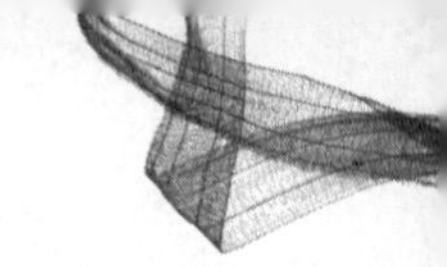

公道一腳；院長沒能力辦到的事，賈聰明辦到了，不是給自己將來當副院長，鋪了更厚的臺階？於是興沖沖來到縣政府，要見鄭重。

李雪蓮跑了三天，縣長鄭重三天沒正經吃飯。沒怎麼吃飯，肚子也不餓，嘴上起的都是大泡。雖然嘴上起大泡，三天過去，李雪蓮還是沒有找到，正兀自犯愁。放到平時，一個法院的專委想見縣長，也不是件容易的事；縣政府辦公室的人，就把他擋下了；但現在是特殊時期，賈聰明一說見縣長是為了李雪蓮的事，辦公室的人不敢怠慢，忙彙報給鄭重；鄭重忙讓辦公室的人，把賈聰明叫到他的辦公室。聽賈聰明說了趙大頭和李雪蓮事情的前前後後，鄭重愣在那裡。趙大頭和李雪蓮的事，大出鄭重意料。愣過之後，接著就是不相信：

「真的假的呀？」

問得跟賈聰明在短信中問趙大頭的話一樣。賈聰明忙拿出自己的手機，讓鄭重看他和趙大頭通的短信。不但看了過去的短信，已經上床的短信，還有一條趙大頭一個小時前發過來的短信：

正在泰山上，回去就結婚。

賈聰明：

「縣長，一字一句都在這兒，還能有假？」

又說：

「李雪蓮都要結婚了，還能告狀？」

又說：

「她雖然跑了，但跟人去了山東，沒去北京，不是證明？」

鄭重仍有些將信將疑：

「這可事關重大，來不得半點含糊。」

賈聰明：

「鄭縣長，我以黨性保證，這事兒再不會出岔子。為了這事，我花了兩年工夫，只是不到飯熟，我不敢揭鍋。」

鄭重徹底相信了。相信後，心裡一塊大石頭，馬上落了地。接著一身輕鬆。忙亂三天，動用四百多名警力，原來忙的方向錯了。以為她去了北京，原來她去了山東。四百多名警力沒解決的事，一個賈聰明解決了。鄭重也知道賈聰明辦此事的用意，法院缺職一個副院長；便對賈聰明說：

「老賈呀，你給政府辦了一件大事。」

又說：

「我聽說法院缺職一個副院長，等這事結束，組織上會考慮的。」

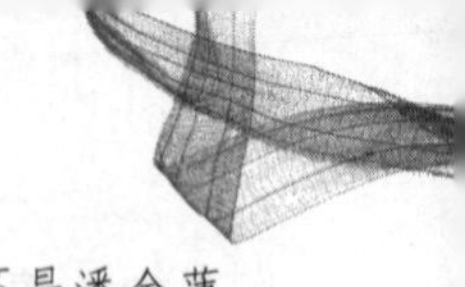

賈聰明也一陣激動。本來他還想向鄭重彙報趙大頭兒子在畜牧局當臨時工，急著想轉正的事，但縣長剛剛說過他副院長的事，再另外附加條件，反倒不好張口了；也怕再說別的，沖淡自己副院長的事；那就成了跟組織討價還價；便一時捺住沒說；想等自個兒副院長的事兒落實之後，再重提趙大頭兒子的事。鄭重交代賈聰明：

「這事兒的過程，就不要跟別人講了。」

賈聰明馬上說：

「鄭縣長，這道理我懂。」

歡天喜地走了。賈聰明走後，鄭重突然感到肚子餓了，這才想起自己三天沒正經吃飯；忙打電話，讓祕書給自己張羅一碗麵條；接著又忙給市長馬文彬打了個電話。三天前李雪蓮從家裡逃跑，鄭重想瞞著馬文彬，把事情局限在縣裡解決；後來被馬文彬知道了，馬文彬主動給他打了個電話，一下陷入被動。馬文彬在電話裡發了火，說他忘了三個成語，讓馬文彬「有點失望」，嚇得鄭重濕透了身上的襯衣襯褲。之後連抓三天人，也沒抓住，鄭重急得滿嘴起泡，以為事情無望了，等著馬文彬再發火，甚至做組織處理；沒想到天無絕人之路，陰差陽錯，事情又在這裡峰迴路轉。事情終於解決了，鄭重也想趕緊告訴馬文彬，以減輕上回讓李雪蓮逃跑的負面影響。馬文彬已經到了北京，全國人民代表大會，今天已經開幕了。電話打通，馬文彬正在吃午飯；鄭重將事情的前因後果向馬文彬彙報了；馬文彬聽後，也吃了一驚。吃驚之後，沒再問李雪蓮，問：

「這法子是誰想出來的？」

鄭重一開始想將功勞攬到自己頭上；但怕事情過去之後，真相顯現出來，再讓馬文彬知道了，反倒弄巧成拙；前幾天李雪蓮逃跑，他瞞情不報，就弄巧成拙；便如實說：

「是法院一個普通的工作人員，他跟那個男的是親戚，跟李雪蓮也認識。」

馬文彬：

「可不能說這個人普通，他倒是個政治家哩。」

鄭重吃了一驚；因不知道馬文彬接著要說什麼，不敢接話茬。馬文彬：

「在李雪蓮這件事上，他另闢了一條思路。我們總在李雪蓮離婚的事上糾纏，他卻想到了結婚。」

鄭重見馬文彬開始表揚人，雖是表揚別人，也跟表揚自己一樣高興，忙湊趣說：

「可不，跟打仗似的，抄了敵人的後路。」

馬文彬：

「我說的不是這個意思。我想說的是，在這件事情上，二十年來，我們總在頭疼醫頭，腳疼醫腳；年年堵，但也就是堵一年，這叫腳踩西瓜皮，走哪兒算哪兒；人家卻能一下把準病根，讓李雪蓮跟人結婚。她跟人結婚了，這不一了百了了？」

鄭重忙又說：

「可不，李雪蓮一結婚，從今往後，再不用為李雪蓮的事操心了。」

馬文彬：

「這個人叫什麼名字？」

鄭重知道，馬文彬問誰叫什麼名字，當然不是平日寒暄時問了，是關鍵時候問，這人的政治前途，就開始見亮了；鄭重在鄰縣當副縣長時，處理過群眾圍攻縣政府的事，事後馬文彬就這麼問過他的情況；現在馬文彬又問設法讓李雪蓮跟人結婚的人的名字，知道這人得到了馬文彬的賞識；本不欲告訴他，但鄭重知道，他不告訴，馬文彬也能通過另外的途徑馬上知道；在幹部問題上，馬文彬的一言一行，誰也不敢違拗；馬上如實說：

「這人叫賈聰明。」

馬文彬感歎：

「這個人不簡單，他不是『假』聰明，他是『真』聰明。」

鄭重趕忙跟上去說：

「縣裡正準備提拔他當法院的副院長呢。」

馬文彬沒再說什麼，就掛了電話。

事情的結局，就這麼皆大歡喜。

但令賈聰明沒想到的是，賈聰明這邊的事辦妥了，趙大頭開始反過來給賈聰明發短信，催賈聰明給他兒子辦畜牧局工作轉正的事；說他兒子還等著呢。由於賈聰明向縣長鄭重彙報趙大頭和李雪蓮的事時，為了自己副院長的事，沒有彙報趙大頭兒子的事；想等他副院長的事解決之後，再說趙大頭兒子的事；接到趙大頭的短信，便有些心虛。一開始還大包大攬，說「不久」就會解決；趙大頭較了真，追問這個「不久」是多長時間，是三天，還是五天？賈聰明接著回短信，便有些支支吾吾，模稜兩可。趙大頭急了，便直接給賈聰明打了個電話；兩人一句話沒說對付，便吵了起來。正是這個電話，讓已經煮熟的一鍋米飯，又砸了鍋。因這電話被李雪蓮聽到了。趙大頭剛合上手機，李雪蓮就破門而入，問趙大頭：

「趙大頭，你在給誰打電話？」

趙大頭看李雪蓮兩眼冒火，知道事情敗露了，但還極力掩飾：

「縣城賣驢肉的老褚，欠我兩千塊錢，催他還錢，他還跟我急了。」

李雪蓮揚手一巴掌，「啪」地搧到趙大頭臉上：

「還說瞎話呢，你剛才說的話，我都聽見了。」

又說：

「趙大頭啊趙大頭，我以為你真心跟我結婚呢，原來你是在騙我！」

又說：

「你騙我沒啥，咋又跟貪官污吏勾搭起來，背後算計我呢？」

說著說著更急了，脫下自己的鞋，照趙大頭臉上、頭上、身上亂摔。摔得趙大頭抱住自己的頭，往床底下鑽；一邊鑽一邊說：

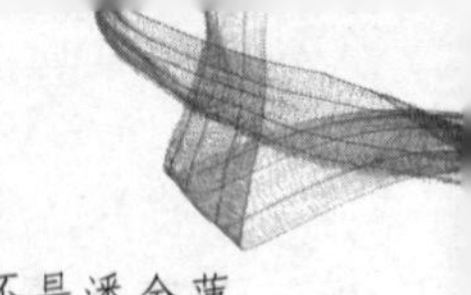

「我沒騙你，我沒算計你，我跟你結婚是真的。」

又解釋：

「你聽我說，這是兩碼事。」

但李雪蓮不聽他解釋，又照自己臉上搧了一巴掌：

「我原來是個傻屄，我活該呀我，二十年狀都告下來了，到頭來讓人給騙了。」

接著哭了：

「出門告狀不丟人，讓人把人騙了，讓人把人睡了，又讓全天下的人都知道了，今後我可怎麼活呀？」

接著大放悲聲。趙大頭從床下鑽出來，也手足無措。看來話再往細裡說，或再騙李雪蓮，李雪蓮是不會再相信了。他只好檢討自己。他結結巴巴地說：

「我也是被事逼的，我的兒子，在畜牧局等著轉正呢。」

又說：

「主意不是我出的，是法院的專委賈聰明出的。」

又愣愣地說：

「你別傷心了，咱不管兒子的事也行，光咱倆結婚算了。」

李雪蓮突然不哭了，也不再理趙大頭，開始收拾自己的行李。將自己的衣裳和水壺，三下五除二塞進提包，拎上，踢開門走了。趙大頭知道事情壞了，忙跟上去，邊跟邊說：

「你別走哇，有啥咱再商量。」

李雪蓮不理他，大步走出旅館。趙大頭追出旅館，又說：

「是我錯了，不該背後跟人騙你；你要不解氣，我再跟你一起，騙騙他們如何？」

李雪蓮仍不理他，順著胡同往外走。出胡同往右拐，是一菜市場。菜市場裡，有賣菜的，有買菜的，熙熙攘攘。李雪蓮穿過菜市場繼續往前走。趙大頭一把拉住李雪蓮：

「你要不解氣，再打我一頓也行。」

李雪蓮正走到一肉攤前，轉身抄起肉案上一把牛耳尖刀：

「我想殺了你，你知道不知道？」

說著，將手中的刀，向趙大頭胸口捅去。趙大頭嚇得出了一身冷汗，一下跳出丈把遠。也把賣肉的和其他人嚇了一跳。但他們以為是夫妻吵架，趕上來勸解雙方。趙大頭在人群中喊：

「你想走也行，可你告訴我，人生地不熟的，你去哪兒呀？」

李雪蓮在人群中喊：

「趙大頭，沒這事，我不告狀；有這事，我還得告狀；當面逼我我不告狀，背後這麼算計我，我一定要把你們掀個底朝天。你去打電話告密吧，這回不魚死網破，我不叫李雪蓮！」

10

李雪蓮從山東泰安跑了，李雪蓮所在的縣、市又大亂。比上回李雪蓮從家裡跑了還亂。上回李雪蓮從家裡跑，縣裡還能抽調大批警力圍追堵截；這回她從山東跑了，跨著省份，往山東調派警力，就費時費力了。再說，往山東派警力也不跟趟了，李雪蓮既然從泰安跑了，絕不會待在山東，她肯定又去北京告狀了。如今去北京告狀，又和前幾天去北京告狀不一樣。前幾天人代會還沒召開，現在人代會已經開幕了。沒開幕一切還來得及補救，如正在開會，讓她再次闖進大會堂，比二十年前闖進大會堂，後果又嚴重了。頭一回闖大會堂，她就成了當代「小白菜」；同一個婦女，闖兩回大會堂，她的知名度，就趕上過世的賓．拉登了。從省到市到縣的各級領導，不知又會有多少人人仰馬翻呢。

縣長鄭重也亂了方寸。李雪蓮跑了，他沒顧上李雪蓮，先把法院院長王公道和法院專委賈聰明叫來，氣呼呼地問：

「到底是咋回事？」

賈聰明沒想到事情砸鍋了，嚇得渾身哆嗦。法院院長王公道聞知此事，他生氣首先不是生氣李雪蓮再次逃跑，而是他的部下賈聰明主動插手到這狗屎堆裡；上回李雪蓮從家逃跑是公安系統的責任，這回李雪蓮從山東跑了，就跟法院有牽連了。更讓他生氣的是，他看出來，賈聰明插手這狗屎堆，是為了自己能當上法院副院長；人有私心可以原諒，當賈聰明以為這事大功告成時，不向他彙報，越過他直接向縣長彙報；除了邀功，還想證明王公道無能，就讓王公道窩火了；沒想到做好的米飯又砸了鍋，煮熟的鴨子又飛了，王公道還有些幸災樂禍；但縣長鄭重不管這些，賈聰明邀功的時候沒有王公道，現在事情砸鍋了，追究責任，卻把他叫來一鍋煮了，就更叫他氣不打一處來了。但縣長鄭重正在發火，他哪裡敢分辯許多？只好低頭不說話。賈聰明也知道禍全是他惹的；法院院長王公道，也對他憋了一肚子氣；只好哆哆嗦嗦，將實情講了。本來事情已經辦成了，趙大頭就要跟李雪蓮結婚了；但趙大頭與賈聰明的交易中，還有趙大頭兒子在畜牧局轉正工作的事；可上次給縣長彙報時，賈聰明沒有彙報趙大頭兒子的事；趙大頭反過來追問此事，他便不好回答，兩人在電話裡吵了起來；沒想到這電話被李雪蓮聽到了，於是事情就敗露了，李雪蓮就跑了。聽完事情敗露的始末，鄭重更急了，罵賈聰明：

「你上次為什麼不彙報？你這叫瞞情不報，你這叫『因小失大』！」

和上次市長馬文彬訓他時用的成語一樣。王公道瞅準機會，又在旁邊添油加醋：

「還不是因小失大的事，他瞞情不報，是光惦著自己當副院長了，他這是私心。」

又說：

「好端端的事，因為一己之私，又把各級政府搞亂了。」

鄭重的火，果然又讓王公道挑起來了，指著賈聰明：

「你的名字沒起錯，你不是『真』聰明，你是『假』聰明；你不是『假』聰明，你是過於聰明，你是聰明反被聰明誤！」

又問王公道：

「李雪蓮跑到哪裡去了？」

王公道抖著手：

「不知道哇。」

看鄭重又要發火，忙說：

「看這樣子，肯定又去北京告狀了。」

鄭重：

「既然知道，還站在這裡幹什麼？趕緊去北京，把她給我抓回來呀！」

王公道愣了，嘴也有些結巴：

「鄭縣長，抓人，是公安系統的事呀，跟法院沒關係。」

鄭重：

「怎麼沒關係？二十年前，這案子就是你們法院判的。再說，你不跟她還是親戚嗎？」

王公道忙說：

「啥親戚呀，八竿子打不著。」

鄭重指著王公道：

「我看你也是『假』聰明，我告訴你，這事躲是躲不掉的，如果再出事，我縣長當不成，你法院院長也保不住！」

又瞪王公道：

「別想矇我，往年，你們法院也去北京找過李雪蓮。」

王公道嚇得渾身出了汗，忙說：

「鄭縣長，啥也別說了，我馬上帶人去北京。」

鄭重：

「不是光去就完了，是把北京的大街小巷給我篦一遍，把李雪蓮篦出來！」

王公道帶著賈聰明，屁滾尿流地走了。王公道和賈聰明走後，鄭重鎮定下來，決定給市長馬文彬打個電話。馬文彬正在北京開人代會。上次給他打電話時，告訴他李雪蓮的事情圓滿解決了，她要跟人結婚了，還得到馬文彬的表揚；沒想到兩天過後，又雞飛蛋打；但鄭重不敢瞞情不報，上回李雪蓮從家逃跑，鄭重想遮掩一時，後來被馬文彬知道了，主動給鄭重打了個電話，鄭重馬上陷入被動，讓馬文彬說出「有些失望」的話。

這次李雪蓮逃跑，情況比上次還嚴重；上次從家裡逃跑，是就上訪而上訪；這回與趙大頭鬧翻，心裡還憋著一肚子氣；上回逃跑人代會還沒開幕，現在人代會正開得如火如荼；如彙報晚了，再讓馬文彬知道了，馬文彬就不是「有些失望」，會是「徹底失望」；事情就無可挽回了。不是說李雪蓮的事無可挽回，而是鄭重的政治生命就無可挽回了。但拿起電話，他又有些心驚膽顫，兩天前說事情已圓滿解決，兩天後突然又節外生枝，事情像打燒餅一樣翻來覆去，就算及時彙報了，馬文彬也會氣不打一處來，就像鄭重對王公道和賈聰明氣不打一處來一樣。拿起電話，又放下了。如此三次，他動了個心眼，沒有馬上給馬文彬打電話，改成給市政府祕書長打電話；市長馬文彬在北京開會，祕書長也跟他去了北京；想先探一下祕書長的口氣，然後再斟酌向馬文彬怎麼說。

這時鄭重又感歎，過去他是一個天不怕地不怕的人，在鄰縣當常務副縣長時，曾處理過群眾圍攻縣政府的事；沒想到調到這個縣當縣長，遇到一個李雪蓮，被她的事情折騰得前怕狼後怕虎。他不明白的是，李雪蓮鬧的是婚姻的事，二十年來，各級政府怎麼插手到人家的家務事裡了？而且越插越深；李雪蓮本是一農村婦女，她的一舉一動，怎麼就牽著各級領導的鼻子走了？這過程是怎麼演變的？大家到底怕什麼呢？鄭重一時想不明白。但感歎歸感歎，事情迫在眉睫，又不能不馬上處理；事情雖然擰巴，但又得按擰巴來。電話打通，鄭重向祕書長彙報了李雪蓮事情又翻燒餅的情況，祕書長也吃了一驚：

「那個婦女不是要結婚了嗎？怎麼又要告狀呢？」

鄭重沒敢彙報賈聰明為一己之私，聰明反被聰明誤的事；向上級彙報情況，說下級無能，等於在說自己無能；也屬節外生枝；便說：

「本來他們就要結婚了，兩人在外地鬧了些矛盾，這女的就又跑了。」把責任推到了趙大頭和李雪蓮頭上。祕書長：

「這事有些被動呀。」

鄭重忙跟著說：

「可不有些被動。可他們兩人之間的事，我們也料不到呀。」

祕書長：

「我說的被動，不是這個被動。昨天晚上，馬市長陪省長吃飯，省長在飯桌上，也問到『小白菜』的事，馬市長便把『小白菜』要結婚的事當笑話說了；當時省長笑了，其他領導也笑了。一天過去，笑話真成了笑話，讓馬市長怎麼再向省長解釋呢？」

鄭重聽後，出了一身冷汗。鄭重明白，事情比自己想像的，更加嚴重了；事態已經從市長擴大到了省長。事情總在翻燒餅，鄭重不好向市長解釋是一回事，連帶市長不好向省長解釋，就是另外一回事了。只是鄭重不好向市長解釋，市長不過對他「有些失望」；連帶市長不好向省長解釋，市長對他就不是「有些失望」，也不是「徹底失望」，說不定馬上就會採取組織措施。馬文彬在幹部任用問題上，從來都是雷厲風行。雖然鄭重也是馬文彬提拔的，但此一時彼一時，也是成也蕭何，敗也蕭何。鄭重渾身上下的衣服全濕透了。他先向祕書長檢討：

「祕書長，是我工作沒做好，給領導惹這麼大的禍。」

又說：

「祕書長，事到如今，該怎麼辦呀？」

又哀求：

「您也是我的老領導，不能見死不救呀。」

祕書長倒是個忠厚人，也替鄭重想。沉吟半天，在電話裡說：

「事到如今，只能用笨辦法了。」

鄭重：

「啥笨辦法？」

祕書長：

「你從縣裡多抽些警力，換成便衣，讓他們在李雪蓮之前，趕到北京，在大會堂四周，悄悄撒上一層網。」

又說：

「當然，北京的警力，在大會堂四周，已有一層網，你把網撒在他們外邊；如李雪蓮要衝大會堂，在北京警方抓住她之前，我們先抓住她。」

又說：

「只要李雪蓮不在大會堂出事，哪怕在北京別的地方出事，性質都不會那麼嚴重了。」

又說：

「就當保衛大會堂吧。」

鄭重聽後，也眼前一亮，覺得祕書長的主意高明，馬上興奮地說：

「我代表全縣一百多萬人民，感謝祕書長的大恩大德。」

又說：

「我馬上去布置警力。」

又說：

「還求祕書長一件事，這事能不能先不告訴馬市長，我們盡量在我們的範圍內解決。馬市長的脾氣，您也知道。」

馬上又說：

「當然，我也知道，這麼做，您替我們擔著好大責任。」

祕書長：

「我盡量吧。但關鍵還在你們，這網要布成銅牆鐵壁。」

鄭重：

「請祕書長放心，我們一而再再而三地失誤，這回再不能讓它出紕漏，我們一定布成銅牆鐵壁，就是一頭蛾子，也不會讓牠飛過去。」

與祕書長通完電話，鄭重馬上將縣公安局長叫來，讓他馬上抽調幾十名員警到北京去，換成便衣，在人民大會堂四周，在北京警力之外，再布上一層網，抓到李雪蓮。鄭重：

「上回，就是你們把李雪蓮放跑的，這可是最後一次機會；這回再出紕漏，就不是撤你職的問題了，我直接把你當成李雪蓮抓起來！」

上回在員警手裡跑了李雪蓮，公安局長已如驚弓之鳥；後來聽說跑掉的李雪蓮，又要與人結婚了，不再告狀了，才鬆了一口氣；接著聽說李雪蓮又跑了，馬上又緊張起來；雖說李雪蓮第二回跑跟員警沒關聯，屬節外生枝，但沒有第一回跑，哪來第二回跑呢？現在見鄭重臉色嚴峻，馬上說：

「請鄭縣長放心，我馬上抽調人，坐火車趕到北京。」

鄭重又火了：

「火燒屁股了，還坐個屎火車，不能坐飛機呀？」

又說：

「事到如今，時間就是生命。」

公安局長馬上說：

「馬上坐飛機，馬上坐飛機。」

又解釋：

「辦案經費緊張，以前沒這習慣。」

這時鄭重多了個心眼，往北京派警力布網的事，他不準備告訴法院院長王公道，仍讓王公道帶領法院系統的人，去北京大街小巷尋找李雪蓮。雙箭齊發，也算笨辦法。鄭重又對公安局長交代：

「這是祕密行動，不准告訴任何人，連法院也不能告訴。」

公安局長：

「別說法院，我連親爹都不告訴。」

屁滾尿流地走了。

11

王公道帶領法院十四個人，已經來北京三天了，還沒有找到李雪蓮。王公道並不知道縣裡又派了幾十名員警，在人民大會堂四周撒了一層網，以為尋找李雪蓮的任務，全在他們這撥人身上。十四個隨員，加上王公道，共十五個人，三人一組，分成五組，在北京展開了地毯式的搜索。其中兩個隨員，往年來北京找過李雪蓮，便由這兩個隨員，帶兩組人，去搜查李雪蓮往年住過的小旅館。這些小旅館，大都藏在破舊的胡同深處，或在大樓的地下室裡，又髒又臭。除了旅館，還有李雪蓮在北京認識的老鄉，開小飯館的，在建築工地打工的，在北京賣菜的，或在北京街頭撿破爛的，凡能找到的人，都尋訪到了。該尋訪的地方和人都尋訪到了，不見李雪蓮一絲線索。另外三組人，集中搜查北京所有的火車站和長途汽車站。一是盼著李雪蓮到京比他們晚，來個守株待兔；二是揣想李雪蓮在北京住不起旅館，夜裡到火車站或汽車站的屋簷下歇息。但三天下來，火車站、汽車站換了千百萬人，沒有一個是李雪蓮。天天找人不見人，王公道便把火發到了賈聰明頭上。來北京找李雪蓮，賈聰明本不想來，王公道像縣長鄭重逼他一樣，訓斥賈聰明：

「你哪能不去北京呢，你是始作俑者呀，不是你，今年整個法院都跟找人沒關係。你為一己之私，毀的不是你自己，而是整個法院，你還想躲？」

又說：

「不是你去不去尋人的問題，是你尋到尋不到人的問題。如果尋不到李雪蓮，在縣長把我撤職之前，我不撤你專委的職，我請示中院，開除你的公職。」

賈聰明自知理虧，只好哭喪著臉來了。也是想戴罪立功，尋起人來，勁頭倒蠻大。但一個人能不能找到，和找人勁頭大小是兩回事。連李雪蓮是否到京都不知道，就是到京了，連她的住處都摸不準，滿世界亂找有啥用呢？不找人，不知北京之大；不找人，不知北京人多；茫茫人海中，似乎找到是一種偶然，找不到倒成了必然。找不到人，就得繼續找；何時人能找到，沒有絲毫的把握。也跟北京的警方接上了頭，凡去一個旅館，或一個建築工地，或一個菜市場，或一幫撿破爛者的居住地，都和那裡的街道派出所取得了聯繫；所有火車站、汽車站的派出所也都去過；拿出李雪蓮的照片，讓人家辨認。一是北京正在開全國人民代表大會，北京角角落落的員警都忙；二是來北京像他們一樣尋人的，全國各地都有；此類案件，並不是他們一家獨有；北京的員警就顧不過來。因為忙，對外地的求助者就愛搭不理。你拿出一張縣法院的介紹信，還有拿市政府、省政府介紹信的呢；王公道等人還有些氣餒。倒是有幾處北京的員警，看了他們的介紹信，還感到奇怪：

「找人應該是公安呀，法院的人怎麼上了？」

這時王公道便氣不打一處來，指著賈聰明：

「你問他呀！」

倒弄得北京的員警一愣。賈聰明像罪犯一樣，羞得連地縫都想鑽進去。不但王公道對賈聰明沒好氣，來北京找人的其他十三個同事，也皆埋怨賈聰明無事生非，為了自己當副院長，把大家都帶入了火坑。到北京找人，不同於到北京旅遊看風景；旅遊心裡無事，就是個玩，找人一腦門子官司；旅遊一天早早就歇著了，大家找李雪蓮天天找到凌晨兩點；凌晨，才好在小旅館、汽車站或火車站堵人；皆累得眼冒金星。這天找到凌晨兩點，回到賓館，大家又累又餓，雞一嘴鴨一嘴，又埋怨起賈聰明。賈聰明為了向大家贖罪，提出請大家吃夜宵。大家便問吃什麼，如每人一碗餛飩，也就別費這勁了，還不如早點歇著；賈聰明便允大家雞鴨魚肉，樣樣俱全，再上幾瓶白酒。好不容易把大家吆喝上，賈聰明又去王公道的房間喊王公道。王公道卻寒著臉說：

「人沒找到，還有心思吃飯？」

但一眼就能看出，王公道不去吃這飯，不單惦著找人，更主要的，是不想給賈聰明面子。如吃飯院長不去，這飯不等於白請了？賈聰明又拉下臉求王公道：

「王院長，知你心裡有氣，你就大人不記小人過吧。」

又故意搧了自己一巴掌：

「啥也別說了，都是我爹害了我，當初讓我幫領導解決難事和急事的主意，就是他出的。」

王公道這才磨磨蹭蹭，跟大家去吃飯。唯一讓人感到安慰的是，三天沒找到李雪蓮，三天過去，李雪蓮在北京也沒有出事。王公道盼著，哪怕這麼瞎子摸象再找十天呢，只要十天李雪蓮不出事，那時全國人民代表大會就閉幕了，就算找不到李雪蓮，也能回去交差了。縣長鄭重一天一個電話，追問李雪蓮抓到沒有；雖然三天沒抓到，王公道把只要再有十天不出事，全國人民代表大會一閉幕，大家也能交差過關的道理講了；沒想到鄭重在電話那頭發了火：

「胡說，有這思想，就肯定會出紕漏。」

又說：

「腿在李雪蓮身上長著，腳在李雪蓮腿上長著，你咋能保證她十天不出事？」

又說：

「現在人代會才開到三分之一，越到後面，越容易出事，可不敢麻痹大意。還是那句話，抓不到人，你帶著辭職書來見我！」

王公道唯唯連聲。但抓一個人，哪是那麼容易的？人當然還是要抓，同時盼著李雪蓮不出事，也不能算錯。

天天找李雪蓮到凌晨兩點，夜裡風寒，找人找到第四天，兩個隨員病了。白天還只是咳嗽，到了半夜，發燒三十九度五。王公道忙讓人把他們送到醫院打點滴。折騰到第二天早上，高燒仍不退，又大聲咳嗽，一人還咳出幾條血絲。第二天找人，不但病倒的兩個人不能上街，還得另抽一個人在醫院照看他們。本是五個小組，缺了三個人，王公道只好把剩下的人，臨時編成四個小組。另有一個隨員老侯，突然又鬧著回家，說再過一週，是他老娘去世三周年的日子；他爹死的早，他從小由寡婦娘帶大；三周年的事，還值著他張羅呢。又噘著嘴說，原以為找人也就三五天的事，誰知成了持久戰。聽說老侯鬧回家，其他隨員也人心浮動。王公道開始批評老侯，是個人利益重要，還是工作重要？放到平時，不但讓老侯請假操辦他老娘的三周年，正日子那天，王公道還會親臨現場呢；問題是李雪蓮又到北京告狀，國家正在召開全國人民代表大會；是全國人民代表大會重要，還是你娘的三周年重要？身為國家幹部，不知道孰輕孰重？像剃頭挑子一樣，不知道哪頭輕哪頭沉？哪頭冷哪頭熱？是什麼原因把全國人民代表大會和你娘的三周年連在了一起？正是李雪蓮告狀；要恨，你就恨李雪蓮吧。又許諾，若老侯以大局為重，不再回去參加老娘的三周年，繼續留在北京抓李雪蓮，待抓住李雪蓮，老侯由助理審判員升審判員的事，回去法院黨組就研究。連打帶哄，軟硬兼施，才將老侯留住，也才平息了大家的情緒，穩定了軍心。

轉眼又過了三天，李雪蓮還沒有抓到；但這三天過去，李雪蓮在北京仍沒出什麼事。

王公道一方面找人找得心焦，同時又三天沒出事，心裡仍感到安慰。盼著再有一個禮拜不出事，全國人民代表大會一閉幕，從上到下，大家都跳出了這個火坑。又懷疑李雪蓮在跟大家玩貓捉老鼠，根本沒來北京，去了別的地方，再一次改主意不告狀了；又覺得她告狀告了二十年，狗改不了吃屎，加上她與趙大頭又鬧翻了，正在氣頭上，也許不是不告狀，是要找個關鍵時候告狀；不是沒來北京，是在北京某個地方藏著，正謀劃人代會換屆選舉那天，再闖大會堂呢；馬上又出了一身冷汗，覺得縣長鄭重罵得也有道理。

這天清早正要出門，一個在北京開飯館的老鄉老白，帶領一個人來找王公道。為查找李雪蓮的線索，前幾天王公道帶人去過老白的飯館。說是一個飯館，也就巴掌大一塊地方，三五張桌子，賣些餛飩水餃雜碎湯等小吃。王公道以為老白發現了李雪蓮的行蹤，來提供線索，心中一喜；沒想到老白指著另一個人說：

「王院長，這是毛經理，也是咱老鄉，晚上想請你吃飯。」

王公道馬上沒了情緒：

「那可不行，正執行任務呢。」

老白知道一幫人在抓李雪蓮，怕她衝擊大會堂，便說：

「吃飯是晚上，晚上人民大會堂不開會，李雪蓮衝進去也沒用，不用擔心。」

又說：

「累了七八天了，該喝一杯解解乏了。」

又將王公道拉到一邊，悄悄指著王公道十多名隨員：

「就是晚上巡邏，也該他們去呀，你是領導，就不必親歷親為了。」

話說得句句有些愣，但仔細聽起來，又話糙理不糙；王公道被他逗笑了。王公道指著老白帶來的那人：

「他是什麼人？」

老白又悄聲：

「實不相瞞，說是個經理，出門也說自個兒是搞貿易的，其實就在北京賣個豬大腸。」

王公道一愣，和一個賣豬大腸的坐在一起吃飯，有失法院院長的身分。老白見王公道錯愕，忙又說：

「但他賣豬大腸，和別的賣豬大腸的不同；北京市場上所有的豬大腸，都是從他這兒批發的，他可不就發了嗎？」

王公道點頭，不該以職業論高低；人不可貌相，海水不可斗量；接著又有些懷疑：

「他一個賣豬大腸的，請我吃飯幹什麼？」

老白：

「沒事，都是同縣人，相遇在北京，想結識一下王院長。」

王公道：

「別矇我，說沒事的人，恰恰有事。」

老白只好說實話：

「老家有個案子，想請王院長幫忙。」

王公道如驚弓之鳥：

「是離婚案嗎？」

老白知道王公道被李雪蓮離婚的案子嚇怕了，忙擺手：

「不離婚，不離婚，有點經濟上的糾紛。」

有經濟糾紛王公道倒不怕，但也沒有馬上答應，只說了一句：

「再說吧。」

便帶人上街找李雪蓮去了。一天過去，王公道已忘了此事，沒想到到了下午五點，老白又給王公道打電話，問王公道在哪裡，老毛要請他吃飯；王公道這才想起早上說的話，但也只是應付一句：

「在永定門火車站呢。吃飯的事，就算了吧。」

沒想到半個小時後，那個賣豬大腸的老毛，竟開著一輛「賓士」車，拉著老白，來永定門火車站接王公道。王公道看著鋥亮的「賓士」，這才知道老毛賣豬大腸的厲害。一方面看人確有誠意，另一方面七八天風裡來雨裡去，沒吃過一頓正經飯，確實想找個乾淨的地方喝上一杯；於是半推半就，一邊交代手下的隨員繼續找人，一邊上了老毛的「賓士」車。

老毛倒也懂事，沒將王公道拉到老白的小飯館，直接拉到西四環路邊的「888公館」。一進公館，燈火輝煌；天仙般的美女，排成兩排；王公道舒了一口氣，感覺剛剛回到人間。先去「桑拿」，洗了一番，蒸了一番，搓了一番，渾身上下打掃乾淨，才去包間吃飯。包間有一百多平米，寬敞明亮，屋子正中拱起一座小橋，橋下「嘩嘩」地流水。沿著小橋一輪一輪上的菜，皆是魚翅、燕窩、象拔蚌、小米燉海參……等。這樣的宴席，王公道在縣上的「世外桃源」也時常吃到；該縣雖地處內陸，倒不缺世界各地的海鮮；但現在人在北京，七八天風裡來雨裡去，沒吃過一頓正經飯，對這宴席，便一下感到親切。又打量屋內仙境般的陳設，感歎北京和老家，就是不同；菜相同，環境不同；或菜相同，人卻不同；同是自己，在本縣和在北京，又是不同；真是此一時彼一時。七八杯酒下肚，王公道便有些醉意。沒有醉意，他也會顯出醉意，這也是院長當了七八年積下的經驗。越是豐盛的宴席，越是有事，越是好吃難消化；一個「醉」字，便能擋住千軍萬馬。酒過十巡，老白便示意老毛說事；這眼神讓王公道察覺了，王公道又假裝沒看見。老毛便說自己有個表哥，趁著老毛在北京賣豬大腸，與老家的縣外貿局做起了豬鬃生意；頭幾年合作得很好，沒想到去年起了衝突，從年前到現在，縣外貿局一直欠錢不還；幾次協調不成，馬上要打官司，請王院長做主。王公道：

「多大的標的呀？」

老毛：

「兩千多萬。」

王公道吃了一驚，做一個豬鬃生意，竟有這麼大的標的；正因為標的大，肯定是樁難纏的官司；便更加顯出醉意，舌頭絆著嘴說：

「我可有些醉了。」

老毛也懂事，馬上說：

「王院長，這事改日再說。」

又說：

「俗話說得好，喝酒不說事，說事不喝酒。」

王公道倒覺得老毛這人厚道。又十幾杯下肚，王公道真喝醉了。一醉，腦子便撒了崗，又主動問起老毛說的案子。老毛便開始敍述案情。但王公道腦子越來越亂，如千軍萬馬在雲裡霧裡奔騰，一句也沒聽清楚。這時老白插話：

「王院長，這案子可比李雪蓮的案子簡單多了。」

聽老白提起李雪蓮的案子，王公道腦子倒轉動起來；腦子裡的千軍萬馬，皆開始奔向李雪蓮的案子；於是打斷老毛的案子，開始主動說起李雪蓮的案子。老毛的案子他一句沒聽清，李雪蓮的案子，他卻說得明白。因為二十年前，李雪蓮的案子就是他審的；二十年的風風雨雨，他也都經歷了；二十年的種種艱辛，他也都品嘗了；二十年都經歷了，還不知何時是個盡頭。說著說著，王公道哭了；用拳頭擂著桌子：

「李雪蓮，妳個老雜毛，妳可把我害苦了！」

老白和老毛面面相覷，不知該怎麼勸他。王公道磕磕絆絆又想說下去，頭一歪，栽到桌上睡著了。老白和老毛只好把他架出公館，架到車上，把他送回他住的賓館。

第二天早上酒醒，昨天夜裡吃飯時，與老白老毛說過什麼，王公道一句也不記得。酒雖醒了，酒的後勁兒又找上來，頭疼欲裂。昨晚喝的是「茅台」，可能這「茅台」是假的。王公道抱著頭，又覺得昨天晚上那頓飯吃的不值；為了一頓飯，跟賣豬大腸的坐到了一起；更重要的，也不知胡言亂語說了些什麼。懊悔歸懊悔，但懊悔的是昨天，今天的事情卻不能耽誤，還得上街找李雪蓮。王公道忍著頭疼，又帶人出門。暈暈乎乎一上午，酒勁兒還沒揮發完。王公道這組也是仨人，中午，三人找了一家麵館吃中飯。兩個隨員「呑嘍」「呑嘍」吃麵，王公道只顧喝水。看著碗裡的麵和滷蛋，在他眼前放大了晃。正在這時，王公道的手機響了；掏出手機看螢幕，是另一組的老侯打來的。王公道以為老侯又要說他娘三周年的事，無精打采地說：

「你娘的事，不是說過了嗎？」

沒想到老侯說：

「王院長，我發現李雪蓮了。」

王公道昨晚喝下的酒，「噌」地一聲，全隨著冷汗冒出來了；頭也馬上清醒了；聲調也變了，忙不迭地問：

「你在哪裡？」

老侯：

「在宋家莊地鐵口。」

王公道：

「那還等個屌哇，趕緊抓住她呀。」

老侯：

「這裡就我一個人，地鐵口人又多，她踢蹬起來，我怕弄不住她呀。」

王公道：

「其他兩個人呢？」

是指老侯那一組的其他兩個人。老侯：

「在飯館吃飯呢。我有點拉稀，也是出來找廁所，突然發現了她。」

王公道顧不上跟他囉嗦，忙交代：

「那你不要打草驚蛇，先盯緊她，別讓她跑了，我馬上調人支援你。」

接著頭也不疼了，一邊示意其他兩個隨員放下麵碗，隨他走出飯館，一邊分別給其他兩個搜尋組打電話，讓他們趕緊打車，火速趕到宋家莊。電話裡布置完，他們三人也上了計程車。半個鐘頭後，他們趕到了宋家莊地鐵口。這時另一搜尋組也趕到了。老侯那組的其他兩個人，也回到了老侯身邊。但等王公道跑到老侯面前，老侯卻說，李雪蓮

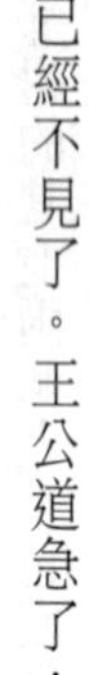

已經不見了。王公道急了：

「不是讓你盯緊她嗎？」

老侯指著地鐵口出出進進的人流：

「你說的容易，這麼多人，哪裡盯得住？轉眼就不見了。」

王公道顧不上埋怨他，指揮大家：

「趕緊，分頭，地鐵裡地鐵外，把它翻個底朝天，也得把她給我找出來。」

大家便分頭搜查地鐵內外。這時第四搜尋組的人也趕到了，也加入到搜尋的行列。但從中午搜到半下午，十二個人，像篦頭髮一樣，把宋家莊地鐵站內外篦了七八遍，裡外沒有李雪蓮的身影。地鐵是個流動的場所，也許李雪蓮早坐地鐵去了別的地方。於是大家各歸各組，分別搭乘地鐵，去別的地鐵站搜索。但北京的地鐵線路也太多了，一號線，二號線，五號線，八號線，十號線，十三號線，八通線，亦莊線……共十幾條線路；停靠站也太多了，有二百多個；哪裡搜得過來？問題是你搜過這趟列車，搜過這個停靠站，並不證明這趟列車和這個停靠站就保險了；列車不停地穿梭，說不定你剛搜完這車和這站，李雪蓮又坐車回來了，換了另一趟列車。也是能搜多少列車搜多少列車，能去多少月臺，就去多少月臺。大家從半下午一直搜到夜裡十二點，也沒顧上吃晚飯，還是不見李雪蓮的蹤影。到了夜裡一點，北京所有地鐵線路都停運了，所有的地鐵站全關閉了；四個搜尋組，又回到宋家莊地鐵口集合。沒發現李雪蓮還沒這麼擔心，發現而沒找到，就不知道她接著會幹出什麼，會惹出多大的亂子；本來盼著剩下幾天不出事，全國人民代表大會就閉幕了，沒想到李雪蓮突然出現了；李雪蓮身在北京，出事就在眼前，只是不知道這個事出在明天，還是後天。一下午一晚上時間，把王公道急得嘴上出了一排大血泡。但他沒顧血泡，又埋怨老侯：

「當時發現了，還不撲上去，你那麼一大胖子，壓不住一個婦女呀？」

老侯還不服：

「你不是不讓我打草驚蛇嗎？」

又解釋：

「咱也沒穿制服，穿著便服，我怕我撲上去，李雪蓮一喊，街上的人再把我當成流氓打一頓。」

其他的隨員，倒被老侯逗笑了。王公道沒笑，這時問：

「你到底看準沒有呀，那人到底是不是李雪蓮呀？」

這一問，老侯又有些含糊：

「我看的是個背影，她沒轉身，也沒看清她的前臉。」

王公道：

「那你怎麼斷定是李雪蓮呢？」

老侯當時敢斷定，現在又不敢斷定了：

「看著像呀。」

有隨員埋怨老侯：

「別再看花了眼，讓大家從中午忙到半夜，也沒顧上吃飯。」

王公道心裡也埋怨老侯；好不容易碰到一個像的，又沒看準。沒看準就有兩種情況，那人可能是李雪蓮，也可能不是。不是李雪蓮虛驚一場，可萬一要是呢？這危險就大了。王公道不敢鬆懈，第二天起，仍把北京地鐵當成搜尋的重點，派三個搜尋組搜尋地鐵；剩下一個組搜尋街上、火車站和長途汽車站。但兩天過去，不管是地鐵還是街上，不管是火車站還是長途汽車站，都沒有搜到李雪蓮。沒有搜到李雪蓮，也沒見李雪蓮在北京出事。王公道便傾向於老侯兩天前在宋家莊地鐵站看到的那個人，不是李雪蓮。這時心裡又得到些安慰。全國人民代表大會再有五天就閉幕了，如果這五天能平平安安度過，不管李雪蓮是否抓到，他都念阿彌陀佛了。

但這天半夜，他們沒抓到李雪蓮，李雪蓮卻被北京警方抓住了。大家搜尋一天，一無所獲，回到賓館睡覺。王公道剛脱衣躺下，手機響了。接起，是北京西城一個街道派出所打來的。十天前，王公道帶人剛來北京時，曾搜尋過西城區一個地下室旅館；李雪蓮往年來北京告狀時，曾在這裡住過；一無所獲後，又去這個街道派出所接頭，留下了案情和電話。這個街道派出所的員警在電話裡説，今天晚上，他們在中南海附近巡邏，碰到一個農村婦女，看樣子像個上訪的；帶回派出所，問她話，一句不答；雖然不答話，又不像個啞巴；啞巴都是聾子，員警問話，看出來她明顯能聽懂；看她的模樣，有點像十天前，王公道等人說的那個人。王公道一激靈，忙從床上跳起來：

「這人多大歲數？」

北京的員警在電話裡說：

「五十來歲。」

王公道：

「長得啥模樣？」

北京員警：

「中等個兒，剪髮頭。」

王公道：

「多胖多瘦？」

北京員警：

「不胖不瘦。」

王公道拍了一下巴掌：

「就是她，我們馬上過去！」

忙將十來個隨員喊起，跑出賓館，打了三輛計程車，風風火火往這個街道派出所趕。王公道心裡的一塊石頭，終於落地了。看來李雪蓮還是來了北京。既然她在北京，

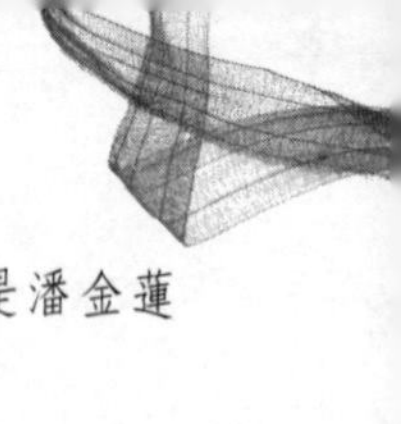

不管李雪蓮在人代會期間是否會出事，抓到李雪蓮，還是比兩手空空回去，更好向各級領導交代。王公道如釋重負，與王公道同乘一輛車的其他三個隨員，也都十分興奮。一個隨員開始稱讚北京員警：

「北京的員警，就是比咱厲害；咱們找了十來天連毛都沒見著，人家一個晚上，就把她抓住了。」

另一隨員說：

「不管李雪蓮是被誰抓住的，只要咱們把她帶回縣裡，功勞就算咱們的。」

連垂頭喪氣十來天的賈聰明，這時都敢跟王公道湊趣：

「人抓住了，王院長，得請客呀。」

王公道按捺不住心頭的興奮，也就顧不得跟賈聰明計較，拍著大腿說：

「請客，一定請客，大家忙乎十來天，明天中午，咱們去吃烤鴨。」

說話間，到了街道派出所門口。大家下車，進了派出所，到了值班室，與值班的員警接洽過，員警轉身去了後院。兩分鐘後，帶來一個農村婦女。大家一看，全都傻了。原來這婦女不是李雪蓮。歲數、身材都像，可臉不是。北京員警：

「一看就是個老告狀油子，還跟我們裝啞巴呢。是她嗎？」

王公道倒啞巴了，像傻子一樣搖搖頭。

第二天一早，大家只好又在北京繼續尋找李雪蓮。

12

全國人民代表大會召開十二天了，李雪蓮還沒來到北京。法院院長王公道等十幾人，等於在北京白找了；縣公安局幾十名員警，在人民大會堂四周，在北京警力布的網之外，又撒了一層網，這網也等於白撒了。李雪蓮沒到北京，並不是她改了主意，不來北京告狀了；她沒改主意；或來北京的路上，被山東、河北的員警攔截在半路上；山東、河北的員警也沒有攔她；而是李雪蓮病倒在半道上。也正是擔心員警在半道上攔截上訪告狀的，李雪蓮從泰安到北京，沒敢坐京滬線上的火車，也沒敢坐從泰安到北京的長途汽車，而是從泰安到長清，從長清到晏城，從晏城到禹城，從禹城到平原，從平原到德州，從德州到吳橋，從吳橋到東光，從東光到南皮，從南皮到滄州，從滄州到青縣，從青縣到霸州，從霸州到固安，再準備從固安到大興，從大興進北京……坐的全是縣際間的鄉村汽車。打一槍換一個地方，為了能躲開沿著京滬線布防的各地員警。也是二十年上訪告狀，與員警鬥智鬥勇，路上走出的經驗。雖然走一站換一回車讓人勞累，也多花出好幾倍的路費；但總比圖輕爽和省錢讓員警抓住強。走一站停一站也耽誤時

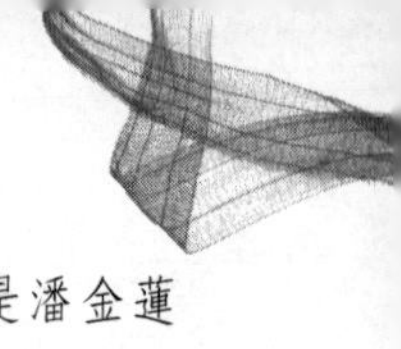

間，但全國人民代表大會要開半個月，只要在大會期間趕到北京，就不耽誤她告狀。她也料到縣上知道她去北京告狀，會派人去北京搜尋；二十年她年年告狀，二十年縣上年年攔截；能逃出去到北京的，不過五回，回回又有員警追到北京；根據她在北京與員警玩躲貓貓的經驗，早到北京，員警找人的精力正旺，說不定就被他們抓住了；晚幾天到北京，員警找人已經疲塌了，倒更容易鑽他們的空子。

從泰安出發，一路上走走停停，五天之後，李雪蓮趕到河北固安。一路上雖然辛苦，但也沒出什麼岔子。固安是河北與北京的交界處，由固安再換兩回車，也就到了北京。李雪蓮心中一陣高興。車到固安，已是傍晚，李雪蓮在一條小胡同裡找到一個小客店，早早睡下，準備養足精神，明天進北京。一夜無話。第二天一早，李雪蓮從床上坐起，突然感到頭重腳輕。用手摸摸自個兒的額頭，竟像火炭一樣燙。李雪蓮不禁暗暗叫苦，路上不是生病的地方；告狀路上，身體更不能出毛病；一出毛病，毀的不僅是身體，有可能就是告狀。但人已到了固安，北京就在眼前，北京的全國人民代表大會，也是開一天少一天，李雪蓮不敢因為身體有病，在固安停歇；掙扎著起身，洗把臉，出了客店，沿著胡同走到大街上，又一步步走到長途汽車站。在汽車站外邊的飯攤上，買了一碗熱粥，盼著熱粥喝下去，能出一身汗，發燒也就好了。沒想到一口粥喝下去，又開始反胃；剛喝下的粥，又吐了出去。放下粥碗，仍不想在固安停歇，掙扎著買了車票，上了開往大興的縣際客車。在車上想自己的病，也是從泰安一路走來，先後換了十幾趟車，路途過於勞頓。為了省錢，到一個地方，盡買些大餅就鹹菜乾吃，三天來沒吃過一口青菜，也沒喝過一口熱湯。李雪蓮這時後悔，俗話說窮家富路，不該路途上這麼虧待自己。虧待自己沒啥，耽誤了進京告狀，就得不償失了。這時又想，路途勞頓、虧待自己是一方面，更大的原因，還是讓趙大頭氣著了。中學時候，趙大頭就對李雪蓮有意；二十年前，李雪蓮頭一回進京告狀，趙大頭還幫過李雪蓮；二十年後，趙大頭又追求她；為了追求她，還幫她把看守她的員警灌醉，一塊逃到了山東。原以為他幫她是為了和她結婚；在鄰縣旅館裡，還讓他上了身；正是因為兩人在一起感覺好，李雪蓮才聽信趙大頭的話，不進京告狀了，跟他一塊去泰山旅遊；萬萬沒有想到，這竟是一個圈套，趙大頭已經跟縣上的官員勾結好了；趙大頭把她拿下，不僅是為了和她結婚；結婚的背後，是為了不讓她再告狀；她不告狀，從上到下的官員不就解脫了？為了不讓她告狀，趙大頭和縣上的官員在背後還有別的交易。當李雪蓮無意之中聽到趙大頭的電話，她的腦袋，「轟」地一聲就炸了。炸了不僅是恨趙大頭和官員勾結，同時恨的還有她自己。李雪蓮今年四十九歲了，告狀告了二十年，走南闖北，啥樣的場面沒見過？大江大河都過了，沒想到在小陰溝裡翻了船，栽到了趙大頭手裡。光是上當還沒什麼，還讓趙大頭上了身。上當可以報仇，上過的身，如何洗刷呢？盆碗弄髒了可以洗刷，身子髒了如何洗刷呢？穆桂英五十三歲又掛帥，李雪蓮四十九歲又失身。她二十年告狀的原因之一，就是秦玉河說她是潘金蓮；過去二十年不是潘金蓮，如今讓趙大頭上了身，倒成了潘金蓮了。當時她想殺了趙大頭。但僅僅殺了趙大頭，她並不解氣。殺了趙大頭，李雪蓮也等於同歸於盡；不傷從上到下的官員的一根毫毛，反倒把他們解脫了。殺趙大頭之前，李雪蓮還得先告狀。告狀之後，再殺趙大頭不遲。現在的告狀，又和往年的告狀不同了；或者說，跟二十年前頭一回告狀又相同了：她告的不僅是秦玉河，還有從上到下的一系列官員，跟趙大頭談交易的法院專委賈聰明，法院院長王公道，縣長鄭重，市長馬文彬……是他們，共同，一步步把李雪蓮逼到了這個地步。正因為憋著一肚子氣上路，人在車上，渾身卻在冒火。正因為冒火，渾身燥熱，便打開車窗吹風。雖然立春了，路上的風也寒；一路寒風吹著，燥熱可不就轉成了傷寒，人可不就發起了高燒？從固安到大興的縣際客車上，李雪蓮倒把身邊的車窗關嚴實了；但她頭靠車窗，身上燒得越來越厲害了。清早起床只是頭上燒，現在明顯感到全身掉到了火堆裡。走著燒著，腦袋都有些迷糊了。這時客車開到固安與北京大興的交界處，李雪蓮突然發現，交界處停著四五輛警車，警車上閃著警燈，公路旁站著員警，舉著手裡的警棒，示意所有開往北京的車靠邊，接受檢查。路旁已停滿接受檢查的車輛，有大客車，有貨車，有麵包車，也有小轎車。李雪蓮一驚，身上出了一陣冷汗；從泰安出發，沒敢坐京滬線的火車，也沒敢坐泰安至北京的長途汽車，倒了這麼多鄉村汽車，看來還是沒有躲過員警的檢查。看來這十幾趟的鄉村汽車也白換了；被風吹著，渾身發燒也白燒了。倒是驚出一身冷汗，渾身感到輕爽許多。停下接受檢查的車輛，排成了長隊。等了一個多小時，兩個員警才上了李雪蓮乘坐的客車。員警挨個兒檢查各人的證件，詢問去北京的理由，檢查各人去北京的縣政府開出的證明。和二十年前李雪蓮頭一回進北京，在河北與北京的交界處，遇到的檢查一樣。但這種場面李雪蓮經得多了，既然趕上了，李雪蓮也不驚慌。員警挨個兒盤查，有的旅客過了關，有的被員警趕下了車。被趕下車的，也都默不作聲。終於，一個員警檢查到了李雪蓮。先看了李雪蓮的身分證。李雪蓮沒拿出自己的真身分證，遞上去一個假的。也是為了躲避員警盤查，三年前，李雪蓮花了二百塊錢，在北京海淀一條胡同裡，辦了一個假身分證。身分證上的名字，取她名字中一個「雪」字，前邊加一個「趙」字，叫「趙雪」，平反「昭雪」的意思；二十年告狀，可不就為了平反昭雪嗎？這假身分證製得跟真的一樣，往年別的員警沒有看出來，現在盤查李雪蓮的員警也沒看出來。員警將身分證還給李雪蓮，問：

「到北京幹什麼去？」

李雪蓮：

「看病。」

回答的跟二十年前一樣。員警盯著她：

「去北京哪家醫院？」

李雪蓮：

「北京醫院。」

回答的也跟二十年前一樣。員警：

「看什麼病？」

李雪蓮：

「你摸摸我的頭。」

員警愣了一下，便伸手摸李雪蓮的額頭；李雪蓮雖然剛才出了一身冷汗，但腦門仍燙得跟火炭一樣；員警的手忙縮了回去。員警：

「縣政府的證明呢？」

李雪蓮：

「大哥，我都病成這樣了，哪兒還有工夫去開證明呀。」

員警：

「那不行，妳得下車。」

李雪蓮：

「我腦袋都犯迷糊了，下車死了，你負責呀？」

員警不耐煩地：

「兩回事啊，有病先在地方醫院看，等全國人代會開過，再去北京。」

說的也跟二十年前的員警說的一樣。李雪蓮將頭歪到車窗上：

「我得的是肺氣腫啊，一口氣喘不上來，我就完了；這前不著村後不著店的，我不下車。」

員警便上來拉李雪蓮：

「別胡攪蠻纏，沒有證明，就得下車。」

兩人撕拽起來。兩人撕拽間，李雪蓮身邊坐著一個老頭，突然站了起來；老頭身穿舊軍服，看上去幹部模樣；老頭指著員警說：

「你要證明，她都病成這樣了，不是證明嗎？」

又說：

「她從上車就挨著我，一直跟個火爐似的；如她是你姊，你也這麼不管她的死活嗎？」

一句話說的李雪蓮好生感動；也是多少天沒聽過體貼的話了，一個外地陌生老人的話，讓她百感交集；也是想起一路上七八天的種種委屈；由七八天的委屈，想起二十年的種種委屈，不由大放悲聲，哭了起來。見李雪蓮哭了，員警也一愣，抖著手說：

「不是我不讓她去北京，北京正在開全國人民代表大會呢。」

老頭：

「開全國人民代表大會怎麼了？人民就不能進北京看病了？她是不是人民？」

見李雪蓮哭了，車上所有的乘客都怒了，紛紛站起來，加入指責員警的行列：

「什麼東西。」

「還有沒有人性？」

一個剃著板寸的青年喊：

「不行咱把這車給燒了！」

也是眾怒難犯，員警一邊慌著說：

「你以為我想這麼做呀，這是上頭的規定。」

一邊也就下了車。

員警下車，客車便上路往大興開。李雪蓮謝過身邊的老人，謝過大家，也就不再哭了。但李雪蓮身子本來就弱，大哭一場後，就更弱了。沒哭之前通身發燒，現在突然發冷；冷得牙齒打顫，渾身也打顫。為了進京告狀，李雪蓮強忍住沒說。冷過一個時辰，突然又渾身發燒；這回燒是乾燒，沒出一滴汗。這樣冷一陣熱一陣，李雪蓮突然昏迷過去，頭一歪，倒在身邊老頭身上。

老頭見李雪蓮昏了過去，忙喊司機停車。司機過來查看李雪蓮，見她昏迷不醒，又聽她剛才對員警說她患的是肺氣腫，便有些著慌。著慌不是著慌李雪蓮得病，而是擔心她一口氣喘不上來，死在車上；一個人死在他車上，他也就跟著沾包了。還是老頭又喊：

「還愣著幹什麼？快送她去醫院呀。」

司機這才醒過神來，慌忙又開起車，從公路下道，拐到一條鄉村柏油路上，加大油門，向前開去。十五公里外有一個鄉鎮叫牛頭鎮。牛頭鎮地處北京與河北的交界處，卻屬河北省。等於轉了半天，又回到了河北。牛頭鎮西頭，是鎮衛生院。客車穿過鎮上集市，衝向鎮衛生院。

李雪蓮在牛頭鎮衛生院昏迷四天，才醒了過來。待醒來，才知道自己躺在外地醫院的病床上，胳膊上扎著針頭，頭頂上吊著藥瓶。李雪蓮告了二十年狀，風裡雨裡，從無生過病。不但大病沒生過，頭痛腦熱也很少。也是風裡雨裡，把她的身板摔打硬朗了。正因為如此，突然一病，二十年攢下的症候全部迸發出來。看她醒來，醫生告訴她，她一開始得的是重傷風，又轉成瘧疾；併發症還有胃炎和腸炎；不知在哪裡，吃了不乾淨的東西；她躺在床上不知道，已經拉了四天痢疾；同時還讓李雪蓮四天前在客車上說中了，併發症還有肺氣腫。每個病症都和炎症連著，所以四天高燒不退。白血球高得嚇人。連續四天，輸液沒有停過。鎮衛生院本來藥就不全，她算把衛生院的消炎藥全都用遍了。李雪蓮謝過醫生，又著急起來。著急不是著急自己患了重病，而是看到床頭牆上的日曆，自己竟昏迷了四天。在她昏迷的過程中，全國人民代表大會也繼續開了四天。算著日子，再有四天，大會就要閉幕了。如果她不及時趕到北京，告狀就趕不上全國人民代表大會了。如果錯過全國人民代表大會，告狀的分量就輕多了。同樣一個告狀，離開全國人民代表大會，老虎就縮成了貓，告狀就成了日常上訪；從縣裡到市裡，沒有一個人害怕。待醫生走後，李雪蓮掙扎著下床。但在床上躺著還好些，腳一沾地，才知道自己身子仍很虛弱，天旋地轉不說，兩腿軟得像麵條，連步子都邁不開。步子都邁不開，如何走出醫院，上路去告狀呢？李雪蓮蹲著喘了一陣氣，只好又倒在床上。

說話兩天又過去了。再有兩天，全國人民代表大會就要閉幕了。李雪蓮在病床上再也躺不住了。啥叫心急如焚？李雪蓮過去不知道，現在算是知道了。心急不是心急有病起不得床，今年的狀告不成了，而是如果她告不成狀，從縣裡到市裡的各級官員，不知該怎麼開心呢；她讓趙大頭和官員們合夥騙了，包括讓趙大頭上了身，都成了白饒。她就真成了潘金蓮。這麼一想，心裡更加心焦。她打定主意，一定要離開這裡，就是爬，在全國人民代表大會閉幕之前，她也要爬到北京。她讓同屋的病人，把醫生喊了過來，說她要出院。醫生是個瘦小的中年男人，滿嘴齙牙，但經過幾天接觸，李雪蓮發現他人不壞。聽說李雪蓮要出院，他比李雪蓮還著急：

「你不想活了？身子虛成這個樣子，咋能出院？」

李雪蓮不好告訴他她還要到北京告狀；告訴別的原因，又構不成出院的理由；只好說：

「我沒錢呀。」

醫生馬上愣在那裡。愣過，轉身就出去了。一刻鐘，這醫生領著醫院的院長，進了病房。院長是個中年婦女，胖，燙著捲髮。院長問李雪蓮：

「你有多少錢呀？」

李雪蓮從床頭拿過提包，拉開拉鍊，從衣服堆裡找出錢包；打開錢包，掏出大票小票和鋼鏰兒數，一共五百一十六塊八毛錢。院長馬上急了：

「這哪兒成呢？你在這兒住了六天院，天天掛吊瓶，醫院的好藥，都讓你用光了；

醫療費，加上住院費，五千多塊呢。」

李雪蓮：

「要不我要出院呢。」

院長：

「沒有錢，你更不能出院了。」

李雪蓮：

「我不出院，不是得花更多的錢？」

院長也覺得李雪蓮說的有道理，便說：

「趕緊讓你的親戚來送錢。」

李雪蓮：

「俺老家離這兒三千多里，我的親戚都是窮人，如果是送他錢，有人願意來，讓他送錢，送一趟錢，又搭進去好多路費，誰願意來呢？」

院長：

「那咋辦呢？」

李雪蓮想了想，說：

「北京離這兒近，才二百多里；我有一個親戚，在北京東高地農貿市場賣香油，你們派個人，跟我去北京拿錢吧。」

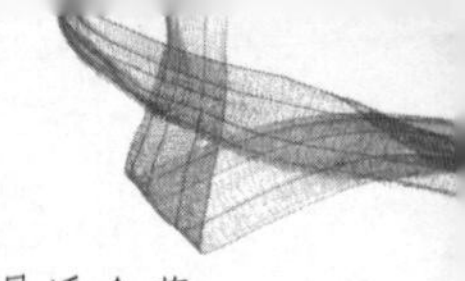

13

第二天一早，李雪蓮坐著救護車，進了北京。救護車是河北牛頭鎮衛生院的，有些破舊，像患了肺氣腫的老頭，「吭哧」「吭哧」，走一步喘三喘。救護車是用來救人的，但牛頭鎮衛生院用救護車送李雪蓮進北京，卻不是為了給她看病，或給她轉院，而是為了跟她到北京東高地農貿市場拿錢。如果單為拿錢，衛生院也不會派救護車，而是衛生院早該進藥了，本來準備明天去北京進藥，有李雪蓮醫療費的事，就提前了一天；也算一舉兩得。但李雪蓮坐著救護車，和坐長途客車大不一樣；救護車走了十幾公里鄉村柏油路，上了去北京的國道，開到河北與北京的交界處，這裡又有十幾個員警在盤查進京的車輛；如坐長途客車，李雪蓮又得歷一次險，現在坐著救護車，救護車雖然破舊，員警一邊攔截其它車輛，讓它們靠邊接受檢查，一邊向救護車揮了揮手，直接就放行了。李雪蓮乘著救護車，也就安全進了北京。

李雪蓮進北京是為了告狀。但在去大會堂告狀之前，先得去東高地農貿市場。隨李雪蓮要帳同時給衛生院進藥的是個三十來歲的小夥子，聽司機喊他的名字，他叫「安靜」；但他一點也不安靜，一路上，都在埋怨衛生院和李雪蓮：

「本來說明天進藥呀，今天我還有事呢。」

又說：

「我早說過，看病就得先拿錢，不聽；看看，給自個兒招來多大的麻煩。」

又說：

「人道主義是要實行，保不住有人想占便宜呀！」

李雪蓮本想向他解釋，一是住他們牛頭鎮衛生院，並不是有意的，當時她昏了過去，是被別人送來的；同時，住院住了這麼幾天，用了這麼多藥，也不是有意的，她連著昏迷了四天；再說，就算花了這麼多錢，她也不是賴帳不還，正帶著他去東高地農貿市場找親戚還帳呢；一是因為身子太虛弱了，懶得與他囉嗦；二是說不定一輩子就與他打這一回交道，犯不上與他制氣；遇到明白人可以制氣，遇到糊塗人，有道理也說不明白；也就張張嘴，又合上了，看著窗外，悶頭不作聲。

進北京一個小時，救護車開到了東高地農貿市場。李雪蓮一個姨家的表弟叫樂小義，七年前從老家來到北京，在這裡賣香油。李雪蓮比樂小義大十二歲。樂小義三歲那年，他娘得了肝炎，一是他爹要帶他娘出門看病，二是怕他娘把肝炎傳染給樂小義，他爹便把樂小義送到了李雪蓮家，一住就是三年。樂小義說話遲，三歲了，還說不出一個整句子。李雪蓮的弟弟李英勇當時八歲，嫌棄樂小義，老背地裡把樂小義當馬騎。李雪

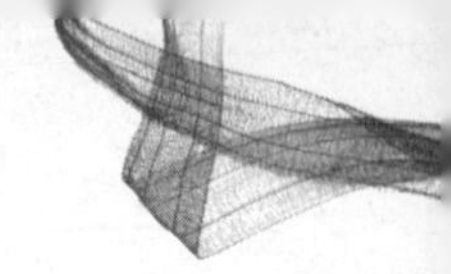

蓮護著樂小義，常將他背到肩上，帶他到地裡割草，給他捉螞蚱玩。樂小義長大之後，便記下這情義。到北京賣香油之後，每次回老家，都去看李雪蓮。李雪蓮前幾年到北京告狀，還在樂小義的香油鋪落過腳。樂小義管吃管住，無半句怨言。不但沒有怨言，晚上扯起李雪蓮的案子，雖然他摸不清這案子怎麼就由芝麻變成了西瓜，由螞蟻變成了大象，但馬上站到李雪蓮這頭，替李雪蓮抱不平。李雪蓮便知這表弟仁義。現在遇到難處，便帶人來找樂小義。李雪蓮記得樂小義的香油鋪在東高地農貿市場東北角，左邊挨著一個賣驢板腸的，右邊挨著一個賣活雞殺活雞的。待救護車停到農貿市場邊上，李雪蓮強撐著身子，帶著牛頭鎮衛生院的安靜穿過農貿市場，來到市場東北角，卻發現樂小義的香油鋪不見了。左邊賣驢板腸的還在，右邊賣活雞殺活雞的攤子也在；樂小義的香油鋪，卻換成了一個賣炒貨的攤子。李雪蓮慌了，忙問賣炒貨的老頭：

「過去在這裡賣香油的樂小義呢？」

賣炒貨的老頭：

「不認識。我接手這地方的時候，是間空屋子。」

李雪蓮又去問左邊賣驢板腸的：

「大哥，你旁邊賣香油的樂小義呢？」

賣驢板腸的：

「走了仨月了。」

李雪蓮：

「知道他去哪兒了嗎？」

賣驢板腸的：

「不知道。」

李雪蓮又去問右邊賣活雞殺活雞的，賣雞的正在殺雞，頭也沒抬，只是不耐煩地搖了搖頭。李雪蓮更慌了。不但李雪蓮慌了，跟李雪蓮來要帳的牛頭鎮衛生院的安靜也慌了。但他的慌和李雪蓮的慌不同，李雪蓮慌的是找不著人，安靜以為李雪蓮在騙他，一把揪住李雪蓮：

「騙人呢吧？」

又說：

「我可沒工夫跟妳在這裡瞎轉磨，我還有好多事呢！」

李雪蓮抖著手：

「上回來的時候，他明明在這兒呀，誰知這回就不見了。」

安靜：

「說這些沒用，還錢！」

又說：

「還不了錢，再把妳拉回牛頭鎮去！」

李雪蓮不由哭了。哭不是哭找不著樂小義，還不上人家錢；而是如果還不上帳，再被安靜拉回二百多里開外的牛頭鎮，就耽誤她去大會堂告狀了。全國人民代表大會，再有一天半就閉幕了。農貿市場許多買菜的，見一個小夥子揪住一個婦女在嚷，都過來圍觀。見李雪蓮哭了，有人本欲上來勸解，又聽出牽涉到錢的事，也就無人出頭，只是個圍觀。正鬧間，一個胖子，胸前裹著膠皮圍裙，扛著半扇豬肉，掂把殺豬刀，一看就是個賣肉的，從這裡路過；見眾人在這裡聚圈哄鬧，便放下半扇豬肉，鑽進人圈，問事情的緣由；問清緣由，又問清李雪蓮是找過去在這裡賣香油的攤主，忙拉著李雪蓮，來到賣驢板腸的攤子面前：

「老季，過去在這裡賣香油的那人搬哪兒去了？」

賣驢板腸的：

「不知道哇。」

賣肉的：

「攤子挨著攤子，他臨走的時候，能不留句話？」

又指李雪蓮：

「沒看人家哭了？欠人錢，正遇著難處。」

賣驢板腸的梗著脖子：

「不知道。」

賣肉的：

「不給我面子是吧？」

用殺豬刀指著賣驢板腸的：

「你信不信，再敢嘴硬，我把你的攤子踢了！」

揚起腳，就要踢賣驢板腸的攤子。賣驢板腸的忙繞出攤子，抱住賣肉的：

「張大哥別急呀。這個賣香油的，三個月前和那賣活雞的打過一架，聽說搬到岳各莊了。」

又說：

「我可是聽說啊。」

又白了李雪蓮一眼，嘟囔道：

「哪有白問事兒的，也不買根板腸。」

岳各莊地處北京南郊，也是一個農貿市場。李雪蓮知道了樂小義的下落，他並沒有離開北京，心裡才踏實下來。這時也知道自己大意了，不該白跟人問事兒。接著對賣肉的漢子千恩萬謝。賣肉的擺擺手：

「我就見不得欺負窮人。」

扛起地上的半扇豬肉，轉身去了。李雪蓮突然發現，這人的背影，跟二十年前在老家拐彎鎮集市上殺豬賣肉的老胡有些相像。當年為了讓老胡幫她殺人，她和老胡還有一番牽涉。但老胡面上仗義，一聽說讓他殺人，馬上就慫了。李雪蓮不禁又感歎一聲。

救護車離開東高地農貿市場，向岳各莊農貿市場開去。一個小時後，到了岳各莊農貿市場。救護車停在農貿市場邊上，李雪蓮和牛頭鎮衛生院的安靜，進了岳各莊農貿市場，尋找樂小義。東高地農貿市場賣驢板腸的人只說樂小義搬到了岳各莊農貿市場，並沒說樂小義的香油鋪開在農貿市場哪個地方，兩人只能一個攤位一個攤位挨著找。但從東頭尋到西頭，從南頭尋到北頭，沒有找到樂小義。不但沒尋到樂小義，連個香油鋪都沒尋到。過去樂小義在東高地農貿市場開香油鋪，香油鋪門前，總有兩口大鍋，一口將芝麻炒熟，接著用電動石磨榨出汁來，流到另一口大鍋裡；另一口大鍋旁架一架電動機，帶著兩個鐵葫蘆，一上一下，在漂這油；標誌很明顯呀。再說，因是香油鋪，二百米開外，就能聞到油香。李雪蓮擔心他們找得不仔細，又回頭重找。但從北到南、從西到東又尋一遍，還是不見樂小義和香油鋪。這時李雪蓮又著了慌，擔心樂小義從岳各莊農貿市場又搬走了；或樂小義根本沒來岳各莊農貿市場，東高地農貿市場賣驢板腸的人在騙她。不管原因是什麼，結果都一樣，找不到樂小義。不但現在找不到，接著該怎麼找，也不知道。不但李雪蓮著慌，牛頭鎮衛生院的安靜又急了：

「到底有譜沒有哇，我可沒工夫陪妳找人！」

又抬腕看看表：

「說話都十二點了，我還得去進藥呢。」

又說：

「咱乾脆別找了，妳還跟我回牛頭鎮吧；我把妳交給院長，往後的事兒，你們說去。」

聽安靜這麼說，李雪蓮更加著急。一是著急找不到樂小義，耽誤自個兒告狀；又聽安靜說中午十二點了，全國人民代表大會明天就要閉幕，過一時少一時，時間也不等人呀。李雪蓮下定決心，不管找到找不到樂小義，不管欠牛頭鎮衛生院的錢是否還得上，她都不能跟安靜回牛頭鎮。可她一個快五十的婦女，大病剛過，邁幾步出一身虛汗，身邊是個生龍活虎的小夥子，她一時也逃不脫呀。正著急間，突然聽人在身後喊：

「帶魚，舟山帶魚啊，清倉處理，十塊五一斤！」

李雪蓮覺得這聲音有些熟。猛回頭，見一個攤位前，站著一個穿橡膠皮靴、戴袖套、戴橡膠手套的人，正在用一柄大號螺絲刀，將一坨冰凍的帶魚一條條剔開；這人不是別人，正是李雪蓮姨家表弟樂小義。終於找到了樂小義，李雪蓮不由雙腿一軟。原來他真從東高地搬到了岳各莊，原來他到這裡不磨香油了，開始賣帶魚。李雪蓮站定腳步，喊了一聲：

「小義。」

樂小義從帶魚上抬起頭，打量喊他的人。打量半天，才認出是李雪蓮。認出李雪蓮，他先吃了一驚。吃驚不是吃驚李雪蓮的到來；本來他在東高地，現在搬到岳各莊，李雪蓮竟摸了過來；而是吃驚：

「姊，妳咋瘦成一把骨頭了？過去妳沒這麼瘦呀，我都差點認不出妳來了。」

李雪蓮眼中湧出了淚，說：

「我病了。」

又說：

「你咋不賣香油，又賣帶魚了？」

樂小義：

「今年芝麻漲價了，賣香油不賺錢。」

接著拉李雪蓮往牆角走：

「又是來告狀的？」

李雪蓮點點頭。樂小義：

「我說呢，縣法院的人來了十幾趟了；前幾天是三天來一趟，從昨天起，一天來兩趟。」

李雪蓮聽樂小義這麼說，又有些著急，擔心她在這裡停留過久，縣法院的人又來找她，忙說：

「那我得離開這兒。」

轉身就要走。但牛頭鎮衛生院的安靜跑過來，一把拉住李雪蓮：

「別走哇，錢的事呢？」

李雪蓮這才想起，她之所以來找樂小義，是欠著別人錢；便將她在牛頭鎮衛生院住院欠帳的事，一五一十給樂小義說了；給過衛生院五百塊，還差四千八。樂小義聽後，倒沒含糊，對牛頭鎮衛生院的安靜說：

「我姊欠你們的錢，我來替她還。」

接著又有些為難：

「四千八，我身上沒這麼多呀。」

安靜攔住李雪蓮：

「那妳就別想走。」

樂小義：

「你們等著，我到銀行給你們取去。」

忙忙將帶魚攤交代給旁邊賣豬大腸的商販照看，摘下橡膠手套，褪下袖套，急急忙忙往農貿市場外走去。李雪蓮只好和牛頭鎮衛生院的安靜乾等著。正是這個等，五分鐘之後，王公道帶著法院幾個人到了。幾個人看到李雪蓮，驚喜的程度，像餓了三天的蒼蠅見到了血。幾個人不由分說，跑上來將李雪蓮團團圍住了。因李雪蓮沒有犯罪，他們也不能給李雪蓮戴手銬。王公道雖然跑得喘氣，但笑著與李雪蓮說話：

「大表姊，找到妳真不容易。」

李雪蓮沒顧上理王公道，轉頭埋怨牛頭鎮衛生院的安靜：

「都是因為你，耽誤了我的大事。」

安靜也愣在那裡。看到許多人又來找李雪蓮，以為李雪蓮也欠他們的錢；他顧不上李雪蓮，轉頭對王公道說：

「咱有個先來後到，還了我的錢，再說你們的。」

因王公道等人穿著便服，他不知道這是些法院的人。還沒等王公道說話，膀大腰圓的老侯，上去將安靜推了個踉蹌：

「一邊呆著去，誰欠你的錢，到法院告誰去；我們這是執行公務，懂嗎？」

安靜以為碰上了員警，眨巴眨巴眼，不敢再說話。他平日囉嗦，碰到比他硬的主兒，他也就蔫了。王公道仍笑著對李雪蓮說：

「大表姊，別告狀了，跟我們回去吧。」

又說：

「知道樂小義是咱們家親戚，妳早晚會來。」

李雪蓮梗著脖子：

「我說過不告狀，你們不信；現在把我逼到這種地步，你們不讓我告狀，我就死在你們跟前。」

王公道轉身向遠處招招手。李雪蓮這才發現，遠處路邊，停著一輛法院的警車；接著從警車裡又下來幾個人，向這裡走來。李雪蓮以為他們也是法院的人，等他們走近，他們也是法院的人，但這些人中間，還有一個不是法院的人，他竟是李雪蓮和秦玉河的兒子秦有才。李雪蓮看到秦有才，大吃一驚。秦有才六歲那年，李雪蓮又懷了一個孩子；正是因為這個孩子，李雪蓮和秦玉河才鬧假離婚；大半年後，李雪蓮生下一個女兒，誰知這時秦玉河變了心，假離婚成了真離婚；正是因為離婚的真假，李雪蓮才告狀；二十年來，這假的永遠變不成假的，或真的永遠變不成真的；後來跟滾雪球一樣，一級級的官員都滾了進來，芝麻就變成了西瓜，螞蟻就變成了大象。女兒從小跟李雪蓮長大，長大之後，不跟李雪蓮一條心；倒是這個兒子秦有才，一直跟秦玉河長大，長大之後，倒知道心疼娘。去年在縣城街道碰上，他還悄悄塞給李雪蓮二百塊錢。李雪蓮在北京見到秦有才，以為法院把秦有才當成了人質，逼她回去。接著又感到有些擰巴，雖然女兒不親兒子親，但女兒歸李雪蓮，秦有才歸秦玉河，李雪蓮在跟秦玉河打官司，為了不讓李雪蓮告狀抓人質，也不該抓到秦有才頭上呀？但又想，跟這些官員打了這麼多年交道，他們哪回做事，又是按常理出牌呢？秦有才走上來，也先吃了一驚：

「媽，妳咋變得這麼瘦呀？」

李雪蓮顧不上說瘦不瘦的事，問：

「有才，你讓他們抓了？」

秦有才說：

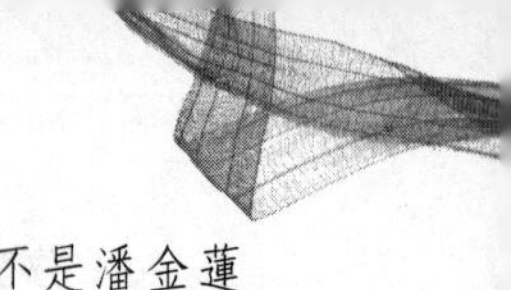

「他們沒抓我，我就是來告訴妳一聲，媽，這狀別告了。」

李雪蓮：

「你要是為了勸我這個，你就趕緊回去吧。也許往年勸我，我會聽你的話，今年這狀，和往年不同，我寧死也要告。」

秦有才：

「不是說不讓妳告，今年這狀沒法告了。」

李雪蓮：

「為啥？」

秦有才突然哭了，抱著頭蹲在地上：

「我爸死了。」

李雪蓮愣在那裡，一時沒有明白過來。想了半天，才明白秦有才說的「我爸」，就是秦玉河。聽說秦玉河死了，李雪蓮的腦袋，「轟」地一聲炸了。炸了不是心疼秦玉河死了，而是沒了秦玉河，李雪蓮告狀就沒了緣由。秦玉河與李雪蓮二十年前的假離婚，後來假的變成了真的，是整個告狀的核；接著連帶出她是不是潘金蓮的事；接著又連帶上許多官員；現在秦玉河死了，所有告狀的鏈條不全都斷了？皮之不存，毛將焉附？可今年的告狀，和往年不同呀。往年是告秦玉河，捎帶告些官員；今年卻主要是告這些官員，告不告秦玉河倒在其次。但秦玉河一死，告狀的鏈條斷了，連同這些官員也無法告了。今年趙大頭和官員勾結起來，不但騙了她的人，還騙了她的身，使她真的成了潘金蓮；為了到北京告狀，還差點死在路上；沒想到終於到了北京，卻是這樣一個結果；連著折騰了十幾天，不是白折騰了？不但官員無法告了，潘金蓮也白當了。李雪蓮一時轉不過彎來，不禁愣愣地問：

「他咋就死了呢？他不沒病沒災嗎？」

秦有才站起來說：

「他是沒病沒災，可他開車出了事。」

又說：

「出事都五天了。」

又說：

「那天晚上，他與我後娘吵架。一賭氣，他又開車拉化肥去了。到了長江大橋，為躲一輛超車，一頭撞到了橋墩上，接著連車帶人，一頭栽到了長江裡。」

接著哭了：

「他也不想想自個兒的歲數，眼早花了，一生氣，心又不在開車上。」

李雪蓮這才明白，秦玉河真死了。他死的時候，她正躺在牛頭鎮衛生院昏迷呢。李雪蓮明白之後，不禁大罵：

「秦玉河，你個龜孫，你害了我一輩子，臨死時也要害我呀？你一聲不吭死了，拉

下我咋辦呀？咱倆的事，還沒説清呢。」

又罵：

「不光咱倆的事沒説清，你個龜孫一死，剩下所有的事，都永遠無法説清了！」

接著在眾人之中，大放悲聲。一哭開頭，就剎不住車，哭得鼻涕眼淚，順著臉往下流，也顧不上擦。她和秦玉河本是仇人，但親人死了，哭得也沒有這麼傷心。

岳各莊農貿市場對面，是一幢八十六層高的商務大樓。大樓面對農貿市場一側的牆壁上，安裝著一塊巨幅高清數位螢幕，正在直播全國人民代表大會的會場盛況。今天上午，大會正在通過各項決議。各項決議，通過表決，都以壓倒性多數獲得通過。人民大會堂裡，響起了雷鳴般的掌聲。

14

秦玉河死了五天了。死過兩天，也無人在意，更無人把他的死和李雪蓮的告狀連在一起。還是三天前，縣長鄭重無意中碰到秦玉河死這件事，接著發現了它與李雪蓮告狀這件事之間的聯繫。這天鄭重從市裡開會回來，路過縣化肥廠門口。化肥廠地處縣城西關，由市裡到縣城的公路，從化肥廠門口經過。鄭重從車裡看到，化肥廠大門口，聚了一群人；大門正中，擺放著一個花圈；一個中年婦女，穿著一身孝衣，帶一孩子，也一身孝衣，兩人跪在花圈前；中年婦女手舉一塊紙牌，紙牌上寫著幾個大字：

秦玉河，你死得冤

鄭重一開始對「秦玉河」三個字並無在意，只看出化肥廠門口有人聚眾鬧事；鄭重不知鬧些什麼，對司機說：

「停車。」

司機忙將車停在公路一側。鄭重又對坐在前排副座上的祕書說：

「去問一下，到底是咋回事，這裡是縣城的西大門，公路旁邊，人來車往，多難看呀。」

祕書忙跳下車去了。五分鐘之後，跑回來告訴鄭重，化肥廠一個司機出了車禍，為撫恤金的數目，家屬跟廠裡鬧了起來。鄭重明白，這種情況，屬企業內部的事；作為縣長，不能插手；上級一插手，鬧事的人勁頭就更大了；不管不問，大家鬧上十天半個月，雙方各自讓讓步，事情也就解決了。這類糾紛，只能冷處理，無法熱處理。鄭重沒有在意，讓司機開車。車穿過縣城街道，進了縣政府大門，鄭重突然想起什麼：

「秦玉河，這個名字怎麼這麼熟啊？」

祕書一時也想不起秦玉河是誰，忙用手機給化肥廠的廠長打電話詢問。待鄭重下車，進了辦公室，祕書跟進來說：

「問清楚了，死的秦玉河，就是那個『小白菜』的前夫呀。」

鄭重聽說秦玉河是李雪蓮的前夫，一開始也沒在意；待坐到辦公桌後，突然一愣，才將秦玉河的死與李雪蓮告狀的事連到了一起。待連到一起，不禁有些激動，拍著桌子說：

「這事不一般呀。」

祕書一愣：

「咋不一般，不就是個車禍嗎？」

鄭重：

「出在別人身上是車禍，出在李雪蓮前夫身上，就不僅是車禍了。」

忙又說：

「李雪蓮告狀的起因，就是她與她前夫的婚姻；現在她前夫死了，她還告哪門子狀啊？人都死了，婚姻也就自然解除了。」

又說：

「婚姻解除了，她就是想告，也沒緣由了呀。」

祕書也突然理解了：

「那麼說，這車禍出的好。」

鄭重顧不上論這車禍的好壞，忙抓起電話，給在北京抓李雪蓮的法院院長王公道打電話。待把秦玉河出車禍的事說了，王公道也愣在那裡。但他到底是法院院長，接著馬上明白了：

「這是件好事呀，秦玉河一死，李雪蓮的案子就沒案由了；案由沒了，這告狀就不成立了。」

接著興奮地說：

「鄭縣長，那我們撤了吧。」

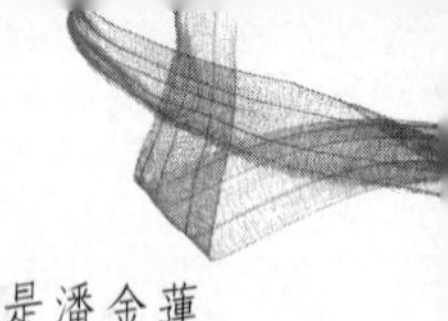

誰知鄭重沒跟他興奮，反倒急了：

「我說的不是這個意思，我的意思是，越是這樣，越要盡快抓到李雪蓮。」

王公道一愣：

「既然案子不成立了，還抓她幹什麼，不成徒勞一場了嗎？」

鄭重：

「秦玉河剛死，李雪蓮在北京未必知道，怕她還去闖人民大會堂呀。」

王公道：

「這案子不成立，她闖大會堂就成了無理取鬧，咱也不怕呀。」

鄭重：

「你算糊塗到家了，越是這樣，越不能讓她闖。她要闖了，上邊追究的，往往不是告狀的起因，而是闖了大會堂，釀成了政治事故。如果她告狀成立，我們被追究倒情有可原；現在告狀不成立了，我們又被追究了，不是更冤了？」

王公道這才明白鄭重的意思。但他帶著法院十幾個人在北京找了十來天，北京的大街小巷、地上地下都找遍了，也沒找見李雪蓮；不但沒找見李雪蓮，連她的線索，一絲也沒摸到。北京這麼大，找一個人是容易的？但鄭重不管找人容易不容易，嚴肅地說：

「趕緊找到她，告訴她前夫死了，這事才算結束。」

王公道這時又犯愁：

「就算找到她，你說秦玉河死了，她也未必信呀，以為是詐她呢。」

鄭重也覺得這話有道理，這才想出將李雪蓮和秦玉河的兒子秦有才送到北京的主意。別人說秦玉河死了，李雪蓮未必信；兒子說他爹死了，李雪蓮該信了吧？給王公道打完電話，鄭重又給在北京的縣公安局長打了一個電話。公安局長帶著幾十名員警，在大會堂四周，北京警力撒的網之外，又撒了一層網。這網也已經撒了十來天了，也同樣一無所獲。鄭重在電話裡，除了將秦玉河已經死了的消息通報給他，也像要求王公道一樣，嚴厲要求公安局長，在全國人民代表大會召開的最後幾天，拉緊這網，不能讓李雪蓮衝進大會堂。這時讓她衝進大會堂，我們跟著受處理，更受了不白之冤。同時告誡公安局長，越到後面，大家越容易麻痹；但出事往往就在這個時候；半個月前，李雪蓮從村裡跑出去，就是公安系統的人麻痹大意造成的；但那是在村裡，現在是在北京，性質完全不同，再不能麻痹大意了。公安局長也在電話裡唯唯連聲。

為了趕時間，李雪蓮和秦玉河的兒子秦有才，是法院用警車連夜送到北京的。王公道見到秦有才沒說什麼，但送秦有才來北京的法院一個副院長，告訴王公道一件事：原來在王公道率領法院十幾個人在北京追尋李雪蓮的同時，縣長鄭重又派公安局長帶了幾十名員警也趕到北京，也在追尋李雪蓮；前幾天法院系統的人不知道，這些天見公安局好些人不見了，信兒才慢慢透了出來。王公道聽後大吃一驚，一方面覺得縣長鄭重不是東西，同時往北京派兩股人，事先不讓他知道，明擺著是不信任法院系統的人，也不信任王公道；同時也感到寬慰，萬一沒抓到李雪蓮，李雪蓮闖了大會堂，責任就不是法院系統一方的，公安系統的人，也得承擔一半責任。公安局派的人多，法院派的人少，公安局承擔的責任該占大頭才是。公安局幾十個人，在北京的吃喝拉撒，花費可比法院系統多出好幾倍。雖然縣長鄭重把秦有才送來了，但王公道對尋找到李雪蓮，並沒抱多大信心。同時，再有三天，全國人民代表大會就要閉幕了；哪怕尋不到李雪蓮，只要李雪蓮三天不出事，大家也能平安過關。但他沒把這心思告訴他的部下；仍像鄭重嚴厲要求他一樣，他也嚴厲要求十幾名部下；十多天前他帶來十四個人；八天前有兩人生病了，現在也好了；加上又來了一個副院長，一個司機；連同王公道，共十七個人，也算兵強馬壯；鄭重嚴厲要求大家，一定要在全國人民代表大會閉幕之前，抓到李雪蓮；如果李雪蓮在這三天出了事，他一定不會手軟；在他被撤職之前，全把他們開除公職。雖然他也就是這麼說說，但他的部下見他聲色俱厲，反倒當了真。大家搜尋起李雪蓮，比過去十多天更賣力了。大家也是想著再有三天，事情就結束了，別在最後關頭再出紕漏；十多天沒出事，最後關頭出了事；驢沒偷著，拔驢椿出了事；責任追究下來，反倒更冤了。王公道沒指望能抓住李雪蓮，但因為大家更加賣力，該去的地方，本來三天去一趟，現在改成了一天去兩趟，沒想到兩天之後，就在岳各莊農貿市場，把李雪蓮抓住了。嚴格說起來，這也不能叫抓到，無非大家和李雪蓮，陰差陽錯，在岳各莊巧遇了。或者，這個巧遇，和王公道等人與李雪蓮無關，應該感謝牛頭鎮衛生院的小夥子安靜。

不是牛頭鎮衛生院的安靜逼債和囉嗦，大家還碰不到一起。不管因為什麼原因，能捉住李雪蓮，王公道還是一陣高興；心裡的一塊石頭，終於落地了。雖然縣長鄭重不是東西，在把法院系統的人派往北京的同時，又背著他派了公安局幾十個人；但現在是他抓住了李雪蓮，也算立了個頭功；他抓住了李雪蓮，不等於公安局幾十個人白忙活了？幾十個人，十幾天，在北京的吃喝拉撒算誰的？李雪蓮在岳各莊農貿市場悲痛欲絕的時候，王公道背過身去，給縣長鄭重撥了個電話，告訴他李雪蓮已經抓到了：

「鄭縣長，李雪蓮終於被我們抓到了，整整熬了十幾天啊。」

又說：

「已經把秦玉河出車禍的事告訴她了。你聽，正哭呢。」

又說：

「她知道這消息之後，也就無狀可告了，再也不會闖人民大會堂了。」

縣長鄭重聽說李雪蓮終於被抓住了，心裡一塊石頭，也終於落地了。但他的落地與王公道的落地不同，王公道只是就事論事，在北京抓到了李雪蓮，立了大功，可以馬上打道回府了；鄭重高興的是，這回抓住李雪蓮，和往年抓住李雪蓮不同；如今秦玉河死了，不但這回李雪蓮不會在北京出事，今後也永遠不會出事了；歷年出事的根兒，被秦玉河自個兒給刨倒了。李雪蓮告狀告了二十年，雪球越滾越大，事情由芝麻變成了西瓜，由螞蟻變成了大象；李雪蓮成了當代的「小白菜」，成了名人；現在，這棵白菜終於爛到了鍋裡。更妙的是，這白菜不是被別人燉爛的，是被他們自個兒燉爛的；驢椿不是被別人刨倒的，是被他們自己刨倒的；現在芝麻和螞蟻沒了，西瓜和大象也就跟著解脫了。從來沒有因為一個人的死，給別人帶來這麼大的解脫；從來沒有因為一個人的死，給別人帶來這麼大的快樂。正因為解脫和快樂了，對法院院長王公道過去的失誤和犯下的錯誤，鄭重也一概既往不咎了。鄭重在電話裡對王公道說：

「告訴大家，大家辛苦了，等你們回到縣上，我請大家喝慶功酒。」

王公道看縣長鄭重高興了，也知道過去和縣長積下的糾葛和不快，頃刻間煙消雲散了；也歡天喜地地說：

「我替大家謝謝鄭縣長。待李雪蓮哭過，我們就拉她往縣裡趕。」

鄭重掛上電話，又拿起，開始給市長馬文彬打電話。事情終於解脫了，他得馬上向市長馬文彬彙報。他向馬文彬彙報，不同於王公道向他彙報。王公道向他彙報，不過是為了搶功；鄭重向馬文彬彙報，主要不是為了搶功，而是讓馬文彬像他和王公道一樣，早一點把心裡的石頭落地；落地不單為了讓馬文彬在這件事上也早一點解脫，而是馬文彬因為李雪蓮的事，對鄭重說過「有些失望」的話；馬文彬對誰一失望，誰的政治生命就走背字了；鄭重想早一點將這個「有些失望」挽救回來，從「有些失望」這件事解脫出來。李雪蓮從山東逃跑那回，鄭重沒敢給馬文彬打電話，給市政府祕書長打電話，求祕書長瞞過馬文彬；現在事情徹底結束了，也該早一點向馬文彬報喜；壞事不敢給馬文彬打電話，這回是喜事，鄭重便越過祕書長，直接給馬文彬打電話。馬文彬仍在北京開全國人民代表大會；全國人民代表大會，明天就結束了。撥通電話，鄭重一口氣將李雪蓮前夫秦玉河出車禍的前前後後，說了個清楚；說清楚不是為了說李雪蓮今年不會再出事，而是為了說李雪蓮永遠不會出事了；因為告狀的芝麻和螞蟻沒了，西瓜和大象也就永遠解脫了。其實上回李雪蓮從山東逃跑，當天晚上，馬文彬就知道了。這麼大的事，祕書長哪裡敢瞞他？但他沒有馬上打電話責備鄭重。責備沒用，也就不責備了。但他已經對鄭重「徹底失望」了。只是交代祕書長，嚴厲督促鄭重，讓他們早一點抓住李雪蓮。真要抓不住，因為李雪蓮出了事，那也是天塌砸大家。天要下雨，娘要嫁人，是擋也擋不住的事。這時馬文彬感歎，從政，也是個高風險的行業呀。大家只見賊吃肉，沒見賊挨打罷了。但他沒有想到，李雪蓮的案子，會以芝麻和螞蟻的突然消失而結束。聽了鄭重的彙報，他心裡的一塊石頭，也跟著落了地。但他沒像鄭重那麼激動和高興，而是說：

「這是場意外呀。」

鄭重以為馬文彬在說秦玉河出車禍的事，忙說：

「可不，秦玉河那輛車，一頭紮到了長江裡。」

誰知馬文彬說：

「我說的不是這個，是說這件事情的解決，不是我們主動努力的結果，而是靠一場

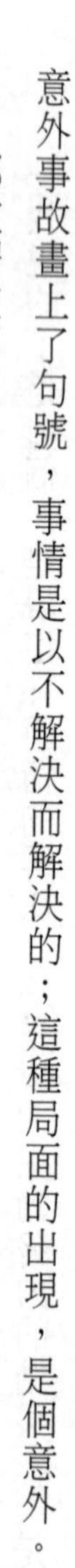

意外事故畫上了句號，事情是以不解決而解決的；這種局面的出現，是個意外。」

鄭重愣在那裡。馬文彬越說越嚴肅：

「李雪蓮的事情雖然解決了，但我們的思維方式，並沒有改變；我們的領導能力，也沒有提高；我們駕馭和引導事情的水準，還是那樣一個水準。老鄭啊，還是那三個成語，『千里之堤，潰於蟻穴』，你剛才不還說到螞蟻嗎？還有『防微杜漸』和『因小失大』。李雪蓮的事，今年折騰了幾個來回；也不是光今年折騰了，整整折騰了二十年；問題出在哪裡？如果出在大的方面，我就不說了，還是像其它任何事情一樣，還是我說過的那句老話，往往出在『小』的方面，出現在細節。老鄭啊，我勸你，還是不能掉以輕心，不要以為李雪蓮的事情結束了，事情就真的結束了；還是要從李雪蓮這件事情上，汲取深刻的教訓。不然走了一個李雪蓮，還會出現一個王雪蓮！」

彙報的結果竟是這樣，又是鄭重沒想到的。一個報喜的電話，卻召來馬文彬一頓訓斥；鄭重渾身上下，又出了一層冷汗。但他馬上說：

「請馬市長放心，我們一定從李雪蓮這件事上汲取教訓，我們一定從『小』處入手，從細部入手，把工作做得更深入和更扎實，我們一定『防微杜漸』，絕不能『因小失大』，讓它『千里之堤，潰於蟻穴』！」

馬文彬又說：

「還有，那個婦女雖然告狀不成立了，但也要馬上把她弄回縣裡，人代會還有一天，防止她狗急跳牆，在北京又節外生枝，這也是一個細節。」

鄭重：

「請馬市長放心，那個婦女，已經跟法院的人在一起，我馬上讓他們往縣裡趕。」

馬文彬在電話裡讓鄭重把李雪蓮弄回縣裡，鄭重在電話裡讓王公道把李雪蓮弄回縣裡，但王公道沒有把李雪蓮弄回縣裡。沒有弄回縣裡並不是王公道等人不想弄，或李雪蓮寧死不回去，無理還要取鬧，而是李雪蓮在岳各莊農貿市場大放悲聲時，哭著哭著，突然又昏倒了。也是李雪蓮大病剛過，從河北牛頭鎮折騰到北京，身子已經很虛弱了；一直被人逼債，又怕耽誤了告狀，本來就心焦；突然又聽說秦玉河死了，十幾天的折騰白折騰了；還不光今年的十幾天白折騰了，連同二十年的折騰都白折騰了；件件都是窩心事，一件比一件大；哭著哭著，一頭栽倒在地上。王公道等人愣了。李雪蓮和秦玉河的兒子秦有才忙將李雪蓮抱起來。這時樂小義也從銀行取錢回來了。大家七手八腳，將李雪蓮抬到岳各莊農貿市場後身，樂小義租住的一間民房裡。李雪蓮躺在床上，昏迷不醒不說，又開始發起高燒。一個昏迷不醒發高燒的人，明顯不適合長途跋涉。當然，李雪蓮昏迷了，可以任人擺布，如想拉她走，她也不知道；但王公道卻不敢這麼做。他怕李雪蓮連病帶受刺激，死在路上。前邊死了個秦玉河，接著再死一個李雪蓮；死秦玉河是好事，李雪蓮萬一死在路上，事情又大了。秦玉河出的是車禍，死在了他自己手裡；李雪蓮萬一死在路上，罪魁禍首可就是王公道了。王公道左右為難，又給鄭重打了個電話。鄭重也不敢做主將病重的李雪蓮往回拉；沉吟半天：

「這事兒還麻煩了。」

又沉吟半天，說：

「要不這樣吧，人代會再有一天就結束了，既然人弄不回來，就派人寸步不離地看著她；等人代會徹底結束，你們再撤。」

事到如今，也只好這麼辦了。王公道忙將法院十七個人全部集合到岳各莊，開始排班。三人一組，一組四個小時，輪流在樂小義的民房前蹓躂，看守李雪蓮。每組看守的人，半個小時進屋一次，查看李雪蓮的動靜。王公道和副院長，輪流帶班，也是四個小時一替換；不過他們帶班時，可以坐在房外的警車裡休息。令大家慶幸的是，從中午到晚上，從晚上到第二天清早，從清早到中午，李雪蓮一直昏迷不醒。第二天中午十一點半，農貿市場對面商務大樓牆壁的螢幕播出，全國人民代表大會終於閉幕了。新的一屆政府產生了。會場上響起雷鳴般的掌聲。王公道等人也一陣歡呼。大家忙活十幾天，終於有了一個圓滿的結局；從上到下，終於從這件事上解脫了；不光從今年解脫了，從過去的二十年也解脫了；不但從過去解脫了，今後也永遠從李雪蓮這件事上解脫了。法院十七個人，在王公道的帶領下，從岳各莊農貿市場，開始打道回府。秦有才見他媽李雪

蓮還在昏迷，與王公道商量後，便留了下來。

李雪蓮在樂小義的小屋裡一直昏迷著。照李雪蓮的病情，應該把她送到醫院；但樂小義剛替李雪蓮還過欠牛頭鎮衛生院的錢，手頭再無剩餘的錢；秦有才身上也無多餘的錢；兩人無錢送李雪蓮住院，樂小義只好將社區衛生室一個醫生叫到他小屋裡，給李雪蓮打點滴。打了兩天點滴，李雪蓮還沒有醒來。這時秦有才坐不住了，因為秦玉河在老家的喪事，還等著他回去張羅呢。秦有才與樂小義商量後，也起程回了老家。

李雪蓮又昏迷兩天，終於醒了過來。醒來，卻不知身在何處；直到看到樂小義，又打量四周，才知道自己躺在樂小義的小屋裡。漸漸，昏迷前的種種事情，一絲一縷，重新回到她的腦子。雖然一切回來了，一切又恍若隔世。樂小義見李雪蓮醒來，一陣驚喜；忙從鍋裡盛了一碗小米粥，讓李雪蓮喝：

「姊，妳把我嚇死了。」

李雪蓮強掙扎著說：

「小義，我又給你添麻煩了。」

樂小義還是過去的樂小義，沒顯出半點不耐煩：

「姊，妳說哪兒去了，人命，不比啥事兒大？」

李雪蓮有些感動，說：

「小義，我欠你的錢你不要怕，我家裡還有房子，把房子賣了，夠還你。」

欒小義：

「姊，妳說哪兒去了。」

李雪蓮眼中湧出了淚。欒小義知道李雪蓮告狀的前前後後，也知道如今讓她左右為難的結局；正因為知道李雪蓮的尷尬，又勸李雪蓮：

「姊，等妳病好了，妳要一時不想回老家，就跟我在這兒賣帶魚吧。」

李雪蓮眼中不禁又湧出了淚：

「小義。」

又三天過去，李雪蓮高燒終於退了，能起床了。又過了三天，李雪蓮能行走了，能幫欒小義做飯了。看李雪蓮能自理了，欒小義也就放心去前邊農貿市場賣帶魚。

這天清早，兩人吃過早飯，欒小義又去農貿市場賣帶魚。李雪蓮涮過碗盆，馬上接著做中飯。中飯做好，將做好的飯菜盛到碗裡，又用兩個飯盆分別扣到桌子上。然後坐在桌邊，寫了一張紙條：

> 小義，謝謝你，我走了。咋還你錢，我已經說過了，就不說了。

然後提上自己的提包出了門。出門並不是為了回老家，而是想找一個地方尋死。尋死的方式也想好了，就是上吊。上吊不是因為秦玉河死了，告狀的緣由沒了，今後無法再告狀了，這冤永遠無法洗清了；而是因為秦玉河的死，李雪蓮的告狀成了笑話。因為李雪蓮的告狀，已不是原來的告狀，二十年來，芝麻已經變成了西瓜，螞蟻已經變成了大象，現在芝麻和螞蟻突然消失了，告狀的鏈條斷了，使你無法告狀了，這鏈條的斷法，成了笑話，捎帶著整個告狀也成了笑話。不但今年的告狀成了笑話，二十年來的告狀都成了笑話。不但告狀成了笑話，告狀的人也成了笑話。芝麻自個兒飛走了，螞蟻把自個兒的窩兒給毀了。何況，今年又與往年的告狀不同，今年不但被人騙了人，還被人騙了身；這個騙身，傳的全天下人都知道了，李雪蓮真的成了潘金蓮，這樣的結局，也同樣成了笑話。告狀告不贏只是個冤，告狀告成了笑話，就不是冤的事了，就成了羞。只是個冤，還能活得下去；天天蒙著羞，就讓人無法活了。俗話說得好，「羞於活在人世」，就是李雪蓮現在的心情。還有，既然不想活了，既然想上吊，去哪裡上吊，也讓李雪蓮為難。按李雪蓮的想法，她想把自己吊死在仇人門前，吊死在趙大頭家門前，吊死在縣法院門前，吊死在縣政府門前，吊死在市政府門前，臨死也給他們添回堵；但因為她告狀成了笑話，現在吊死在人家門前，就顯得理由不足；非要這麼做，同樣也會成為笑話。不但活著成為笑話，想死在哪裡也會成為笑話，李雪蓮就死無葬身之地了。連這個死無葬身之地，說出去也會成為笑話。說別人死無葬身之地，是說這人可恨，或者是說他窮；李雪蓮死無葬身之地，竟是因為羞和笑話。

離開岳各莊，李雪蓮邊走邊想，並沒有往城裡走，開始往郊區去。正因為死無葬身之地，李雪蓮也就解放了，想隨便找個地方，隨便一死了事。一直走到中午，來到一山坡上。這山坡密密麻麻種滿了桃樹。二十多天只顧告狀和昏迷，沒留意外邊的景色。沒想到二十多天過去，初春之中，桃花竟開了。一山坡的桃花，正開得燦爛。李雪蓮走進桃花林，發現山窩裡有一個窩棚。窩棚敞著門，裡面有鋪蓋捲和鍋碗瓢盆，地上還扔著些修剪樹枝的鋸子、剪子、梯子等工具，揣想是修剪桃樹的人，住在這裡。春天了，桃樹也該剪枝了。李雪蓮爬過山坡，又往下走；前山坡向陽，桃花開得更火紅了。李雪蓮來到桃花深處，看這裡景色不錯，心想：

「就這兒吧。」

看著滿山的桃花又想：

「說是隨便找個地方，誰知也不隨便。」

拉開自個兒提包的拉鍊，從裡邊掏出一根準備好的繩子。左右打量，選了一棵高大粗壯的桃樹，往樹杈上扔繩子。繩子搭在樹杈上，也掃下一地桃花。盤好繩套，又搬過一塊石頭；人站到石頭上，將脖子套在繩套裡，將腳下的石頭一踢，人就吊在了樹上。但還沒等李雪蓮喘氣，她的雙腿，早已被一人抱住。那人邊往上舉李雪蓮的身子，邊喘氣，邊對李雪蓮發火：

「大姊，咱倆沒仇哇，妳不該這麼害我！」

接著硬是把李雪蓮卸了下來。這人是個中年男人：

「看妳半天了，以為妳來偷窩棚的東西呢，誰知妳尋死來了。」

李雪蓮有些不解：

「我死我的，礙著你啥了？」

中年男人又急了：

「妳說的輕巧，這塊桃林，是我承包的。一到秋天，桃兒哪裡還值錢，主要靠城裡的人來採摘，沒看到山坡下有『採摘園』的牌子嗎？大家要知道這裡吊死過人，誰還會來呢？」

李雪蓮聽明白了他的意思，同時也哭笑不得，自己真是死無葬身之地了。李雪蓮愣愣地問：

「那我該去哪兒呢？」

那人也愣愣地看李雪蓮：

「真想死呀？」

李雪蓮：

「人要想死，誰也攔不住。」

那人：

「因為啥呢？」

李雪蓮：

「這事兒一句兩句說不清楚。要能說清楚，我也就不死了。」

那人指指對面的山坡：

「妳要真想死，也幫我做件好事，去對面山坡上，那裡也是桃林，花也都開著，那是老曹承包的，他跟我是對頭。」

又補充：

「俗話說得好，別在一棵樹上吊死，換棵樹，耽誤不了妳多大工夫。」

聽到這話，李雪蓮倒「噗哧」笑了。

第三章　正文 | **玩呢** |

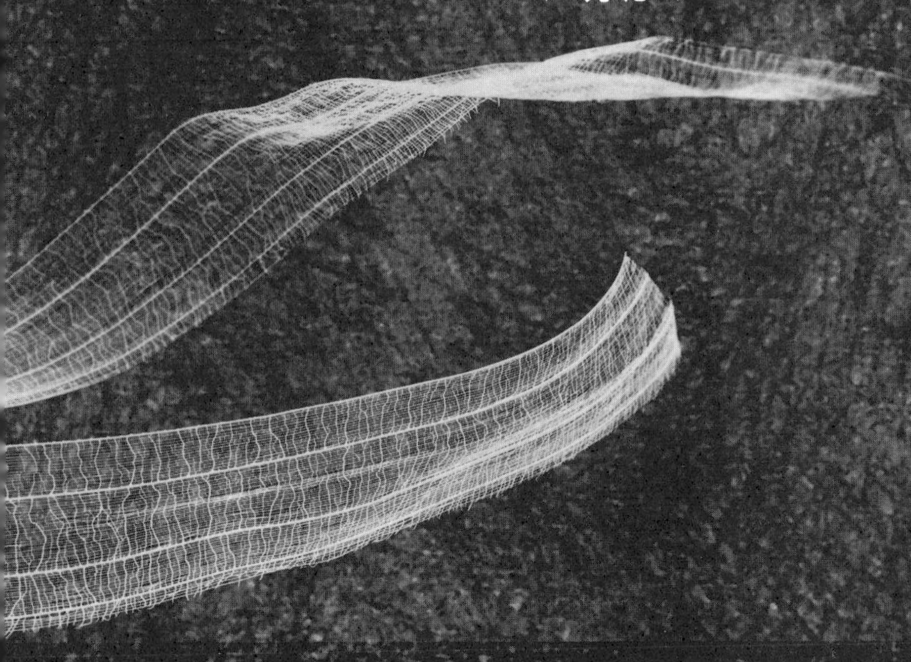

1

××省有一個××縣。××縣城西街，有一家出名的飯鋪叫「又一村」。該店出名，是因為店裡的一道菜，叫「連骨熟肉」。「又一村」除了賣「連骨熟肉」，也賣雜碎湯、燒餅、涼菜、各種酒類等。雜碎湯、燒餅、涼菜等與別人家大體相似，獨「連骨熟肉」，做得與眾不同。別人家的肉在大鍋裡煮，煮到肉爛，一般會骨肉分離；「又一村」的肉煮透，也不離骨。滋味不但入到肉裡，也入到骨頭裡。吃過肉，剩下骨頭，敲骨吸髓，滋味也絲毫不減。單說滋味，也與眾不同，鹹裡透香，香裡透甜，甜裡透辣，辣裡又透爽和滑。凡是到該縣去的人，大吃，就去「太平洋海鮮城」；小吃，就去縣城西街「又一村」吃「連骨熟肉」。地道的吃法，是現買現吃；肉剛從鍋裡撈出來，扯肉燙手；就著燙肉喝酒，本來你能喝二兩，現在你能喝半斤。

「又一村」一天煮兩鍋肉。中午出一鍋，傍晚出一鍋。大家惦著這肉，吃飯得在店前排隊。按「又一村」的規矩，在店裡吃飯才能買肉；不吃飯單買肉，得看吃飯者買過，能否剩下來。就算吃飯買肉，也不一定買得到，得看今天客人的多少，你排隊是否靠前。外來的人常問：店家，肉賣得這麼好，何不多煮幾鍋？店主老史說，不能累著自己。

2

老史今年六十歲了。賣肉之餘，愛搓麻將。飯鋪一天煮兩鍋肉，也有搓麻將的時間。但賣肉不能累著，搓麻將也不能累著，一個禮拜，老史只搓一回麻將。時間是固定的，週四，下午三點開始，搓到夜裡十一點，八個鐘頭。牌友也是固定的，開酒廠的老布，批發菸酒的老王，開澡堂的老解。常年累月，時光換，人頭不換，到頭來算帳，輸贏相抵，各自輸贏也差不多；就是在一起消磨個時光。

四人搓麻將就在「又一村」。週四下午，老史讓飯店專門騰出一間包房；下午，讓飯鋪額外多燉出一臉盆「連骨熟肉」，備四人晚飯時吃。吃飯時也喝酒。酒是開酒廠的老布帶來的，叫「一馬平川」。吃過「連骨熟肉」，喝過「一馬平川」，接著搓麻將。

3

週五這天，老史接到一個電話，他有一個姨媽，在東北遼陽去世了；姨媽的兒子也就是老史的表弟，讓老史去奔喪。老史問表弟，姨媽臨走時留下啥話沒有；表弟說，半夜，心肌梗死，清晨發現，身子已經涼了，一句話也沒留下。老史感歎之餘，決定去東北遼陽奔喪。決定去奔喪並不是姨媽一句話沒留下，姨媽要走了，最後再看她一眼，而是老史想起自己小時候。老史小的時候，姨夫在東北遼陽當兵，姨媽去隨軍，在遼陽當紡織女工，一晃五年沒回來。老史八歲那年，姨夫和姨媽回來了，來老史家看老史的爹娘。老史他爹見小，看姨夫和姨媽在外面工作，便張口向他們借錢；姨夫還沒說話，姨媽一口回絕；接著說：

「姊夫，不是不借給你，咱家的窮親戚太多了，借給你一個人，把所有人都得罪了；借給所有人，我也該賣褲子了。」

但吃晚飯的時候，姨媽把老史拉在身邊，背著老史的爹娘，悄悄塞給老史兩塊錢。姨媽：

「你生下來的時候，我是第一個抱你的人，就是用這雙手。」

當時的兩塊錢，相當於現在的一百塊錢；那時人的工資，也就幾十塊錢。這兩塊錢，老史一直沒花，從小學二年級，放到小學六年級。從小學二年級到小學六年級，老史過得特別有底。到了小學六年級，老史看上一個女同學，才從兩塊錢裡闢出兩毛錢，買了一個花手絹送給她。老史至今還記得，手絹上印著兩隻蝴蝶，在花叢上飛。

從××縣到東北遼陽有兩千多公里。老史從老家輾轉到遼陽，表弟接著，弔唁姨媽，訴說往事，都不在話下。待喪事辦完，從遼陽回來，在北京轉車，老史發現，不知不覺，已經到了年關。因為北京火車站人山人海，天南地北的人，都要回家過年。不留意是在平時，不留意間，一年又過去了。老史排了四個小時隊，沒有買到回老家的火車票。不但這天的票沒有了，往後三天的票都沒有了。因為這天是臘月二十七，大家都急著回去過年；離年關越近，大家越急著趕回去。老史這時感歎，姨媽死的不是時候。接著便想在車站附近找個小旅館住下，乾脆等過了年，大年初一再往回走；年前大家都趕著走光了，大年初一的火車，說不定就是空的；又想，平日在家都不著急，何必一個人在北京著急呢？何必被一個年關絆住腿腳呢？便離開火車站，信步往南，發現路東一條小巷裡，有幾家旅館；巷裡人來人往，口音天南地北，都是提著大包小包的旅客；老史拐進小巷，欲上前打問旅館的價格，手機響了。老史接起，是老家開酒廠的老布打來的。老布在電話裡說，今天晚上，想從「又一村」端走一盆「連骨熟肉」；老布的親

家，到老布家串親來了，親家指名道姓，要吃「連骨熟肉」。老史看了看錶，已是下午六點；如是別的事，哪怕是借錢，老史都能一口答應，唯獨「連骨熟肉」的事，老史不敢做主；因為這是「又一村」的規矩，門前有顧客排隊，不能私自從後門端肉；現在是下午六點，正是排隊的時候。老史躊躇間，老布：

「親家不比別人，我現在就去『又一村』找你。」

老史：

「你現在來『又一村』，也找不到我。」

老布：

「為啥？」

老史：

「我人在北京。」

一聽老史在北京，老布馬上急了：

「這事兒大了。」

老史：

「不就一口肉嘛？不吃你親家會死呀？」

老布：

「我說的不是肉的事，今天是禮拜三，明天，是咱牌局的日子呀。」

老史也恍然大悟，今天原來是禮拜三；週四下午三點，是老家四個朋友，固定搓麻將的時間。老史：

「買不上車票，回不去了。這個禮拜空一回吧。」

老布：

「空不得。一空，事兒更大了。」

老史：

「不就搓個麻將嘛，不搓麻將會死？」

老布：

「我不會死，老解會死。」

老史：

「啥意思？」

老布：

「老解這個月一直腦仁疼，前天去醫院一檢查，檢查出來個腦瘤，過了年就要開刀；是良性是惡性，現在還不知道；如是良性還好說，如是惡性，老解就麻煩了。我怕呀，這是老解大難之前，最後一回搓麻將了。」

說完，老布掛了電話，連一開始說的「連骨熟肉」的事，也給忘了。老史掛上手機，也覺得事情大了。老布說的「老解」，也是老史四個固定的牌友之一，在縣城南

街，開了個洗澡堂子。平日打牌，老解牌品最差。贏了牌，得意忘形，嘴裡吹口哨、唱戲；輸了牌，摔牌，吐唾沫，嘴裡不乾不淨，罵罵咧咧。但去年冬天的一天，老史徹底認識了老解。那天傍晚，老史與老伴嘔氣，晚飯時多喝了幾口酒；誰知越喝越氣，越氣越喝；一頓飯沒吃完，喝得酩酊大醉。醉後，不願在家待著，趔趔趄趄，走出家門。老伴正與他嘔氣，也沒攔他。出得家門，才知天上下起了鵝毛大雪。看著漫天的大雪，老史不知道往何處去。搖搖晃晃，從縣城西街晃到南街，看到了老解的洗澡堂子。待進了洗澡堂子，一頭紮到地上，就啥也不知道了。第二天一早醒來，見自個兒在澡堂的鋪頭上躺著，旁邊坐著老解；鋪頭前，還圍著兩個澡堂搓背的，肩上搭著毛巾把。接著發現，自個兒胳膊上扎著針管，頭頂上吊著藥瓶。老史用另一隻手指指藥瓶：

「啥意思？」

鋪頭前一個搓背的說：

「昨天看你人事不省，我們老闆怕你出事，趕緊把醫生叫來了。」

老史：

「喝口酒，能出啥事？」

另一個搓背的說：

「醫生說，虧把他叫來了，你當時心跳一百多，再晚一會兒，說不定就過去了。」

老史還嘴硬：

「過去就過去，人生自古誰無死呀。」

老解在旁邊搖頭：

「那不行，你要死了，我們到哪兒搓麻將啊。」

老史當時心頭一熱。心頭一熱不是說老解救了他，而是關鍵時候，看出了一個人的品質。現在聽說老解得了腦瘤，生死未卜，這場麻將，有可能是老解大難之前，最後一場麻將了，老史也覺得事情大了，也覺得自己必須趕回去。而且，必須在明天下午三點之前趕回去，才能不耽誤正常的牌局。但車票已經沒了，如何能坐上火車呢？老史從小巷又返回車站，到退票處去等退票。但年關大家都要回家，票還買不著，哪裡會有退票的？老史去求車站的值班主任，說家裡有重病號，看能否照顧一張車票。值班主任同情地看著老史，說像老史這種情況，他今天遇到三十多起了；但火車上座位就那麼多，車票已經賣出去了，哪裡能再找出座位呢？沒票就是沒票。老史又想在車站廣場找黃牛買高價票，但年關頭上，車站裡裡外外都是員警，一個黃牛也找不到。著急間，車站廣場亮起了華燈，一天又過去了。也是急中生智，老史突然想出一個辦法。他從提包裡掏出一張紙，又掏出筆，在紙上描畫出幾個字：

我要申冤

接著把這張紙舉到了頭頂。

沒等一分鐘，四個員警衝上來，把老史當上訪者捺到了地上。

4

負責把上訪者老史遣送回老家的，是北京兩個協警，一個叫老董，一個叫老薛。所謂協警，就是員警的幫手；不是員警，幹著員警的事。火車上人山人海，已經沒有座位；但把上訪者送回老家，又不受人山人海的限制。越是年關，越不能讓人上訪。列車長在列車員休息車廂，給老史、老董和老薛騰出兩個鋪位。上訪並不犯法，老董和老薛也沒有難為老史；不但沒難為老史，因怕老史路途上生變，反倒處處照顧老史。列車長騰出兩個鋪位，他們讓老史自己住一個鋪位，老董和老薛兩個人倒擠在一個鋪位上。火車開了，老史鬆了一口氣，老董老薛也鬆了一口氣。老董老薛盯著老史，老史盯著窗外。火車過了豐台，老董問老史：

「大哥，啥事呀，大年關的，跑到北京上訪？」

老史看著窗外：

「説給你們也沒用，説給你們，你們能解決呀？」

老董和老薛相互看了看，兩個編外員警，確實什麼都不能解決；既然什麼都解決不了，兩人開始勸解老史。老董：

「不管什麼事，事情出在當地，就應該在當地解決。」

老薛：

「放心，世上沒有化解不開的矛盾。」

説話間，到了吃飯時間，老董買了三個盒飯。老董：

「上訪歸上訪，飯還是得吃。」

老史端起盒飯也吃。老董鬆了一口氣：

「這就對了。」

吃過飯，老薛往紙杯裡倒了一杯茶，遞給老史：

「大哥，喝口茶。」

老史端起紙杯也喝。

吃過喝過，老史倒在鋪頭上睡覺。看老史睡覺，老董和老薛開始排班，一人仨小時，輪流看著老史。仨小時一折騰，仨小時一折騰，從晚上折騰到第二天早上，該老薛值班；老薛看著熟睡的老史，栽了幾回嘴，也歪在鋪頭和老董一起睡著了。忽地醒來，車窗外的太陽已經升起老高。老薛驚出一身汗，慌忙往對面鋪上看，見老史仍在鋪上躺著，睜著眼睛想事，並沒有逃跑。老薛大鬆一口氣，翹起大拇指對老史説：

「大哥，仁義。」

5

從××市下了火車，又坐了兩個小時的長途汽車，下午兩點，老董老薛押著老史，終於到了××縣，到縣公安局交接。縣公安局的人常到縣城西街的「又一村」吃「連骨熟肉」，與老史都認識。當日值班的員警叫老劉。老劉見老史被人押來，不解其意；又看北京的老董老薛的介紹信，更不解其意；摸著頭問老史：

「老史，你這唱的是哪一齣呀？咋到北京告狀了？咋叫人從北京遣送回來了？」

老史這時如實說：

「沒告狀，沒告狀。」

又說：

「在北京轉車，買不上火車票，急著回來打麻將，只好用上了這一招。」

又說：

「玩呢。」

轉身走了。老劉愣在那裡。老董老薛也愣在那裡。老董開始結巴：

「這叫什麼事兒呀？有這麼玩的嗎？」

老薛拍了一下桌子：

「膽子也忒大了。」

指著門外問：

「這是什麼人？」

老劉簡明扼要，給老董和老薛作了介紹：這人叫史為民，二十多年前，在外地當過縣長；後來因為一樁案件，聽說還牽涉到一位婦女，老史可能是徇私舞弊，也可能是貪污腐化，被撤了職；當縣長能貪污腐化，不當縣長就剩個乾工資，養不活一大家人，便從外地回到老家，在西街開了個飯鋪；飯鋪的名字叫「又一村」；「又一村」的「連骨熟肉」很出名；因為史為民的爺爺，早年在太原府當過廚子，留下這麼一個絕活；「連骨熟肉」雖然好賣，但老史一天就煮兩鍋肉；他唯一的愛好是：打麻將；每個禮拜週四下午，雷打不動。

6

聽過縣公安局老劉的介紹，老董和老薛哭笑不得。一是因為又好氣又好笑，想再見老史一回；二是聽了「連骨熟肉」的來歷，又聽了老史的來歷，對「又一村」飯館也有些好奇，既然來到××縣，也想吃一回「連骨熟肉」；兩人走出公安局，來到大街上；打聽著，來到「又一村」。聽說找老史，一女服務員把兩人帶到一包房。包房裡有四個人，麻將正打得熱火朝天。老史居中坐著。老董當頭喝道：

「老史，過分啊，為了打麻將，這麼欺騙黨和政府。」

老薛也喝道：

「不但欺騙黨和政府，也騙了我們哥兒倆一路。」

老史打出一張牌，說：

「兄弟，話說反了，黨和政府，還有你們，應該感謝麻將。」

老薛：

「啥意思？」

老史：

「本來我想上訪，一想到打麻將，就改了主意。不然，趁你們在火車上睡著，我不早跑了？」

又說：

「我要跑了，你們哥倆兒身上，會擔多大的責任？」

老董老薛愣在那裡。老董：

「別騙人了，上訪，你也得有理由哇。」

老史停下手中的牌：

「二十多年前，在下當過縣長，你們知道嗎？」

老薛：

「剛聽說。」

老史：

「當年撤我的職，就是世界上最大的冤案；二十多年來，我該年年上訪；但為了黨和政府，我含冤負屈，在家煮肉；到頭來，我不跟你們計較，你們倒認真了。」

老董老薛愣在那裡。開酒廠的老布，不耐煩地朝老董老薛揮揮手：

「閑言少敍，這兒忙正事呢。」

又不耐煩地催批發菸酒的老王：

「怎麼那麼肉哇，出牌，快點。」

老王猶豫間，打出一張牌：

「三餅。」

開澡堂子的老解大喜，忙將牌推倒：

「和了。」

接著嘴裡唱起了戲。老王開始埋怨老布，兩人吵得不可開交。老史興奮得紅光滿面：

「痛快。」

老董老薛從打麻將的房間退出，來到「又一村」大堂，欲買「連骨熟肉」；這時發現，買「連骨熟肉」的隊伍，已排出一里開外。剛進門時沒留意，現在才知道「連骨熟肉」的厲害。接著往灶上看，灶上就燉著一鍋肉，這時再去排隊，哪裡還買得著？老董上前與賣肉的說，他們二人，從北京慕名而來，能否照顧照顧，給賣上四兩肉，讓他們嘗個鮮。賣肉的搖頭，別說四兩，一錢都不敢賣給他們；賣給插隊的一錢，排隊的人會把他打死。老董老薛搖頭，出門離去，想另找飯館吃飯；這時帶老董老薛去找老史的女服務員又趕上喊他們：

「二位大叔留步。」

老董老薛站住。老董：

「啥意思？」

女服務員：

「俺老闆說，你們在火車上請他吃過飯，現在他請你們吃飯。」

老董老薛相互看看，便隨女服務員返回「又一村」。跟著女服務員進了一個包房，看到桌子上，擱著熱氣騰騰一臉盆「連骨熟肉」。一臉盆熟肉旁，豎著兩瓶「一馬平川」白酒。兩人大喜。老薛：

「老史早年是個貪官，現在也改邪歸正了。」

兩人在桌前坐下，伸出手，開始撕「連骨熟肉」吃。一口肉到嘴，馬上知道這「連骨熟肉」的好處。它鹹裡透香，香裡透甜，甜裡透辣，辣裡又透爽和滑；滋味不但入到肉裡，也入到骨頭裡；吃過肉，敲骨吸髓，滋味也絲毫不減。老董老薛平日酒量不大，就著熱肉，也喝得口滑。一時三刻，一瓶酒就見了瓶底。喝完一瓶，老董打開第二瓶，這時老董問老薛：

「老薛，這次遣送，回去怎麼向領導彙報呢？」

老薛：

「怕是不能如實說呀。如實說了，一趟遣送，不成了笑話？」

老董：

「成了笑話不說，也顯得咱倆笨，兩千多里過來，路上咋就沒發現呢？說不定飯碗就丟了。」

老薛：

「一句話，正常遣送。」

又沉吟：

「路上經過教育，當事人表示，今後再不上訪了。案子不復發，咱還能領到獎金。」

老董：

「既然讓他悔過自新了，咱也得知道上訪的案由；老史上訪的案由，說個啥好哩？」

老薛：

「照實說，想翻縣長的案。這事顯得大，也嚴肅。」

老董：

「就是，一件嚴肅的事，可不能讓它變成笑話。」

舉起酒杯：

「乾。」

老薛也舉起酒杯，兩人清脆地碰了一下，乾了。

這時天徹底黑了。年關了，飯館外開始有人放炮，也有人在放禮花。隔著窗戶能看到，禮花在空中炸開，姹紫嫣紅，光芒四射。

二〇一二年六月於北京

劉震雲作品集 06

我不是潘金蓮

作者	劉震雲
責任編輯	陳逸華
發行人	蔡文甫
出版發行	九歌出版社有限公司
	臺北市105八德路3段12巷57弄40號
	電話／02-25776564・傳真／02-25789205
	郵政劃撥／0112295-1
九歌文學網	www.chiuko.com.tw
印刷	晨捷印製股份有限公司
法律顧問	龍躍天律師・蕭雄淋律師・董安丹律師
初版	2012（民國101）年8月
定價	320元

書號　0111006
ISBN　978-957-444-761-9
（缺頁、破損或裝訂錯誤，請寄回本公司更換）

國家圖書館出版品預行編目資料

我不是潘金蓮／劉震雲著. -- 初版. -- 臺北市：
九歌，民101.08
面；　公分. --（劉震雲作品集；6）
ISBN　978-957-444-761-9（平裝）

857.7　　100003141